U0049039

EDDIE FLYNN BOOK 1

艾迪・弗林
系列 1

不能贏的辯護

THE DEFENCE

STEVE CAVANAGH

史蒂夫・卡瓦納——著
葉旻臻——譯

媒體書評與各方推薦

非常傑出、有意思的開頭，層層堆疊的緊張情緒，引領讀者走向超乎想像的高潮。這傢伙眞材實料，相信我。

——英國驚悚小說天王 李・查德

史蒂夫・卡瓦納的《不能贏的辯護》將「驚險」重新帶入了「法庭驚悚小說」中。不間斷的動作，意想不到的情節轉折，一個天才型的律師，以及永不停止滴答作響的時鐘——劇情以火箭般的速度推進！跳上車，享受旅程吧！

——美國推理作家 約翰・李斯柯若特

如果您是約翰・葛里遜、史考特・杜羅和布拉德・梅爾策的粉絲，那麼你將是史蒂夫・卡瓦納的粉絲。卡瓦納的首部小說介紹了一個有缺陷的英雄艾迪・弗林，他曾經是騙子，現在已經成爲律師，他會讓你神魂顚倒。這是一本類型多變的小說。我希望卡瓦納會繼續創作續集。

——全美十大暢銷作家 《將軍的女兒》作者 納爾遜・迪密爾

一個偉大的誘餌，而這本書完全沒有辜負它！

——《紐約時報》暢銷書作者 伊恩．藍欽

聰明、原創。作者用書綁架了讀者。

——《我讓你走》作者 克萊爾．麥金托

一個精妙、曲折、巧妙布局的書。史蒂夫．卡瓦納用了個讓人羨慕的誘餌。

——《10號艙房的女人》作者 露絲．魏爾

哇！這本書眞是太棒了！完全沉浸其中。

——心理學博士、小說家 艾瑪．卡瓦納

令人激動，曲折，熟練地操縱讀者的罪惡。

——英國暢銷小說家 梅森．克羅斯

在黃昏和黎明之間將其撕裂。來自史蒂夫．卡瓦納的五星級傑作，他已經是當今頂級法律驚悚小說作家之一。一本書的強大之處，不僅僅在於其高概念的餌。

——紐西蘭律師、小說家 克雷格．西斯特森

這是一本超乎尋常的書。

——《紐約時報》暢銷榜冠軍　《南方吸血鬼系列》作者　莎蓮・哈里斯

《不能贏的辯護》是最好的法律驚悚小說，證明眞實的戲劇並非發生於法庭中，而是靠腦和心來運作。我開始閱讀後非常期待接下來會發生什麼，並且爲了深入了解由騙子轉爲律師的艾迪・弗林（法庭中最聰明的人），完全無法放下這本書。我深深著迷，直到最後一個令人滿意的頁面。

——《紐約時報》暢銷書作家　Alafair Burke

做好準備迎接這部驚悚小說吧，它會掐住你的喉嚨，在你耳邊甜言蜜語，卻把槍口頂在你的腹部。艾迪・弗林周旋於法律的兩方之間，在史蒂夫・卡瓦納的處女作《不能贏的辯護》中留下了濃墨重彩的一筆。身爲律師，艾迪・弗林發現自己的犯罪歷史既是負擔也是上天的眷顧。面對案件中的俄羅斯黑手黨，他必須善用花言巧語以保住自己和十歲女兒的性命。然而，每一次勝利之後另一次挑戰也會隨之而來。俄羅斯黑手黨、紐約市警察局、聯邦調查局、地方檢察官和他自己的過去連番出擊。先生女士們，《不能贏的辯護》從不停歇。

——英國得獎作者　Gerard Brennan

試想一下《大審判》中的法蘭克遇見了《黑色豪門企業》中的米奇，史蒂夫．卡瓦納首次創作的這部驚險小說會讓你找到不同凡響的艾迪．弗林。這是一部思維敏捷，充滿混亂困境和驚險動作的作品。身爲律師的艾迪被客戶用槍指著頭，他必須在贏得案件和失去生命之間做出選擇。愛爾蘭犯罪小說下一顆新星。強烈推薦。

——Sean Duffy偵探系列暢銷書作家 Adrian McKinty

緊張加劇，無法預測結局。這是一部由愛爾蘭小說家執筆的眞正一流美國法庭劇。

——《紐約時報》夏季閱讀首選

這是一本與眾不同的法庭小說……本書已帶起一波熱潮，原因顯而易見。

——《愛爾蘭週日獨立報》夏季選書

卡瓦納出色的處女作提供讀者驚悚小說中需要的一切元素——焦慮到讓人不自覺咬指甲的懸念，俄羅斯套娃般的情節，絕對是一部引人入勝的作品。

——《出版者週刊》，星級書評

令人震驚的淘汰賽法律驚悚小說。

——《書目雜誌》星級書評

一種嶄新的方法……一波又一波的轉折……還有精明的律師。卡瓦納不斷轉換，並寫出了精彩的動作場面。

——《達拉斯晨報》

讀起來就像是李．查德可能寫的法庭劇，《神隱任務》的年輕版，作者是個頭腦清醒的傢伙。

——《愛爾蘭時報》

這是一部約翰．葛里遜的經典法庭劇橋段，搭配《終極警探》系列中布魯斯．威利所飾的動作英雄，一部令人難以置信的動作片，並且非常有趣。

——《愛爾蘭獨立報》

令人眼花撩亂……今年讀過最出色的法庭劇之一，讓我想起了史考特．杜羅驚人的《無罪的罪人》。

——《每日郵報》

突破格局的小說作品……讓讀者踏上一場扣人心弦的法庭之旅。

——《愛爾蘭郵報》

我如饑似渴地閱讀了一本曲折而巧妙的讀物。

——《*Woman's Way*》雜誌

非常獨特的轉折。

——《*RTÉ Guide*》雜誌

獻給布芮迪和山姆

「先判刑——然後再裁決。」

——出自《愛麗絲夢遊仙境》，路易斯・卡羅爾著

1

「照我說的做，不然我一槍打爆你脊椎。」

帶有東歐腔的男性嗓音，聲音裡沒有任何顫抖或焦慮，語調平穩而謹慎。這不是威脅，是事實陳述。如果我不配合就得吃子彈。

手槍抵在下背如電流般令人發麻的眞實觸感，令我直覺反應要往槍口靠、迅速轉到左側，讓身體遠離射擊位置。這傢伙大概是右撇子，所以他左側自然是毫無防備的。我能在轉身的同時利用空隙肘擊他的臉，這樣就有足夠的時間折斷他的手腕、把武器對準他前額。這是我以前的習慣反射，但做得出這些動作的人卻早已不存在，好久以前就被我捨棄。我生疏了，人一改邪歸正就會變成這副模樣。

我放開水龍頭上的手，滴在磁磚上的水流漸歇。我舉起濕答答的雙手表示投降，感覺自己手指在抖。

「不需要這樣，弗林先生。」

他曉得我的名字。我抓著水槽邊緣，抬頭看向鏡子。我從沒見過這個傢伙，身型高瘦，棕色大衣底下穿著黑色西裝。他頂著光頭，臉上有一條垂直的疤痕從左眼下方一直貫穿到下顎線。他把槍頂在我的背上說，「我要跟著你走出洗手間。穿上大衣，付掉早餐錢，然後一起離開。我們要談談。照我說的做你就會沒事，否則——你就死定了。」

他眼神銳利，臉部和脖子均無泛紅，沒有不由自主的動作，沒有任何破綻。如果是騙子，我一看就知道，我認得那種樣子，畢竟我當騙子當得夠久了。這傢伙明顯不是，他是個殺手，但不是第一個威脅我的殺手。我還記得上次我死裡逃生是靠機智思考，而非恐慌。

「走吧。」他說。

他後退一步，舉起手槍，讓我在鏡子裡看見它，看起來是真貨：一支銀色的短管左輪手槍。從一開始我就知道這威脅來真的，但見到這短小邪惡的武器出現在鏡中，還是讓我恐懼得全身戰慄，胸口開始繃緊，心跳瘋狂加速。我太久沒上場了，得壓制住恐慌仔細思考才行。他把左輪手槍收到外套口袋，往門口示意。看來對話是結束了。

「知道了。」我說。

讀了兩年法學院，給法官打雜兩年半，還做了將近九年的執業律師，我卻只擠得出一句「知道了」。我把手上的泡沫擦在褲子後面，順了一下金褐色的頭髮。他跟著我走出洗手間，穿過現在空無一人的餐廳。我拿起大衣穿上，在咖啡杯底下塞了五美金，接著走向門口。刀疤男緊跟在後。

泰德小館是我最喜歡待著想事情的地方。我在這些卡座裡想出不知有多少案子的策略，桌上常擺滿了病歷、槍傷照片，還有沾著咖啡漬的案件摘要。我以前不會每天都在同個地方吃早餐，那太危險了；新生活中的我卻很享受在泰德小館用早餐的習慣。我學會放輕鬆，不再回頭張望。真可惜，我剛剛若是警戒一點就好了，也許會看到他過來。

從餐廳走到市中心，讓我有種進入安全地帶的錯覺。人行道擠滿了週一早晨的人潮，腳底下的路面令人安心踏實。這傢伙不會在八點十五分的紐約市錢伯斯街上，當著一旁三十來個目擊證人的面對我開槍。我站在餐廳左方一家廢棄五金行外頭，十一月的秋風讓我瑟縮了一下，臉龐隨之泛紅。我納悶著這名男子想要什麼，是我幾年前打輸了他的官司嗎？我完全不記得他。刀疤男來到窗戶封上木板的舊商店邊，站得離我很近，以免我們被路人分散開。他臉上露出大大的微笑，讓劃過臉頰的疤痕彎了起來。

「弗林先生，打開你的大衣，往裡頭看一看。」

我動作笨拙地將手伸進口袋，裡面空無一物。我打開大衣，發現內側有個裂縫，絲質內襯看起來從縫線處脫落了。過了一會兒我才意識到那不是裂縫，裡層還有一件黑色的薄夾克，就像另一層內襯一樣。我之前沒見過它，肯定是這傢伙趁我在洗手間，把夾克袖子扯進我的大衣裡了。我手往後探，背部有個用魔鬼氈黏接的口袋，就在我腰部上方。我拉過暗袋來仔細檢查，撕開魔鬼氈，手伸進去摸到一條鬆鬆的線頭。

我把線從暗袋拉出來，然而它不是線頭。

是一條電線。

一條紅色的電線。

我的手沿著電線摸到一個薄形塑膠盒，還有更多的電線，接著是兩根細長方型的凸起物，分別放在我背部兩側的夾克裡。

我難以呼吸。

我身上穿著炸彈。

他不是要在大街上當著三十多名證人射殺我，他是要把我連同天曉得多少個受害者一起炸死在這。

「別跑，否則我就引爆它。別試著把它拿下來。別引起注意。我叫阿圖拉斯。」他保持著笑容，發音成「阿凸拉斯」。

我猛吸了一口帶著金屬味的空氣，逼自己緩緩將這口氣呼出來。

「別緊張。」阿圖拉斯說。

「你想幹嘛？」我說。

「我的老闆請你的公司來幫他打官司，我們的帳還沒算完。」

我的恐懼緩和了一些：這不是針對我，是我以前的律師事務所。我接著想到，可以把這傢伙丟給傑克．哈洛蘭處理。「抱歉老兄，那已經不是我的公司，你找錯人了。你到底是替誰工作？」

「我想你認得這個名字：佛切克先生。」

該死。他說的沒錯，我認得這個名字——奧雷克．佛切克，俄羅斯黑幫老大。在我跟之前的合夥人傑克．哈洛蘭分道揚鑣前一個月，他曾答應幫佛切克打官司。傑克接下這個案子時，佛切克正因謀殺罪名等著受審——黑社會的大新聞。我從沒機會翻閱這起案件的資料，或見上佛切克一面，那整個月替泰德．柏克萊辯護用盡了我的力氣。這位股票經紀人，因試圖綁架他人而遭起訴——這個案子徹底毀了我。官司輸了，我失去了家人，沉緬於威士忌酒癮。一年前，我帶著殘存的靈魂離開律師界，傑克樂得接手我的公司。法院對柏克萊一案做出宣判後，我沒再踏進過法庭一步，短期內也沒有重操舊業的打算。

傑克的狀況就不一樣了，他有賭博的問題，我聽說他最近打算賣掉公司跑路。難道他跟佛切克拆夥，還拿走了他的訂金？如果俄羅斯黑幫找不到傑克，就會來找我——來要求退費。軟的不行就來硬的。背上綁著炸彈，就算我破產了又如何？該死，我會給他錢，一切都會沒事，我能付錢給這個傢伙。他不是什麼恐怖分子，他是黑道。黑道不會把欠他們錢的人給炸了，他們只負責討債。

「聽著，你要找傑克．哈洛蘭。我從沒見過佛切克先生。傑克和我不再是合夥關係了。但沒關係，如果你想拿回訂金，我很樂意立刻開一張支票給你。」

至於支票能否兌現，那就是另一回事了。我戶頭裡只剩六百美金，房租欠繳，戒酒的費用付不出來，也沒半點收入。最主要是戒酒的費用，但至少我戒掉嚴重的酒癮了，當初若沒掛號尋求協助，我大概已經酒精中毒身亡。在諮商的過程中，我意識到不管喝多少傑克丹尼，都抹滅不了我對柏克萊一案的記憶，最終成功戒掉酒癮。再過兩週我就能拿到擔保人的同意書，一個月後便可以重新開始。如果俄羅斯人想要的不只是幾百美金，那我就完了——徹底完蛋。

「佛切克先生不想要錢，你留著吧。畢竟你會把錢賺回來。」阿圖拉斯說。

「賺回來是什麼意思？聽著，我沒在執業了，我已經停執一年，我幫不了你。我會還錢給佛切克先生，拜託讓我脫掉這個。」說著，我抓住大衣，準備要脫下。

「不。」他說。「你不明白，律師。佛切克先生想要你替他做事。你要當他的律師，他會付錢給你。你必須照做，不然你這輩子都別想再做任何事。」

我試著開口，喉嚨卻因恐慌而緊繃。這沒道理，我很確定傑克會和佛切克說我不幹了、我承受不了。一輛白色的加長豪華轎車停在路邊，閃閃發亮的蠟面烤漆映照出我模糊的倒影。後座車門從裡打開，抹去了我的身影。阿圖拉斯站在車門旁朝我點點頭，要我進去。我試著讓自己冷靜，深呼吸，放慢心跳，拚了老命讓自己別吐出來。這輛轎車的深色窗戶，讓車內蒙上一層厚重的陰影，彷彿裡頭裝滿了黑水。

有那麼一刻，一切變得無比寧靜——就只有我和那道敞開的門。我就算要逃，也跑不了多遠——這絕對行不通。如果我進去車子裡，緊緊待在阿圖拉斯旁邊，那他就沒辦法引爆裝置。這一刻，我眞想罵自己，爲什麼要放棄我的生存技巧。我這些年就是靠那些技巧，才能在江湖上活命；就是靠那些技巧，才能在進法學院以前，就騙倒年薪百萬的辯護律師。如果我還熟悉那些技巧，這傢伙靠近我三公尺內就會被我發現。

我下定決心，爬進了兔子洞。

2

一坐下來，我就感覺到炸彈壓在我的身體上。

包含阿圖拉斯在內，轎車後座共有四個男人。他跟在我後面進來，關上車門並坐在我左邊，臉上依舊掛著令人不安的笑容。我聽見引擎發動的聲音，但車子沒有移動。雪茄味與嶄新皮革的氣味撲鼻而來。司機與奢華的後座間，隔著更多扇深色的窗戶。

車底放著一個白色的皮製運動包。

我右邊坐著兩名身著黑色大衣的男子，佔去六人座。他們體型大得嚇人，像童話故事裡的人物一樣。其中一位留著長長的金色馬尾；另一位是短棕髮，體型看上去龐大無比，頭跟籃球差不多大，輕輕鬆鬆就讓身旁的金髮大個兒顯得像個侏儒。但最讓我恐懼的是他的表情——臉上沒有一絲情緒，彷彿沒有任何感受，冰冷、駭人，簡直像個活死人。扒手這一行，全靠找出目標的「弱點」，操縱他人情緒與人類自然反應的能力就是武器。但這些常見招數對一種人起不了作用，所有詐欺犯都能辨認出這種人，並且曉得離他們愈遠愈好——心理變態。頂著棕髮的巨人看起來就是典型的心理變態。

坐在我對面的人是奧雷克．佛切克。一身黑色西裝，底下是白襯衫，領口鬆開。他的臉上滿是灰色的鬍碴，和頭髮同色。如果不是醞釀在他眼裡的那股殺意影響了相貌，他應該滿帥氣的。我是靠報紙和電視認出他的，他是黑道老大、殺手、毒梟。

但他千千萬萬不能成爲我的客戶。

我一輩子都在處理佛切克這種人，把他們當朋友、敵人，甚至是客戶。不管他們是從布朗克斯區、康普頓、邁阿密或小奧德薩來的，都不重要。這種人只尊崇一項事物——力量。就算我嚇到想尿出來，也不能讓他看見，不然就死定了。

「我不幫威脅我的人工作。」我說。

「你別無選擇，弗林先生。我是你的新客戶。」佛切克說著一口有點破的英語，帶有濃厚的俄羅斯腔。

「有時候，就像你們美國人說的一樣，什麼鳥事都會發生。你要怪就怪傑克．哈洛蘭。」佛切克繼續說道。

「我這陣子大部分的事都要怪他了。爲什麼不是他當你的律師？他人呢？」

佛切克看了阿圖拉斯一眼，短暫露出和對方同樣深刻的笑容，接著視線回到我身上，「傑克．哈洛蘭接下案子的時候，他說這不可能辯護成功。我早就知道了。在傑克之前，我已經給四間不同的律師事務所看過這個案子。但是，傑克能辦到其他律師所不能的事，所以我付他錢，給了他這份差事。不幸的是，傑克沒能履行承諾。」

「眞遺憾，但這不關我的事。」我說道，同時努力不讓聲音顯露出緊張。

「這就是你搞錯的地方了。」佛切克從身旁金色的盒子裡取出一根巧克力色的短雪茄，叼著點燃，然後說，「兩年前，我找殺手幫我幹掉一個叫馬里歐．傑拉多的人，我讓小班尼處理這事。班尼完成了任務，但立刻被逮捕，遭聯邦調查局問話。班尼會在我的審判上出庭作證，說我雇殺手殺人。我找上的所有律師都說，班尼會是檢方的關鍵證人，他的證詞會將我定罪。

我完全同意。」

我的下巴因為繃得太緊而痛了起來。

「班尼正在聯邦調查局的監管下。他們把他藏得很好，就連我的人脈都找不到他。你是唯一能夠接近他的人，因為你是我的律師。」

他壓低聲音說，「你詰問班尼之前，把大衣脫下來，等法庭裡沒人，我們會把炸彈藏在證人席的椅子底下。班尼一坐上去，我們就引爆它。沒有班尼，這案子就沒戲唱了，一勞永逸。你是放置炸彈的人，弗林先生，所以你會被關進監獄。檢方不會有足夠的證據重新審理，我就自由了。」

「你這該死的神經病。」我說。

佛切克沒有立刻做出反應，沒有大發雷霆或威脅我，只是安靜地坐著，然後歪了一下頭，好像在衡量自己有哪些選項。車內鴉雀無聲，只有我的心跳在胸口爆衝，思索著自己剛剛是不是在找死。我無法將視線從佛切克身上移開，但我感覺得到其他人近乎困惑地盯著我看，好像我剛把手伸進蛇窩裡一樣。

「看一下這個再做決定。」佛切克跟阿圖拉斯點了點頭。

阿圖拉斯拿起白色運動包打開。

裡面是傑克的頭顱。

我的胃揪了起來，唾液在嘴裡瘋狂分泌，使我反胃得摀住嘴巴咳嗽，噴出口水。我努力撐住自己的理智，手抓著身下的座椅，直到指甲戳破皮沙發表面，所有沉穩的假象都離我而去。

「我們以為傑克辦得到，是我們錯了。但我們可不會在你身上冒險，弗林先生。」佛切克往前靠近說道。「你女兒在我們手上。」

時間、呼吸、血流、動作——全都靜止。

「你們要是膽敢碰她……」

他從褲子口袋拿出手機，掀起手機蓋讓我看螢幕——艾米站在陰暗街角的一處報攤前。我的小寶貝，她才十歲大，我見到她站在紐約市某處，抱著身子抵禦寒風，眼神警戒地看著鏡頭。她身後的看板顯示著週六晚上的頭條新聞——一艘貨船在哈德遜河沉船。

我沒有意識到自己流了多少汗，我的襯衫濕透了，臉和頭髮也是，但我不再感到害怕。我再也不在乎炸彈、手槍，或用那雙死人眼睛盯著我的無聲巨人。

「把她還給我，我就放你一條生路。」我說。

此話引起佛切克和他的手下一陣爆笑。他們認識的是律師艾迪．弗林，他們可不認識以前的艾迪．弗林：那個扒手、流氓、詐欺犯。老實說，我自己也幾乎把他給忘了。

佛切克開口前低下頭，看起來很小心地斟酌自己的用詞。「你沒有立場威脅我。放聰明點，照我說的做，你的女兒就會平安無事。」佛切克說。

「放她走。在知道她安全之前，我不會做任何事情。你想殺我就殺吧。事實上，你最好把我給殺了，因爲你如果不現在放人，我就算死也要把你的眼睛給挖出來。」

佛切克吸了一口雪茄，張開嘴，讓菸在他肥厚的嘴唇上飄了一會兒，品嚐著那股味道。

「你的女兒很安全。昨天她在學校外面等公車去參加校外教學時，我們去接她，她以爲那些人是你雇來的保鑣。你以前收過死亡威脅，她也知道。你的前妻以爲艾米去長島校外教學，學校以爲她跟你在一起，接下來一、兩天都不會有人來找她。你如果不照指示做，我會殺了她。但那太便宜你了。你如果不配合，你女兒就會受盡折磨。我有幾個手下……」

他故意停了一下，假裝在找正確的說法，讓我的想像堆疊成夢魘。我全身緊繃，已經做好反擊的準備，感覺腎上腺素伴隨著憤怒在我體內流竄。

「這個嘛，我有幾個手下對漂亮的小女孩有特殊癖好。」

我撲向佛切克，還沒意識到自己在做什麼，就已經離開座位。我全身抽筋、重心不穩、低頭掩護，但憑著胸口那股怒火，依然成功給了佛切克左頰一記狠狠的右鉤拳。雪茄從他噁心的嘴裡飛出。我的左手往後伸，等身子站穩才往他喉嚨揍下去。

還沒來得及揮出第二拳，一隻大手抓住我，輕輕鬆鬆將我從地上拔起。我轉頭瞥見那個心理變態的巨人抓住了我。他正準備把我當不乖的小孩一樣翻過來打，我過去的習慣在此時發揮作用，右手用力抓住他的臉，指甲往他前額戳進去。這下意識的反應其實是在轉移他的注意力，同時間，我的左手伸進大個子的外套裡，摸走他的皮夾。不消半秒時間，迅速又俐落。看來這麼多年過去，我的身手依舊。大個子沒有發現，正忙著要扭斷我的頭。我把皮夾放進口袋，盤子大的拳頭出現在我臉前。我轉頭躲避，一股劇烈疼痛在後腦杓炸開。我倒下來，一頭撞在轎車地板上。

我趴在車底，頭痛欲裂。這是我十五年來第一次偷人皮夾。我如本能般出手，因爲我曾是這樣的人。

不——我就是這樣的人。

身爲一位成功的詐欺犯，這些都是我研發出來的技巧——擾亂、誤導、說服、暗示、釣魚上鉤、偷天換日、以假亂眞——那些年我在街頭大量使用的手法，就跟過去九年來在法庭裡使用的一樣。我從沒眞正改變過，只是換個包裝而已。

我的雙眼和思緒通通關閉，任由黑暗將我吞噬。

3

我在皮革座椅上醒來，後腦杓疼痛不已。其中一頭大猩猩正拿著冰袋放在我的脖子上，是那個金髮大塊頭，他看起來活像剛被瑞典重金屬樂團開除的成員。佛切克的雪茄傳來一陣刺鼻的甜味，令人作嘔。我大概被人從車底拉起來丟到座位上，眼睛因爲煙霧而微微刺痛，但立刻就發現把我敲昏的變態巨人不在車裡了。我拿起冰袋，丟到地板上。

「我們到法院了。」阿圖拉斯說。我坐起身。

「爲什麼我們在法院？」我問。

「因爲佛切克先生的案子今天早上開審。」阿圖拉斯回答。

「今天早上？」我想起女兒在佛切克手機上的影像，憤怒讓我後頭愈發疼痛，肌肉繃得像鐵塊一樣硬。

「一個小時後開始。你走之前，我們得確認你辦得到，否則我們現在就殺了你，晚點換你家人。」阿圖拉斯拿出左輪手槍，放在他曲起的膝蓋上。

他遞給我一個外型昂貴的杯子，裡頭裝了一點尿色液體，聞起來是波本。我喝下去，感覺到那股熟悉的酸熱感。這是我離開酒癮勒戒中心後的第一杯酒，有那麼一刻，我腦中閃過自己還欠診所多少診療費，但很快便將之拋諸腦後。酒癮復發總有它的時空背景，此刻感覺再適合不過。我伸手再要一杯，阿圖拉斯從玻璃酒瓶往我的杯裡倒了更多酒，我迅速灌下，享受那股灼燒感。烈酒撕扯著我的身體，我抖了一下，搖搖頭，像在搖神奇八號球[1]一樣，試著想理清思緒：無解。

「我女兒在哪？」

「目前她很開心，也很安全。」阿圖拉斯又爲我倒了一杯。我灌下肚，開始思考。

「你爲什麼要殺傑克？」我問。

佛切克朝阿圖拉斯點點頭，他很樂意把細節交給手下說明。

「我們見過的律師都說，班尼的證詞會讓佛切克被定罪，也就是說，只要把班尼殺了就沒事。破解的方法很簡單，問題是我們找不到人。我們……說服傑克穿上這件夾克，讓我們在他進法庭時把班尼給炸了，但他做不到。」

我猜想著他們用了什麼樣的方法來說服傑克，想必經過一番折磨吧。他是個混蛋兼賭鬼，但他也曾是我的合夥人，這讓我對他的感情軟化了一些。無論傑克以前爲人如何，都絕對不是當炸彈客的料，通常他只要能拿好公事包、不被自己給絆倒就算幸運了。他們肯定把他逼得很慘。

「爲什麼是傑克？」我問。

「不能是隨便一個律師。我們知道你和傑克是借高利貸來開公司的，傑克說謊成性、欠債不還，名聲差得很。你離開之後，公司開始流失客戶，他需要錢，而我們需要一個能帶著炸彈過安檢的人。法院的安檢很嚴格，現在更是。我們沒辦法偷渡炸彈進去，每個人進門都要搜身、全身掃描，然後再搜身一次——除了你和傑克外。我們很清楚這點，我們連續好幾個月，看著你們每天走進那間法院，從來沒被搜過身。安檢人員直接讓你們進去——像老朋友一樣。

我們跟傑克說了同樣的話：把炸彈放進去，然後負責背黑鍋。」

阿圖拉斯往後靠回椅子上，對佛切克使了個眼神。他們簡直像摔角雙打組合：阿圖拉斯負責簡潔明瞭地說明事實，再交棒由老大處理威嚇的部分。

「傑克就坐在你現在的位子，弗林先生，就三天前的事。他跟你穿一樣的夾克，裡面是同一顆炸彈，我們跟他說了一樣的話。我打開這輛車的門，叫他去完成任務。」佛切克說著，同時視線往下看。

他的頭自煙霧中冒出，灰霧在他繼續說下去時框住他的臉。「傑克呆住了，頭搖得活像……那叫什麼來著？癲癇症？像癲癇發作，尿得整條腿都是。我們只好把門關上，帶他到我們的地盤。」

他再度吸起雪茄，看著菸頭閃爍著暖暖的光芒。

「我把他綁在椅子上，告訴他如果不照做，就要殺了他妹妹。這位維克多——」他指向金髮男子——「把他妹妹帶來，我就當著他的面拿刀劃在她臉上。『現在肯做了嗎？』我問。他沒反應。我繼續拿刀伺候她，他也只是坐在那裡。」

我幾乎能感覺到有把鉗子在我胸口逐漸夾緊，我的小女兒竟然在這禽獸手上。一個細小的聲音分散了我的注意力——我拳頭握得太緊，指節發出喀噠聲。我另一隻手拿著空酒杯，正考慮是不是把它砸向佛切克的眼睛，隨後作罷。有鑑於上次嘗試攻擊他的結果有多慘，我不想再

1 是一種占卜類的小玩具，外型相近於八號球。

重蹈覆轍。

時機未到。

「我那時候就了解，傑克不能信任。我殺他之前，讓他妹妹享受了一下。我把刀子給她，幫她捅他，捅得好慘。」

他的眼中亮起邪惡的燭火，炯炯有神，看起來很享受這段回憶。

「傑克痛得要死，所以我收手，把刀交給他妹妹，最後把她也殺了。她非常勇敢，完全不像她哥。」

我看著腳邊的運動包，它已經善解人意地拉上了。我想到傑克，現在我對他的觀感又擺盪回討厭的那一邊。如果可以的話，我想把他的斷頭踢進哈德遜河裡，就這樣踢得遠遠的。他就活該沉入河底，跟那艘沉船作伴。

「我們沒時間跟你彩排了。」阿圖拉斯繼續說。「弗林先生，現在就把炸彈帶進去。冷靜點，想想你女兒。只要把炸彈弄進去——你就離她近了一步。如果被抓，你會因炸毀公共建築未遂，被判無期徒刑且不得保釋。你覺得呢？」

我覺得他說的沒錯，試圖在本市炸毀公共建築的人，判決通常都好不到哪去，我極可能面臨無期徒刑。唯一的突破點只有基於他們綁架我女兒，我才去放炸彈。暴力脅迫不是什麼完美辯護，但也許能逃過無期徒刑。

阿圖拉斯的臉上再次露出那種令人作嘔的笑容，我差點以為他能猜到我心裡在想什麼。佛切克掐滅雪茄，越過逐漸散去的煙霧看著我。這兩個人都聰明又無情，但聰明的面向不同，阿圖拉斯似乎是顧問的角色，負責計畫、盤算可能的後果，並謹慎評估風險，是一位深思熟慮的軍師；佛切克行動從容優雅，像隻蹲伏在高草叢中緊盯獵物的大型貓科動物，他的聰明是原始本能——近乎獸性的。直覺告訴我，這些人不會讓我活著跟其他人分享什麼英勇事蹟的。

「我很久沒走進那裡了，你怎麼會覺得我今天能一樣不被搜身？」

「你認得安檢人員，更重要的是，他們認識你。」阿圖拉斯的音調開始上揚，他往前坐，強硬地說明他的論點。「律師先生，我們觀察這間法院很久了，我花了將近兩年的時間，把這件事計畫得滴水不漏。送炸彈進去的人必須受警衛信任，必須是他們最預料不到的人，否則我們不可能把炸彈送進去。我親眼目睹遲到的你衝進法庭，一邊跟桌旁的警衛揮手，一邊跑過感應器、觸發警鈴，他們無視鈴聲，揮手讓你走。你會跟警衛聊天，他們認識你，甚至會幫你接電話。」

我從以前就不習慣隨身攜帶手機，不喜歡隨便哪個人都能從最近的電信塔台定位到我。傑克給我買過不只一支手機，全都被我搞丟了。我沙盤推演時，大多會待在法院裡，急著要找我的人會打到大廳的投幣式電話，警衛裡通常會有人清楚我待在哪間法庭，他們就會來通知我。我會在聖誕節送警衛們幾瓶威士忌，感恩節送個禮物籃。他們幫我這些忙，一點點小心意不算什麼。

我的頭腦開始清楚了一些。

「你們爲何不能用別種方式殺這傢伙？狙擊手就能在他前往法院的途中幹掉他。」

阿圖拉斯點點頭。「我有想過。我想過所有可能的方案，但我們不曉得他在哪，或是他會如何移動到法院。我們給很多律師事務所看過這個案子，那些大公司的案子遍布全城，而你跟傑克的案子幾乎都在錢伯斯街法院，你們跟這裡的工作人員很熟。其他那些律師一小時收九百美金，你覺得他們有時間跟警衛講話？我第一次見到你和傑克衝過安檢、引發警鈴卻沒人有所反應時，就曉得這是唯一的方法。是你們啓發了我。」

阿圖拉斯扮演的是軍師的角色，這顯然是他的計畫。不知爲何，他看起來有點抽離、冰冷理性，就算要開槍，大概也會是同個樣子。佛切克與他相反，即便在我揍他之後，他表現得很冷靜，我仍舊能感覺到有頭野獸躺在克制的外表下，朝表面揮爪，隨時準備掙脫。

我把臉埋在手心，深沉而緩慢地呼吸。

「弗林先生，還有一件事。」佛切克補充。「你要知道，我們是鬥士，我們以Bratva出身爲傲，也就是『兄弟會』的意思。我信任這個人。」他把手放在阿圖拉斯肩上。「但很多地方可能出差錯。你必須把夾克送進去。只要一通電話，你女兒就會死了。你會進去的，我很清楚，我看得出來你也是個鬥士，別跟我爭。」

他停下來再點了一支雪茄。

「二十多年前，阿圖拉斯和我幾乎身無分文地來到這裡，我們手上沾了很多血才有今天的成就，不會連反抗都不反抗就落荒而逃，但我們不是白癡。這個案子排了三天的審理期，我給你兩天時間，我們沒辦法冒險等更久，兩天內把小班尼弄到那張椅子上讓我們殺了他。如果他在明天下午四點前還沒死，我就別無選擇只能逃。案子拖得愈久，檢察官就愈有可能撤銷我的保釋，這是一位時薪九百美金的律師告訴我的。你夠聰明，應該知道他說的沒錯。」

我見過這種情況，檢察官在傳訊時，大多尚未握有最具殺傷力的證據，因爲ＤＮＡ和專家證據需要時間分析，而被告通常會在此時申請保釋。等案子進入審理階段，檢察官萬事俱備，若掌握到有力證據，他們就會向法官申請撤銷被告的保釋。這往往就決定了被告的命運，一切只需要羈押警官一個微小但故意的拖延動作，讓陪審團看見被告被銬上手銬，只要一眼，一切就結束了——陪審團每次都會判定被告有罪。

我向佛切克點頭，他知道我夠有經驗，了解這種訴訟戰略，所以也沒必要否認。佛切克做出最後通牒時，努力要掩飾他聲音裡的殘暴本性。

「我的護照被扣在法院，這是保釋條件之一。我每年會有三次從俄羅斯出貨，以私人飛機運送，飛到離這裡不遠的商用小機場。飛機明天下午三點抵達、六點離開。如果班尼四點還活著——你就沒時間了。我得在四點離開法院去搭飛機，那班飛機是我離開美國的最後機會。我想留下來，我想戰鬥。小班尼明天四點前必須死，否則我會把你和你女兒都殺了。搞清楚，我跟你鄭重保證。」

威士忌酒杯在我手中碎裂。

我感覺自己正在下墜，身體往下塌陷、下顎顫抖。我用力咬緊牙關，以免它們喀喀作響。手掌被碎玻璃劃開的傷口正在滴血，但我感覺不到痛楚。我動彈不得，無法思考，呼吸化爲一陣短促而低沉的呻吟。如果艾米出了什麼事，我會痛苦而死，單是這個念頭就讓我感覺大腦、肌肉、心臟都在燃燒。我太太克莉絲汀忍受了我好多，包括冗長工時，凌晨三點來自全市各間警局的電話，只因爲我的一位客戶被警察逮捕了。晚餐約會被放鴿子，還有我給自己找的藉口，說我做這一切都是爲了她和艾米。一年前我開始酗酒，她把我趕出來，我失去了曾經擁有過最美好的事物之一。如果我再失去我們的孩子？這恐怖得我連想都不敢想。

某處傳來我父親的聲音，那個教會我詐騙手法的人，那個告訴我萬一行騙被逮要如何應對的人——無論如何，保持冷靜。

我閉上眼睛默默禱告。親愛的主啊，拜託幫幫我，幫幫我的小女兒。我好愛她。

我在眼淚奪眶而出前抹了一下眼睛、吸了吸鼻子，然後滑過電子手錶的選單，跳過鬧鐘選擇計時功能，設定倒數。

「律師先生，你得做個決定。」阿圖拉斯指著左輪手槍說。

「我會照做，別傷害艾米就是了，她才十歲。」我說。

佛切克和阿圖拉斯互看一眼。

「很好。」阿圖拉斯說。「現在進去，穿過安檢後在大廳等我。」

「應該說，假如我穿過的話。」

「我該讓你女兒幫你祈禱嗎？」佛切克問。

我沒回應，獨自下車，步上人行道。阿圖拉斯從車裡抬頭看著我。

「記住了，我們盯著你，也有人在盯著你女兒。」他警告。

我點頭。「我會聽話。」

我說謊。

就如同他們跟我說謊一樣。不管他們怎麼說、怎麼跟我保證，明天四點一到，就算班尼已然化成灰燼飄向法庭的天花板，他們也不會放艾米走，他們會殺了我和我的小女兒。

我有三十一個小時。

三十一個小時來反將俄羅斯黑手黨一軍，並把我女兒救回來，但我毫無頭緒。

我穿上大衣，將釦子扣上，翻起衣領遮擋臉，轉身向法院走去。父親的聲音依舊在我耳邊輕柔播送——保持冷靜。我的手沒再繼續流血了，現在感覺更加寒冷，吐息好似在眼前凍結、墜落。冷空氣散去後，我在法院前看到執業九年來從未見過的奇景——法院入口前的等候隊伍排了約有四十多人，裡頭有記者、律師、證人、被告和電視拍攝團隊——所有人都等著要通過安檢。

4

重大案件開庭前，空氣中瀰漫著一股怪異的緊張氣氛。我排進隊伍的最後方，感覺到人群愈發興奮，好像遠方德州寬大的柏油路面那樣蒸騰發亮。群眾裡有些人拿著舊版的《紐約時報》，我看得到前方男子夾在手中的頭版頭條，映入眼簾的是佛切克的相片，以及標題：「俄羅斯黑道案開審」。我前面的人看起來是個犯罪線記者，可能是自由接案或受雇於八卦小報，這種人遠遠就能認出：西裝破爛、髮型難看，從手指上的尼古丁汙漬看來是個老菸槍。我把頭埋進大衣立領中，試著不去看他。

紐約市錢伯斯街法院像是一棟打了類固醇的維多利亞時期哥德式老法院，十九層樓裡分布著二十一間法庭。

我數了數，前面排了二十個人。

法院以寬達十五公尺的石造階梯迎接訪客，上去是一整排的柯林斯式圓柱，保護著老舊不堪的入口大廳，最後一次整修是在六〇年代。我們緩緩踩上階梯，同時有更多人抵達、排在我身後。我偶然往上瞄了建築物一眼，雕像、歷任總統及紐約州大法官的半身像，一個個座落在凸出的檯面上，歲月與氣候都侵蝕了這個老地方。

我踏過最後一層階梯，汗水自臉頰流下，襯衫黏在背上，讓我更加意識到炸彈的存在，溫暖而怪異。我數了數，前面還有十二個人。

比起剛才在車上，現在看來，要能不被搜身進到法院又更加不可能了。我突然注意到自己右手拿著鋼筆，剛剛甚至沒印象有把筆從口袋裡拿出來。我一邊心不在焉地轉筆，一邊緩緩朝入口靠近。我常常發現自己在思考時會下意識這麼做。這枝鋼筆是艾米送我的禮物。

這份禮物彷彿是惜別禮。我喝起酒來就很少回家，大約在父親節前一週，克莉絲汀要我搬走，且艾米有權知道。克莉絲汀告訴我，艾米已經認不得我了，爲了她好，還是別讓她看見我愈加沉淪的模樣。

小孩很聰明，艾米更是聰敏過人，她看見我倆站在她房門口就曉得有壞事要發生。她把金色長髮綁起來，好讓她使用電腦時不受干擾，睡衣外穿著自己最喜愛的丹寧夾克。她醒著或上學時就會穿那件夾克，上頭滿是笑臉和搖滾樂團標誌的徽章，她會將每週的零用錢存上一個月，去廉價服飾店買徽章回來，以自己的風格裝飾它們。我看了她一會兒——我們互相看著彼此，克莉絲汀與我還沒能開口，她就直接把筆電放到一旁哭了起來。不用跟她說任何事，她早就曉得了。她問了常見的問題：我會離開多久？是永久的嗎？爲什麼我們不能和平相處？沒有一題我有答案，我感到非常羞恥，只能坐在床邊抱著她，試著表現堅強。我看向她的筆電，發現她正在瀏覽一個客製化鋼筆網站，並選購了一支叫「世界第一老爸」的鋼筆。

旋轉的筆在我手中停下。我一搬走，艾米就給了我這支筆，鋁製筆身上刻著一個字——**爸**。這禮物讓我近乎心碎。我把筆塞回後口袋，再次確認排隊人數。

我前面有十個人。

上方大型機器傳來的轟隆聲響吸引了我的注意。市長批准法院外部的修復工程，屋頂處還架著大型垂掛鷹架，讓修復石匠在離地四層樓高的位置工作。這個距離很難從地面分辨出工人，即便如此，我依舊能看出鷹架在風中微微擺盪。他們正在炸開石造建築上的水泥，修復壞損的裝飾物。當初開發商想拆了法院，讓大家去便宜一點的地段執法，但此案遭到駁回。一方面，市長曾經當過律師，因此請願書很快就得到深具影響力的議員支持。他們選擇修復外觀，讓裡面繼續擺爛。紐約有時候就是如此，喜歡用華麗的假象掩蓋地下室腐爛的屍體。另一方面，錢伯斯街法院作爲全美第一間夜間法院，有它的歷史意義在。夜間法院是全市最重要的法院，被告遭起訴後，得在二十四小時內帶到法官面前，單單曼哈頓一天就有三百起逮捕案件，一直以來就有間額外的法庭，專門爲此從晚上五點開到凌晨一點。經濟大蕭條最嚴重的時期，本市的犯罪率更是大幅向上攀升。錢伯斯街法院目前有一間二十四小時開放的刑事法庭，在這座法院裡，正義在入夜後仍得以伸張，過去兩年來，它的大門未曾關上。

隊伍緩緩前進，我開始時不時聽到安檢設備的嗶嗶聲。幸運的是，這些警衛我都叫得出名字。打贏官司的其中一個祕訣是，跟法院的工作人員混熟——每個都要。你永遠不曉得自己會不會需要他們幫忙代收緊急傳眞、追蹤難以捉摸的客戶去向、換零錢來用咖啡機，或在我的經驗裡，當有人透過大廳公共電話緊急連絡我時，會有人來找我。

前面還有八個人。

我越過那個記者的肩膀，想看清大廳入口安檢的情況。負責安檢的是巴瑞和艾德加，絕大多數紐約法院安檢的警衛，實際上就是警察，只是職稱不同。他們佩槍、穿制服，能逮捕你、監禁你。如果你造成的威脅夠大，他們可以讓你就地倒下，倒個一輩子。

巴瑞站在行李掃描器後面，負責分派置物盤，將手機、鑰匙、錢包和包包放進X光機掃描。人們站在門框式金屬探測器下，祈禱它不會發出嗶聲。艾德加負責搜身，從他們身上找出漏掉的違禁品，讓對方再去重新探測一次，直到他滿意爲止。

他們倆身後有一位我不認識的金髮警衛，再之後是第四位。那人站在安檢通道三公尺外，雙手擺在勤務腰帶上，拇指塞在皮帶裡面，雙臂垂在他活像吹了氣的肚子上方。額外找安檢人員來大廳支援並不奇怪，我認不出這傢伙：他臉上蓄著鬍子，還有像豬一樣的黑色小眼睛。雖然我印象中沒見過他，但從他的眼神能確定，我們應該打過照面。巴瑞、艾德加和新來的小伙子正專心檢查隊伍最前面的那群人。那個胖警衛的視線一直在我身上。

我與安檢關卡之間還有六個人。

我擦去流到眼睛裡的汗水。

如果待在隊伍中，他們會用相同的流程來處理我。我試著回想以往會怎麼做，進這棟樓對我來說就像喝水一樣簡單，我那時每天早上都這麼做，但現在腦中一片空白。我是直接晃過安檢，還是跟其他人一樣排隊，等著被揮手放行？我站在隊伍中，雙手顫抖著，嘴裡也愈發乾燥苦澀，我快要陷入恐慌了。任何跟通過那幾道門有關的記憶，我此刻一點也想不起來。

前面只剩四個人。

每走一步，炸彈就感覺更加巨大、沉重。那位胖警衛還在盯著我看，也許我身上散發著訓練課程教他們要留意的特徵。自從九一一事件後，只要是跟執法工作碰上邊的人，都要受訓學習如何辨認潛在的恐怖分子威脅。

我想起艾米用睡衣擦拭眼淚，求我不要走的樣子。

不行，我受不了再讓我女兒失望了。我立刻拿定主意，恐怖分子不會離開隊伍，他們會排隊等候，他們想融入人群、不引人注目。我決定當個自大狂妄的混蛋，盡可能地大聲嚷嚷、惹人討厭，希望那位胖警衛會覺得我只是個難搞的爛人，而不是潛在炸彈客。

人們在我穿過隊伍時朝我咒罵，我聽到那個記者在碎唸：「王八蛋。」我的心跳再次狂飆，愈靠近隊伍前端，心跳就愈來愈快。

「嘿，巴瑞。快點放我過去。我盛大回歸，搞到都遲到了。」我邊說邊穿過金屬探測器，引來一聲巨大的嗶嗶聲。也許對每個人來說都是一樣的，在我聽來卻是震耳欲聾。我轉而看向那位胖警衛，他動也不動，就只是盯著我。艾德加則專心地爲隊伍最前方的男子搜身。

「艾迪！」巴瑞從掃描器螢幕前起身，繞過機器。「你等一下，我有話想跟你說。」

我加快腳步往大廳移動，但那位年輕的金髮警衛舉起雙手擋住我的去路，我花了一秒才意識到他是要我擺出相同姿勢——這樣他才能搜我的身。我把手放低。

胖警衛往前走。我被抓到了？

我思考著是不是要逃跑，推開所有人，越過人群往回狂奔。我後面有一位留著鬍子、身材壯碩的男子站在門口，他擋住了整個通道，幾乎連光線都遮住了。不可能越過他的，我壓下逃跑的渴望，雙腿抖了起來。

「嘿，小子，通常你得先請我吃頓飯。」我說。

「請你抬起雙手，先生。我得迅速檢查一下。」

「聽著，小子，我得走了。我沒見過你，但相信我，我在這裡有十年了。我是律師。去問巴瑞。」我邊說邊試圖越過他。

他攤開的手掌停在屁股上的貝瑞塔手槍上方幾公分處，另一手朝我勾了勾手指，好像老西部片裡的三流演員一樣。

我整個人僵住。

「怎麼?你要叫我掏槍嗎，牛仔?」

我能感覺到身後的人群退開。拜移動甜甜圈店，和這位只想盡忠職守的蠢貨所賜，一切很快就完了。

「漢克，放艾迪過去。」巴瑞前來解救我。

漢克垂下雙手，翻了個白眼，往後站到一邊。胖警衛停下來，雙手交疊在肚子上。

巴瑞朝我搖搖手指，笑道：「聖克里斯多福那鬼東西遲早會害你被搜遍全身。」

*我怎麼會就這麼他媽的忘了?*我解開一顆襯衫上的釦子，掏出那條銀色項鍊，緊張一笑，然後朝巴瑞晃了晃聖克里斯多福的白金紀念牌。

我全都想起來了。

我剛入行進法院幫客戶打官司時，每天都會觸發警鈴。巴瑞、艾德加和其他警衛會對我搜身，卻空手而歸，再次過掃描器也只會換來同樣的嗶聲。打從我青少年時期，那個紀念牌就掛在脖子上，從沒拿下來過，它就像我身體的一部分，我沒想過是它。當時警衛問我腿裡面是否有金屬片，我把衣服脫到幾乎全光，他們難以置信地搔頭，不解是什麼觸發警鈴，人們則開始在我身後排起隊。巴瑞在一個潮濕的週三早晨終於發現這條鍊子，他跟所有的警衛說了這件事。回想起來，從那之後我就沒再被搜過身了，如果觸發警鈴，我就接著往前走，哪個警衛想進一步檢查，我就掏出項鍊邊朝他揮手邊走過去。就算在九一一事件後，我都沒被搜過身。那時候我已經是老面孔了，每天都在這，搜我的身就像搜法官的身一樣。我甚至替一些警衛辯護過，他們開始視我爲法院職員的一分子，像朋友一樣，沒有必要搜朋友的身。剛剛想必是因爲腎上腺素、當前處境帶給我的驚嚇、酒精，又或是俄羅斯大塊頭敲在我頭上的那一下，讓我竟然在巴瑞提起前完全忘記項鍊的事。

「你不認得這傢伙嗎？」巴瑞說。「這位是艾迪．弗林先生。我忘記你才剛來沒多久，這人是紐約最棒的律師。你罩他，他就會罩你。他需要什麼，你就打給我。」

漢克不情願地點頭，轉而叫我身後的人走過金屬探測器。巴瑞可能讓這孩子上班時沒一刻得閒。

我看著那位胖警衛轉身離開。

差一點，就差他媽那麼一點點。

「巴瑞，我眞的得走了，老兄。我超級大遲到。我要出席今天早上開審的黑道案，我甚至不曉得自己該去哪間法庭。」

「我都不知道你要幫那人渣辯護。但你運氣不錯，聽審的是派克法官，她還在吃早餐，艾德加跟我十五分鐘後要去接她。抱歉那小子不懂事，我一直想教他，但他太笨了學不會。跟我來一下，不會耽誤你太久。」

我掃了一眼等候隊伍，沒見到任何佛切克的手下，但他們可能有別的眼線，只是我沒注意到。脈搏跳動的聲音在我耳裡迴盪，我不曉得巴瑞想幹嘛。要是他隱約察覺到傑克出事了怎麼辦？要是那些俄羅斯人看見我跟巴瑞交談怎麼辦？

我得跟他說話，不然他會起疑心。

「當然。」我跟著他往大廳角落走去，同時感覺自己頭暈眼花。巴瑞要我靠近一點。

「是泰瑞。」巴瑞說。「他想跟你談他腕隧道症候群的案子。」我暗自感謝老天，巴瑞只是想替兄弟討個免費法律服務。我喜歡巴瑞這傢伙，他六十好幾了，差不多快到退休的年紀，身為前警員，他現在只想坐在X光機後面等下班，然後去酒吧找樂子。

「泰瑞跑去霍林格杜恩事務所那裡，被坑了一大筆錢。我一開始就要他去找你，但他想找個公會律師，我說服不了他。他只是看了個醫生，就被收了六萬美金。你能夠看一下他的案子嗎？」

如果是這個原因讓我躲過安檢，我此刻還真能朝泰瑞親下去，再請他吃麗思酒店的七道菜式大餐。免費處理一個腕隧道症候群的案子根本不算什麼。

「跟他說我會免費替他打官司。」我說。

巴瑞笑了。「我去跟他說，太棒了。我現在就打給他，他在十二樓。」

「那個，我真的得閃了，巴瑞。」

「沒問題，還有謝了。我現在就去告訴他，他絕對不會相信的。」

我比預期更快從巴瑞那兒脫身，他馬上就回到掃描器後面的座位上。

我進來了。

我轉過身，看著魚貫通過入口的排隊人潮，後背靠在冰涼的大理石上，感覺到炸彈壓著我的脊椎。

我的手錶顯示九點三十分，離開庭還有大約半個小時。

阿圖拉斯通過安檢，從輸送帶上拿起一個被X光掃描過的新秀麗牌巨大行李箱，把它搬到地上，拖在身後朝這走來。

「做得好。」他說。

我沒有說話。他越過我，按下電梯按鈕。

電梯門打開，我按了十六號法庭所在的十四樓。阿圖拉斯按了頂樓，第十九層。

「我們是在十六號法庭，在十四樓。」我說。

「我們在樓上有房間，你得換身衣服。」阿圖拉斯應道。

門關上了，我聽見電梯配重系統啓動的聲音，帶我們緩緩往上移動。

5

電梯前往頂樓的同時，我不禁想著這間塑造了我大半人生的老法院，錢伯斯街法院造就了我，也摧毀了我。樓下幾層法庭負責處理認罪協商的老前輩稱它爲「德古拉飯店」，但沒人知道確切原因。有些人說是因爲一位任職多年的法官長得酷似貝拉·盧戈西[1]。對我來說，這間法院在我執業的最後六個月還眞的是飯店般的存在。傑克·哈洛蘭跟我拚了老命要撐過不景氣時期，靠本市節節攀升的犯罪率大賺一筆。就選對路線的刑案律師而言，前景是相當看好的。所以我們全力主攻刑事庭，白天處理案子，接著出去晃晃，在夜間法庭追加新逮捕的案子。大部分夜間法庭的被告都沒有代表律師，因爲律師事務所休息了，只有少數值得信賴的刑案律所提供二十四小時緊急服務。

我們正常朝九晚五上班，晚上輪夜班：星期一由我負責下午五點半到凌晨一點的庭，接著由傑克接手大夜班，隔天再交換班表。那時候半夜處理完案子，差不多也要凌晨三點，偶爾到五點，回家已經沒什麼意義了，於是我會趴在會議室的桌上小憩。如果其他律師搶先使用會議

1 貝拉·盧戈西（Bela Lugosi, 1882—1956），匈牙利裔電影演員。於1931年上映的《吸血鬼》(*Dracula*)中飾演吸血鬼之王德古拉伯爵一角尤為人稱道，是電影史上的經典。

室與客戶開會，或也在裡面補眠，認識我的職員會放我到員工辦公室小睡一會。我有時也會到哈利．福特法官的法官辦公室裡跟他喝一杯，並努力不在沙發上睡著。這間德古拉飯店唯一的好處就是不用錢。

接下來的六個月，這間老法院要進行檢查維護。新聞曾報導，市政府花在修復外牆的錢遭都管中心批評簡直浪費。高樓層有部分閒置，裡面只有老舊的檔案櫃和家具，毫無保存價值。許多職員被調去對街的新辦公室，這對支持保留此座建築的倡議行動來說，又是一大打擊。

電梯門在十九樓打開，這整層樓都是空辦公室，我以前凌晨在等聽審時上來休息過，我在這間法院不同地方過夜的次數多到數不清。這棟建築裡的設備很少，最主要的問題是缺乏與客戶私下交談的會議室，所以我曾利用上頭幾間老辦公室和人洽公。但除了偶有律師來跟客戶私下談話，或是小睡一下，沒有人會到上面來。

一股霉味穿牆而來，大概有好一陣子沒人上來打掃了。我們踏出電梯，沿著寬敞的走廊來到右手邊第二扇房門前。阿圖拉斯從外套口袋拿出一串鑰匙，插了一把到門鎖裡。門鎖是全新的，看來阿圖拉斯早就計畫好要帶我來這裡。他打開門，拖著行李箱走進去，我跟著進門，他立刻關門並上鎖。裡面是一個法官辦公室外的寬敞會客室，有張髒桌子、三張綠色的皮製釘飾沙發，以及一台老舊印表機。

桌子上方有一幅泛黃、裱框的《蒙娜麗莎的微笑》。

沙發後面有一扇通往辦公室的內開門，我推開門來到一個隱密的角落，正前方有一排長長的格子窗，左邊是一整面牆的書架，上頭擺著判例彙編和過時的法學教科書，一組小桌椅緊靠在書架旁；另一面牆上有兩張畫得很爛的藝術品掛在脫落的花紋壁紙上，描繪著荒蕪的愛爾蘭鄉間風光，一張沙發孤零零地擺在畫作下方。這裡聞起來有布滿灰塵的舊報紙味。

我走回會客室，阿圖拉斯正從行李箱中拿出一個西裝袋。他打開後，遞給我一條摺疊整齊的黑色西裝褲，西裝外套掛到椅子上，接著又給了我一件包裝未拆的白襯衫，和一條全新的紅色領帶。

除去大衣，我身上穿著輕薄的斜紋棉褲，一件藍襯衫搭配海軍藍休閒西裝外套。

「大衣脫掉。」阿圖拉斯說。

我脫掉大衣，裝有炸彈的薄夾克也跟著被脫了下來，自大衣內滑落。眼看它致命的那部分就要落地，我迅速躲進法官辦公室，護住頭部。

什麼事也沒有。

外面傳來一陣大笑。

我起身回到會客室，感覺自己蠢得要命。薄夾克縐巴巴地躺在地上，阿圖拉斯則滿臉笑容。

「別擔心，要啓動裝置才能引爆，否則你就算把炸彈砸到牆上都不會有事，得用這個才能引爆。」他從棕色大衣口袋裡拿出某個黑色的小東西，看起來像是汽車遙控器：一個橢圓形小塑膠物，和火柴盒差不多大，有兩個按鈕——一個綠色，一個紅色。「一個上膛，一個引爆。炸彈威力沒有很大，殺傷力最多只有一點二到一點五公尺而已。」阿圖拉斯說明。

他撿起薄夾克，平放在會客桌上。

有人敲門。阿圖拉斯開了門，是轎車上那位高大的金髮俄羅斯人，佛切克稱呼爲維克多的那位。大個子關上門後直盯著我看。

阿圖拉斯回到會客桌邊，打開那件絲質薄夾克用魔鬼氈接合的地方，將我隔著布料感覺到的裝置取出：兩塊薄長方形的硬油灰，上頭還有像是電路板的東西，也許是老呼叫器的內部零件，或類似的東西。它跟灰白色的塑膠炸藥有更多條電線連接著，整個裝置看起來和口袋型筆記本差不多大，它很薄，儘管有著驚人的殺傷力，卻沒多少重量。阿圖拉斯拿起它放在椅子上的西裝外套，內裡向上攤在桌上，手沿著縫線摸起來。他知道我需要穿西裝出庭，這件西裝外套看起來是找人訂做的，為了把裝置藏入後背特製的暗袋中。他重新放好炸彈後封上接口，拎起西裝外套，從外觀完全瞧不出背部有藏東西，看起來正常極了。

「去換衣服。」阿圖拉斯說。

我拿起褲子、襯衫、領帶和我的大衣，往法官辦公室走去。「介意迴避一下嗎？」我說。

他搖搖頭。

褲子很合身，襯衫領口的地方有點寬，但我原先穿的藍色扣領襯衫也還行。我把自己的衣服和領帶留在辦公室，回會客室試穿西裝外套。阿圖拉斯像店員一樣替我展開外套，我轉身往後伸出雙臂，讓他把袖子套上我的手，並整理肩線。西裝外套有點大，跟襯衫一樣。阿圖拉斯在我身邊來回檢視、拉平布料，確認一切看來正常。

「沒問題。白襯衫太大了？」他說。

「對。領口太寬。」

他點點頭。

我沒多說什麼，走回法官辦公室，立起領口打上領帶。那些俄羅斯佬就在我餘光所及之處，阿圖拉斯正將大行李箱關上，裡頭看起來還是滿滿的，維克多在一旁看著他動作。我趁他們不注意，拿起我的大衣，取出我在車上從大個兒那裡偷來的皮夾。如果西裝外套再小一、兩號，要把錢包藏在我的新西裝裡就會比較困難，多了這些空間反而沒人會發現。我還沒能冒險檢查皮夾裡的東西，得再等等。這錢包裡可能沒有任何派得上用場的東西，但拿著它就讓我興奮，光是能不被人發現地藏著它就給了我希望。我好久以前學會的技術都還在，沒有完全消失。我開闔拳頭、轉動肩膀，試著冷靜下來，讓思緒進入狀況。

一面髒兮兮的鏡子擺在書架邊，我擦了擦表面的灰塵，確認領帶沒有打歪。

讓人實在難以反駁的是，每次我穿上西裝照鏡子，眼中所見的都不是律師，而是詐欺犯。

和我父親一模一樣。

不動聲色地偷人錢包並不容易，需要長時間學習怎麼完美地從人口袋裡扒走東西。你得手腳俐落、沉著冷靜，而且只能全身而退，或手到擒來。我的師傅是業界最有分量的大炮之一，一位真正的扒手專家——我父親，派特·弗林。大多數扒手不喜歡被稱作「扒手」，總是以「大炮」自稱。我對父親一直以來的印象，就是他坐在電視前的扶手椅，眼皮沉重，呼吸緩和，一副死掉或睡著的樣子，同時在手指上滾著硬幣，像在叉子上滑動的水銀。

以一個大塊頭來說，他的手很小巧，每根手指都靈活得像在跳舞：迅速、流暢、俐落。我爸在布魯克林的麥古納格酒吧後頭經營地下賭場，這令我母親十分不滿。他在都柏林的時候就在搞詐欺、走私，直到存夠錢買船票才來美國。一下船，他就直奔最近的餐館點了他第一份漢堡，還沒付十九歲的服務生小費，被她追著跑了四條街，最後終於逮住人。他付給她一大筆小費，使盡他與生俱來的魅力，於是兩人開始交往。那位服務生是個義大利裔女孩，移民第二代，名叫伊莎貝拉。我的父母，派特和伊莎貝拉，在一年後悄悄成婚。

我會在下課後跑到酒吧裡，喝著汽水，看我爸管理他的手下。他的小事業在全盛期有大約四十位幫手，經營鬥狗、賽馬、拳擊和足球等。他處理完他們之後，我們會玩一輪撞球。然後他會把我拉到吧檯椅上，把他破舊的紅書放在一旁，教我如何藏牌、一角硬幣、銀幣、手錶，如何盯著對方眼睛扒走皮夾，如何把十元美鈔摺得像百元鈔，如何在下手時完美地誘使對方轉移注意力，如何把錢藏在衣服裡讓誰都找不到，還有更多技巧。我依舊記得Dr. Peppers汽水的味道，他刮完鬍子以後的柑橘味，精美的紫檀吧檯的光滑感，還有我爸精巧的雙手，在那下面變出的把戲。

一開始他拒絕教我，不過雖然我那時只有八歲，卻已經很能說服人，他最後被我煩到答應了，但有兩個條件：首先我們要保密，永遠不能讓我媽知道；第二，如果要教我，他曉得他阻止不了我在街上練習，所以他認爲最好的狀況是確保在我失手時，有能力保衛自己。在酒吧練了一小時的手法後，他會帶我到健身房，看我學拳擊。老媽完全不知情，她在離這裡十條街外的餐廳端盤子，要工作到很晚，這是我和我爸之間的祕密。媽下班回家時，老爸總會準備一些熱騰騰的食物等她，接著她會窩在沙發上讀言情小說，愈狗血的愈好，然後讀到睡著。我十四歲時已經打敗這一區上得了檯面的打手了，包括大我兩、三歲的小孩。我動作很快，下手又重，也不容易倒下。我爸希望我繼續精進，於是在酒吧練完後，我們會搭E線地鐵到萊辛頓大道，在五十四街上米奇・胡利的健身房裡，跟地獄廚房最優秀的年輕拳手對打。我後來大部分的手下都是在那裡認識的，其中有一位身材矮胖的小男孩，右鉤拳超有力，名叫吉米・費里尼，他很快就變成我最要好的死黨。吉米後來成爲一位前途無量的業餘拳手，他每一場拳賽我都有去看，那時候我們好得稱兄道弟。但吉米錯過了成爲職業拳手的機會。

他要繼承家業。

我加入米奇的健身房兩年後，我爸生病了。我們不窮，而且我爸一直有付全家的健康保險，每個月都按時繳交，但他得了一種罕見的癌症，不在條約給付範圍內。我爸請了一位他能找到最便宜的律師，保險公司委託大城市的律師事務所，案子進入司法程序。我看著我爸的律師被徹底碾壓，那不是他的錯，他的火力輸人太多，完全沒有希望。我們輸了官司，就算有朋友跟吉米家的金援，還是不夠付醫藥費。沒有好的醫療照顧，我爸在六個月內過世了。

他死的時候我不在場。我在他的病房裡，握著他瘦弱的手十一個鐘頭，接著起身去販賣機買一瓶汽水，回來時看見母親在病房外等我。我知道他死了。她什麼也沒說，只是遞給我他的聖克里斯多福紀念章，然後哭了出來。那之後，就只剩我跟我媽兩人，她也盡其所能地照顧我，她甚至讓我打拳，只要我成績全拿A。我遵守約定，畢業時拿了全班第一。我確保她結束餐廳工作回家時，總有起司通心粉或一盤炒蛋等著她。她通常不會吃，但永遠會跟我道謝。她知道我不會煮飯，但感謝我擔起這個家男人的責任，並延續老爸一小部分的靈魂。她不再讀言情小說，反倒是在睡前跟我一起看會兒電視。

完成學業後，我加入地下拳擊打了一年，另外兼差搞些詐騙。一年不到，我就有足夠資金來開創自己的事業。我在十八歲時踏入業界，準備起步：一個技巧卓越的詐欺犯，以零失敗的全勝率榨乾那些害死我父親的人——保險公司和護著他們的有錢律師。

現在回頭看，他們可是一點反擊機會都沒有。

「律師。」阿圖拉斯的聲音從會客室傳來。「我們得走了。案子要開審了。」

6

我把換下來的大衣和褲子留在辦公室，穿著新西裝回到會客室加入俄羅斯人。阿圖拉斯拉著行李箱。

「箱子裡裝什麼？」我問。

「佛切克的文件——傑克爲聽審準備的所有資料。」

「有檢方證人名單嗎？」

「有，班尼是最後一位。」

我猜也是，檢方永遠把最有料的證人留到最後。

我們搭電梯來到十四樓的十六號法庭。電梯打開後，映入眼簾的是寬敞的大廳，白色石牆上掛著四塊巨大的紀念牌匾，上面列著參與二戰的律師和法官。洗手間和販賣機位在轉角處，電梯左邊長長的大理石樓梯可通往上一層樓。

我們正前方是道敞開的橡木雙扇門，門後則是擠滿人的法庭。

十六號法庭是這棟樓最大的一間，左側牆上有四扇大型的拱型窗，窗外是熟悉的天際線，大理石地面彷彿吸納了早晨蒼白的陽光。旁聽席則由新裝設的一排排松木長椅所組成。兩位法官揚言，若沒有新的長椅就要辭職，因爲老式劇院椅已經被跳蚤給攻佔了好些年——考慮到刑事法庭引來的都是哪類訴訟委託人，這並不意外。等法官也遭殃後，更換座椅突然就變成首要任務。

長椅約有二十五排，由中央走道劃分成左右兩區，旁聽席與審判活動區中間有欄杆隔開：檢察官席在左邊，辯護人席在右邊，兩席均面向法官。檢察官席目前是空著的，辯護人席後方有一小區旁聽座位被保留給佛切克的隨行人員。我往辯護人席走去，途中聽見有些人竊竊私語著我的名字。在法庭後方，紅木審判桌後面的皮製法官椅還是空的。證人席大約在檢察官席前方四公尺左右，三階小梯上去有一扇小半腰門，裝在還算牢固的橡木框上，裡頭放有一張椅背直挺、坐墊破舊的鐵腳椅。證人席正對面，在辯護人席右手邊三公尺的位置是設有十二張空椅的陪審團席。陪審團席同時面向證人席和再過去的窗戶。我入座時，腦中浮現一個想法。

「陪審團名單選定了嗎？」我問阿圖拉斯。

「選定了，但……」

阿圖拉斯還來不及回應，紐約郡地方檢察官蜜莉安．蘇利文就與她的助理檢察官及律師助理依序走進十六號法庭，另外有三位著深色西裝的男子緊隨其後。從他們的外表和舉止判斷，我猜掉隊的那幾位是聯邦調查局的探員。

我跟所有紐約市民一樣，跟著報紙追本案進度：一名四十歲多歲、與義大利犯罪家族有來往的男子，兩年前在自家公寓被發現中槍身亡，現場逮捕了一名身分不明的男子，我現在知道他是小班尼。班尼連同犯案凶器和屍體被逮個正著。佛切克省略了很多部分沒說，我猜聯邦調查局已經盯了佛切克好多年，並介入和班尼談條件。他們想輕輕放過殺手，逮到背後真的首腦。佛切克被捕之後，《紐約時報》的報導稱法官設了五百萬美金的保釋條件，佛切克在半小時內就以現金付清。

鑑於該謀殺案沒有觸犯州法律，據我所知也沒扯上毒品，所以此案仍由紐約市警局與地方檢察官負責。聯邦探員沒交出證人，以確保他們能監控整個訴訟程序。我記得這案子有個不尋常的地方，第一次在報紙上讀到報導就留下深刻印象。全案只有一項罪名——謀殺。佛切克沒有被控以販毒、組織犯罪非法活動或其他常見的犯罪幫派罪名，他只被起訴一級謀殺。

檢調團隊把裝滿文件的紙箱擺到桌上，多拉了幾張椅子，成堆的紙張在他們桌子上築成堡壘。這是做給陪審團看的心理戰略——看看我們手上有多少這傢伙的罪證。這個州擁有一大群最頂尖的檢察官，他們花了好幾個月準備打一場穩贏的官司，同時還有無上限的預算。

蜜莉安看起來冷靜又專業，完全就是一位經驗老到的訴訟律師。她身穿黑色西裝外套和裙子，不是典型的美女，我聽人說過她外表有多普通。但只要她一進法庭，整個氣質就變了——眼神強烈到幾乎能催眠別人，加上那雙腿和凹凸有致的身材，對陪審團來說是很棒的視覺形象。她根本不需要外貌優勢，哪怕她長得像丹尼．德維托[1]也完全沒差。蜜莉安就是個工作狂，結案。她在轉戰性犯罪領域前，就已經在妨礙風化罪那塊打響知名度了。蜜莉安起訴性犯罪者的五年裡，強暴定罪率幾乎翻倍，她後來轉為負責凶殺案，而且到目前為止，她極有望競逐下一任總檢察官。

阿圖拉斯將行李箱擱在辯護人席的桌子底下，並在我身後最後一排入座。一陣沉重的腳步聲和群眾的竊竊私語傳來，不用轉頭就曉得是佛切克進來了。我打開行李箱往內看，七個文件夾裡一共裝了大約六、七千張紙。

群眾發出的噪音更大聲了。我轉頭看見佛切克獨自走過中間的通道，接著人群中央有一位西裔男子站起身，他頭戴紅藍相間的大方巾，身穿白衣和運動外套，刺青從他的脖子越過下巴，一路延伸到臉上。我注意到他不僅是因爲他站起來，而是他的行爲，他用緩慢的節奏拍著手。一位身穿黑色西裝的亞洲人起身跟著拍手，同一時刻有人起身立正；第三位一樣是西裔，他身穿紫褐色的T恤，手臂和頸部同樣有細碎的黑色刺青。

佛切克經過他們時，禮貌地和每個人點頭致意，然後走到辯護人席，在我旁邊入座。

「你朋友？」我說。

「不是。他們不是朋友，他們是我的敵人，來看我落魄的樣子。」

獻給佛切克緩慢而稀落的掌聲漸歇。

「所以這些敵人是誰？」我問。

「負責從南美運貨到紐約的波多黎各人和墨西哥人，另一個是日本黑道。他們來告訴我，如果我被關，他們會來找我和我的集團麻煩。他們等著瞧吧。」他說。

---

1 丹尼・德維托（Danny DeVito, 1944—），義大利裔美國演員、導演和製片人。身材矮小，但他利用自身特色及精湛演技，成為紅極影壇的喜劇大師。

7

少數幾位女性庭務員之一的琴恩．丹佛從法官辦公室走出來，她對我眨了眨眼。我喜歡琴恩，她可愛、聰明，又能維持有效率的法庭運作。她推著沉重的推車，裡頭裝著五本塞滿紙張的卷宗，是法官的案卷。派克法官想必準備好要登場了，這代表我即將和陪審團初見面。你或許是全世界最學識淵博的律師、極爲擅長交互詰問，但要是不曉得該怎麼跟陪審團說話，你就完蛋了。在開口前，你得先搞懂他們。大部分陪審員都不想當陪審員，少數很積極想當陪審員的人，你應該想盡辦法避開他們。

我感覺脖子上的肌肉變得愈來愈緊繃，彷彿連接炸彈的電線要從背部爬上來掐死我。

蜜莉安走到我這桌，站在一旁。我眼神放空，腦子正以時速一百公里狂飆運轉。我能感覺到蜜莉安笑容裡的熱切，她拿著一張黃色的便利貼，上面有手寫字，她先朝我揮了揮，接著把它黏在桌上。

你的委託人沒戲唱了。我下午五點前就會撤銷他的保釋。

我整個口乾舌燥，這訊息等於判了艾米死刑。如果蜜莉安沒說錯，而她也眞的成功撤銷了佛切克的保釋，那佛切克手銬都還沒銬緊，艾米跟我就會死透了。我意識到我的鞋跟在大理石地板上抖動，在心底罵了一聲，努力冷靜下來好好思考。

蜜莉安通常不會把私人情緒帶到工作上，跟絕大多數優秀律師一樣，她會保持好距離。我們過去交手過幾次，算是打成平手。第一次對上蜜莉安時，我嚴重低估了她的實力，被打了個稀巴爛。我的當事人在學校外面賣安非他命被逮，因為沒有認罪協商，直接進入審判程序，那混帳被判了很久的刑期。蜜莉安在陪審團前的表現無懈可擊，從頭到尾沉著克制，讓陪審團感覺她只是在重述事實，而非玩弄他們的感情。在那個案子結束的一個月後，有人跟我說蜜莉安的兒子上的正是那所學校，而且被我的當事人塞了毒品。她完全沒跟我提過這件事就輕鬆、冷靜地贏得勝利。雖然判決結果正確，對陪審團來說也很好斷定，但她拿下那局的方式依舊令我印象深刻。

她遞給我紙條不是為了激怒辯方，這表示蜜莉安在擔心。這不是一般的謀殺案，蜜莉安的職業生涯就要從今天這個案子展開，如果她把這毫無難度的完美案子給打輸，她就要喝西北風了。檢察官經常在遇到這種案子的時候面臨更大的壓力，因為大家都期待他們會勝訴；她的關鍵證人被扣在聯邦調查局，如果她能穩穩拿下這次審判，勝利的新聞就會在業界傳開。我把紙條拿給佛切克，首先是讓他知道我沒在跟檢方交換紙條講炸彈的事；再來，我需要他害怕。人一害怕就喜歡有選項，如果世界上有《扒手聖經》這種東西的話，開頭就會跟律師手冊第一頁寫得一模一樣：給人們他們想要的。

「她完全衝著你的保釋來。」我說。

阿圖拉斯往前靠在欄杆上聽。我看到佛切克臉色一白，轉向阿圖拉斯。

「你沒有預料到這個。」佛切克質問。

「她還不能這麼做，其他律師告訴我們檢方會嘗試，但他們很肯定她不會成功。」阿圖拉斯回答。

「你覺得他們會不會是爲了想靠你們的案子討工作，才這樣樂觀？」我說。阿圖拉斯的臉部肌肉繃緊，雙眼瞇了起來。

「她肯定覺得自己第一位證人不得了，能直接定生死。一個優秀的律師永遠會用最有說服力的證人來開場。蜜莉安．蘇利文就是名非常優秀的律師，她覺得第一位證人就足以將你關進去了。」

佛切克咬牙切齒咆哮：「阿圖拉斯，你跟我說你全部都考慮過了。你有兩年的時間計畫，先是傑克連帶著炸彈走出轎車都沒辦法，更別提通過安檢，現在又來這個……」他伸出手，好像要去抓阿圖拉斯，但在最後一刻打住了。「你要是再讓我失望……」他搖搖頭。

阿圖拉斯摸了摸臉頰上的疤痕，看到我在看他，把手從臉上收回。仔細一看，那道傷口還沒完全癒合，就在他眼睛下方，紅色起皺的地方流出半透明的分泌物。像阿圖拉斯這樣的人，不會爲了治療這種傷看急診，但無論是誰縫的，都處理得不太好。江湖密醫多的是開不完的處方箋，衛生或縫合技巧如何就不怎麼重要了。傷口看起來不只有蟹足腫，也感染了，而且大概再也好不了，受損的組織有時候會無法徹底痊癒。

那傷口也許是過去犯錯時被佛切克懲罰的。阿圖拉斯把怒火集中在我身上。

「你不能讓她撤銷保釋，你女兒的命就靠它了。只要一通電話，她的小喉嚨就會立刻被劃開。」他威脅道。

我開口，憤怒壓過我聲音裡的焦慮，「冷靜點，我不會讓這件事發生。她需要眞的夠厲害的證據才能在第一天就撤銷保釋。但無論她丟出什麼，我都會處理好的。」

法官辦公室的門打開，我準備要經手一件我毫無概念的案子了。不管蜜莉安藏了什麼好料，我都要在她跟陪審團做開場陳述時全部搞清楚。我繫緊領帶，理了一下西裝外套，背上炸彈的重量讓人無法忽視。

「肅靜！全庭請起立。嘉布瑞拉．派克法官入席。待審案件第五五二一九二號，奧雷克．佛切克遭控一級謀殺罪名。」庭務員宣布的同時，一位嬌小樸素、身著黑色長袍的棕髮女子跑進法庭裡，在宣讀結束以前坐下，大部分人的屁股根本還來不及離開椅子。派克法官做什麼事都很快，講話很快、走路很快，吃東西也很快。她當辯護律師時頗令人畏懼，因爲她頭腦轉得和腳一樣迅速，像她做其他所有事情一樣，也因此她的交互詰問殺傷力驚人，轉瞬之間就能變換策略。她的能力很快地被正確的人注意到，沒過多久，野心勃勃的嘉布瑞拉就成爲本州史上最年輕的法官。也因爲自己曾是辯護律師，她很明顯地不會輕易放過任何一位辯護律師。

「請在庭上允許下入座。」庭務員喊道，眾人紛紛落座。

派克法官看向我。「弗林先生，我以爲你的合夥人才是本案律師。」她說話時有一點細微的布魯克林腔，但她的機關槍語速把口音藏得很好。

我的頭開始隱隱作痛。

「我在本案審議期間將代替朋友的職務——除非庭上有任何反對意見？」我說這話主要是出於希望，我知道她不會有意見，而她也如是回應。更換備案律師是很常見的事，刑案委託人一天到晚在開除委任律師，改聘新的人選。有些被告在案子審理期間換過五、六次律師——通常是因爲他們不喜歡自己得到的建議，或是律師開價太高。

「可以請陪審團進來嗎？」派克法官沒有明確對誰說，但庭務員聽到指示，便從一道側門離開去接他們。我祈禱能有一小段緩衝時間，讓我多點希望。法官會仔細看著陪審團，如果檢方的開場證人夠有力，陪審團也傾向判佛切克有罪的話，這或許會給派克法官足夠的信心，等對的時間一到就撤銷佛切克的保釋。我頭痛得更厲害，開始感覺到腹中隱約有種反胃感。我此刻別無選擇，只能面對眼前的處境。傑克是位優秀的律師，他肯定選了對的陪審團。

陪審團排隊進場入座：第一排六位，後面比較高的那排六位。

我很懷疑自己是否會選裡面任何一個人。

第一位陪審員是四十歲出頭的白人男子，穿著法蘭絨襯衫，頭戴眼鏡。他看起來個性體貼、學識中等，可能會是所有人中最爛的人選。陪審團剩下的組成和佛切克完全不同——五位身材嬌小的黑人女子，年約五、六十歲，穿著花裙，堅毅且外型亮眼的女性，但肯定不是俄羅斯黑幫的好朋友。接著是另外四位三、四十歲的女性：兩個白人、一個西裔和一個華人。我看到一位身穿白襯衫、紅領結的黑人男子。領結對出庭律師來說很危險，最難搞的人往往就是帶領結的男人。最後一位是西裔男子，他的襯衫燙得很挺，雙臂還有明顯的摺痕，儀容端正、相貌堂堂，莫名散發出學識淵博的感覺。他同樣不是很好的選擇，但或許算是一堆爛蘋果裡最好的那顆了，至少他會認眞聽。找一位願意聆聽的陪審團成員實在太重要了，他們的表情可以當作顯示你成敗的溫度計：只要那張臉有在思考，偶爾還會笑一下、跟著你的論點點頭，你就有機會贏。其他陪審員可能會聽他的，被他帶著走。

「蘇利文女士，請做開場陳述。」法官說。

室內一如預期地安靜下來。阿圖拉斯伸手到箱子裡，拿出一本橫線筆記本和一枝鉛筆讓我做筆記。他全都計畫好了。我打開筆記本，推開鉛筆拿出我的老爸筆，讓自己進入備戰模式。

我的第一條筆記通常是案件名稱，以及法官、檢察官的名字，但今天的筆記上唯一寫下的是——艾米。一直到一年前，我都很珍惜星期天，那是我們相處的日子。無論我在處理什麼案子、無論我過勞到什麼程度，我都會在星期天煎鬆餅當早餐。下午我和艾米會去展望公園玩，那是屬於我們的時光，她在通往內德米拱橋的步道上學會騎腳踏車，然後等不及要回家告訴克莉絲汀。我們從動物園回來的路上，她在我的肩膀上睡著，口水流得我整個襯衫都是；我們在湖畔一邊吃甜筒冰淇淋，看著鵝群飛過船屋，一邊聊她最好的朋友，還有那些因爲她與眾不同而欺負她的小孩。艾米不聽時下流行的男孩團體或嘻哈歌手，也不大看電視，她喜歡看書和聽經典搖滾，像是誰樂團、滾石樂團和披頭四。如果下雨，我們會買一大堆爆米花去看部老電影。我總是很期待星期天，但那再也不是我們相處的日子了；分居以後，克莉絲汀想要艾米穩定下來、回去上學，我們便改到星期六見面。每到星期六下午的尾聲，我就得送她回去，和她親吻道別後離開，開車回我空蕩蕩的公寓。

我環顧法庭，看見每個人都在等檢察官開始。

蜜莉安手肘擱在桌上，手刻意擺在臉下面。我之前看過她這樣做，所有目光都在她身上，她會把你吸引過去，用纖細的手框住那張值得信賴的臉。她從座位上起身，走向陪審團，自信滿滿地用那雙屬於法庭的眼睛輪流望過每一位成員，這是她與他們連結的方式，他們也好好接收到了。如果她接著就跟陪審團說佛切克有罪，他們會照她的說法下決議——立刻、馬上。

「陪審團的各位先生女士，我是蜜莉安・蘇利文，負責以謀殺罪名起訴佛切克先生。稍後我會列舉出證據，爲你們提供通往這場謀殺案眞相的路線圖。在你們能夠判佛切克先生有罪以前，這份地圖會爲我們指路。你們都看過關於本案的電視報導，佛切克先生被許多人認爲是俄羅斯黑手黨的首腦。我們的主要證人會告訴你們，所謂的『兄弟會』，也就是這類犯罪集團的俄文說法，其生活樣貌是如何。沒錯，各位先生女士，你們將能看到被告面臨排山倒海的不利證據。」她做過美甲的手揮向她團隊的桌子示意。他們在桌子上擺了兩、三份證據影本，可能根本沒這麼多證據能證明佛切克犯下謀殺罪，重點是那個印象。

她接著說：「那正是你們需要評估的——證據。不是媒體報導。現在，我將簡單說明我們的論點，以及介紹專家證人，他將告訴你們，是佛切克先生下令殺害馬里歐．傑拉多。」

我完全不曉得蜜莉安說的這位專家證人是誰，但我大概知道那位會是她的開場證人，讓她有撤銷佛切克保釋的機會。

「但在本案裡，比專家更重要的是實際開槍的人。這個人將告訴你們，他的老闆——俄羅斯黑手黨老大奧雷克．佛切克，命令他殺死傑拉多先生。這名射殺傑拉多先生的男子，正受聯邦調查局的保護，他的舊身分和新身分在本案訴訟過程中將受到保障，因他曾身爲黑幫成員，他的生命安全正遭受威脅。此人在本次審判上，將化名爲證人X。」

蜜莉安刻意停了一下，讓我有時間檢視剛寫下的筆記。我把句子重讀了一遍：他的生命安全正遭受威脅。並畫上底線。再畫一次。

8

蜜莉安花了一個小時說明舉證責任。她對陪審團解釋，檢察官必須排除合理懷疑，才能判定佛切克有罪。陪審團在其間點著頭，蜜莉安則繼續解釋，什麼樣的證據符合標準。

「陪審團的各位先生女士，稍後的第一位檢方證人是文書鑑定人，厄文．高斯坦博士。他的工作是鑑定手寫字跡，以判定書寫者的身分。高斯坦博士從檢方取得的公開文件上得知被告的字跡，並比對另一份字跡樣本，精準、科學地判斷這是否爲被告所寫。」

蜜莉安蹬著昂貴的高跟鞋回到檢察官席，拿起一個包在證物袋裡、看起來像某種貨幣的東西。

「這是第十二號檢方證物，一張被撕成兩半的一元盧布舊鈔票。一邊沒有標記，另一邊用麥克筆寫了一個名字，馬里歐．傑拉多，本案的被害人。證人X將告訴你們，他從他的老闆，也就是本案被告奧雷克．佛切克那裡收到其中半張——沒寫字的那一半，隨後他透過不明傳話者收到寫有被害者姓名的另外半張，那就是要他行凶的指令。這是俄羅斯黑幫的作案手段，也是被告下達暗殺指令的方法。我們是如何得知被告就是將被害人姓名寫在紙鈔上的人，這時候就需要高斯坦博士上場了。博士會告訴你們，紙鈔上的字跡和被告的字跡完全吻合。」

蜜莉安暫停了一下，紙鈔還高舉在手。這就是他們的王牌，這項證據足以撤銷保釋，好幾位陪審員嚴厲地盯著佛切克看。

我靠回椅背，交叉雙臂，向我身旁的佛切克低聲說，「往後靠，微笑。陪審團在看你。假裝很放鬆，他們會認爲我們一點也不擔心這項證據，而且一切都在我們的預料之中。」

我們都露出笑容。

「你在跟我開玩笑，對不對？你他媽一開始是怎麼得到保釋的？」

「檢方在傳訊時還沒有這項證據，他們年初只有拿出字跡報告。」佛切克說。

我思考了一下。「你該死的爲什麼要把暗殺命令寫下來？這是我聽過最白癡的事。告訴我她在說謊，我們還有東西能反駁它。」我說。

佛切克的笑容消失了，他眉頭緊鎖，聲音變得低沉。「別自以爲你了解我這個人，或是我經營事業的方式。這是老方法。以前蘇聯時期，幫派大肆撒野，但永遠對老大保持效忠。那份忠誠並不總是能延伸到『vor』——也就是你們所謂的小兵身上。如果一個小兵想要在兄弟幫裡晉升，最簡單的方式就是把最大勁敵給殺了。但他不能自己動手，替代方案就是利用其他小兵，騙他們說老大，就是『pakhan』，下令殺掉那個死對頭，其他小兵便會絕對服從，等老大知道時已經爲時已晚。我親眼見過整個兄弟幫像這樣自相殘殺，所以我用老方法來確保這種事不會發生，這就是老方法。」他朝證物的方向比了比，與此同時，蜜莉安的手放下來，慢慢走回檢方席去。

他接著說。「整個組織裡唯一能下令暗殺的只有我，所有殺戮都在我的控制之下，這樣一來我不會跟別的幫派打起來，也確保我的人不會自相殘殺。爲了這麼做，我有一位我自己的torpedo。」他發音成「tor-pedd-o」。「那是前蘇聯對受命殺手的稱呼。這個人聽令於我，也只對我負責。我會在他面前把一張一元盧布舊鈔撕成兩半，其中一半給他。這樣，他就成了受命殺手。當我需要把人做掉時，便在另一半寫下目標名字送去給殺手。他會核對收到的兩半是否吻合，一旦吻合即命令爲眞，且是直接從我這裡下達。這樣一來，用老方法，我的人信任我，我也獲得他們絕對的效忠。」

「而這個證人X，小班尼，他是你的受命殺手，是吧？那他幹什麼留著鈔票？」我問。

「蘇聯時期，我們把一元盧布的鈔票稱作『tselkovy』，意思是『完整』。這代表我全心全意信任受命殺手，並永遠擁有他的忠誠。受命殺手應該在完事後燒掉紙鈔，但他們大部分不這麼做，而是保留盧布紙鈔。一元盧布鈔票已經很稀少了，就像榮譽勳章一樣，有些人甚至會把一元盧布鈔票刺在背上。我不允許刺青，我們把榮譽留在眼裡，不留在皮囊。」

我不能做出反應，以免被陪審團看見，但我非常想埋頭尖叫。法庭感覺起來不再巨大，它好小、好公開、好危險。我想著艾米被關在哪，她是不是也覺得自己被團團包圍、無路可逃且害怕不已？如果我放任自己去想她現在的遭遇，我會崩潰。

我轉而思考起來。「把案件資料給我。」

佛切克從行李箱中翻出一份文件遞給我，資料夾上寫著文書鑑定。我打開翻閱。佛切克幾乎找遍國內所有大型刑案律師事務所，拿到了好幾位文書鑑定人的報告，文件目錄標示一共有十一份這樣的專家報告。佛切克肯定被逼急了。我翻過每份報告的結論摘要，說法都一樣——是佛切克本人在盧布鈔票上寫下了名字。

蜜莉安繼續她的開場陳述。

「陪審團的先生女士們，你們也會聽到被害者家屬，被害者的堂哥東尼·傑拉多的說法。他會說明他的堂弟與被告起了什麼爭執，被告曾對馬里歐·傑拉多做出什麼樣的生命威脅，以及他曾擔心過被告會殺了他的堂弟，或親自策劃謀殺。」

東尼．傑拉多這個名字喚起了我某些記憶，但我太緊張了，無法深入回想。蜜莉安講得愈來愈順。

「你們會聽到逮捕並訊問被告的警察陳述，這位員警會描述調查的過程……」

我的注意力漸漸喪失。我在一堆文件裡找到了證人名單，一共會傳喚五名證人，一個準備萬全、堅實的小陣容。蜜莉安避開常見的機關槍審問法，也就是亂槍打鳥的策略，單純傳喚一個又一個的證人，直到某一刻，一定有事情會露出馬腳。她不屑這套。文書鑑定人厄文．高斯坦博士是第一位證人。很棒的策略，我心想，第一天就把無聊的部分解決，把刀子塞近被告手裡。但我認爲這是我最好的機會，佛切克肯定花了一大筆錢才弄來這些報告，然而付錢給那些律師，卻只換來同樣的結果——那是你的字跡。對他來說，這位證人讓他勝算全無，他找不到一個專家來反駁高斯坦的證據，聘來的每個律師都告訴他這項證據沒有任何漏洞。

我別無選擇。如果高斯坦博士如蜜莉安期望的一樣，是個如此優秀的證人，佛切克的保釋幾個小時內就會被撤銷，艾米也會爲此賠上性命。我得毀掉高斯坦的證據，這麼做會導致兩個結果：首先，我會保有剩下的二十八小時來想辦法脫逃；再者，俄羅斯佬會開始信任我。如果佛切克覺得我爲了不讓他被關，能在殺死班尼前如此賣命，等我逮到機會把炸彈塞到他屁股底下時，他就不會注意到了。但在我要詐之前，需要先取得他的信任。

在詐騙技巧裡，我們稱之爲誘餌。

蜜莉安幫自己的演說收尾。「先生女士們，若你們認爲這份簡單的主張無誤，你們就必須判被告有罪。我們將在之後說明他的罪行，而你們必須判其有罪。」

蜜莉安坐下。陪審團一臉疲憊。

派克法官說：「弗林先生，你要現在向陪審團發表陳詞，還是等到檢方總結證據後？」我慢慢從椅子上起身說：「法官大人，陪審團會希望有時間消化蘇利文女士的演說內容。是不是能讓他們休息一下，恢復精神呢？向陪審團致詞前，我需要先聽取委託人的一些指示。」

這是我常用的戰術，大部分辯護律師也會這麼做。我習慣在聽完檢方開場後跟委託人談談，通常只有在這時候，辯方才能聽到檢方在證據上有哪些盤算。我得跟被告再確認一次檢方的說法是否爲眞，同時也想要陪審團喜歡我。他們坐在那聽蜜莉安講了將近兩個小時，我想當拯救他們的人，讓他們看到我站起來，簡短說句話，放大家去喝咖啡、吃點心。我擔心他們可能需要休息，我體貼、關照且傾聽他們。很快我就會成爲全場唯一焦點。

蜜莉安看出我想把陪審團從她的魅力光環下搶走，想試著贏回他們的青睞。「法官大人，我擔心這個上午花的時間太久了，或許不要只是休息喝個咖啡，我們可以先去用餐？」

「一個小時後回來。」派克法官宣布。

人員開始離場，我感覺到一隻強壯的手按在我肩膀上。阿圖拉斯說：「我們上樓談。」

我沒時間談，我只有一個小時的時間讀完八千頁文件，準備我此生最完美的開場陳述和交互詰問。我轉過身直直盯著他。「我們晚點再談，我得先工作。而且我需要你的幫忙。」

9

維克多關上我們稍早在十九樓佔用的會客室大門，上鎖。阿圖拉斯雙臂交叉，腳底拍打著地板。他又緊張又火大，而他的老闆只是縮在沙發上看著。

「我需要一台有網路的筆電或智慧型手機。」我說。

「要做什麼？」阿圖拉斯問。

我無視他，直接跟佛切克說話——委託人是他，他需要答案，而且他負責發號施令。「其他律師都在想辦法弄到能直接挑戰高斯坦博士的專家證詞，他們想找別的字跡專家，反證那道謀殺指令並非由你所寫。我看過案件資料裡的那堆報告，他們找不到任何人來提供那樣的說法，因爲那種說法不存在，至少在合法的層面上不存在。你或許能找來一位專家說那個字跡不一定是你的，但那些人沒有高斯坦的可信度，而當專家證人之間陷入僵局，通常都是履歷最亮眼的那個會贏。」

佛切克點點頭，看起來頗認同，但阿圖拉斯則不然。「你能做什麼？其他事務所花了幾個月的時間想挑戰這個證據，你一個小時能做什麼？」阿圖拉斯說。

「嗯，我確實得做些什麼。如果我們毫無異議地放過這個證據，蜜莉安．蘇利文就會撤銷保釋。不用等高斯坦下證人席，你就會被銬上手銬。這代表一切都完了，你明天連跳上飛機的機會都不用想。」

我能聽見阿圖拉斯咬牙切齒的聲音，他開始靜不下來，下半身重心換來換去，嘴巴扭曲得像在扮鬼臉。他策劃這齣戲好久了，不能接受這種模糊不定的感覺，但這就是法庭裡的規則，踏進法庭就像到賭城玩骰子——什麼事都可能發生。佛切克繼續聽，此事攸關他的自由。

「不用我說你也曉得，刑事被告人被羈押後，檢方證人若遭遇不測會帶來什麼結果。在完整調查結束、確認你清白無罪以前，你是不可能交保釋放的。那會花多久時間？兩年，也許三年？這中間什麼事都可能發生。檢方或許無法將炸彈跟你直接連起來，但這不代表他們不會把你和上百公斤重的食人魔關在一起，這還是在你能躲過其他幫派小兵的前提下。對，法庭裡的那些兄弟要在裡面找到你可容易多了。只要能讓艾米平安，我不介意承擔後果，總比反過來得好。但你要是被關——你就輸了。」

佛切克與阿圖拉斯交換了一個眼神，摸了摸褲子，試圖壓下臉上心照不宣的笑容。無論我剛才跟佛切克說了什麼，我都知道，事情結束後，他們不會放我和艾米生路的。他們不想讓我跑去跟聯邦調查局說我女兒被綁架，導致被迫在法庭放炸彈的事。但我需要讓佛切克和阿圖拉斯以為我信了他們講的屁話。

「我還是想知道你能使出什麼其他律師沒有的招數。」阿圖拉斯說。問得好，我也給了他簡單的答案。「其他事務所都在想辦法針對證據回擊，這方法錯了。這就像踢美式足球，若你們是個規模小、經費少的球隊，對上有錢又有超棒四分衛的團隊，正面對決一定贏不了。換作是我，面對眼前資質優異、手腳飛快而我打不過的人牆，那很簡單——直接把他踢出遊戲，弄殘他。我會用盡全力全速撞倒他，等他醒來賽季都結束了。就像俗話說的——有時候你得打人，而非打球。官司也是，毀不了證據，我就得毀掉提出證據的證人。一旦陪審團認為高斯坦缺乏可信度，那他說什麼也實在不重要了。我需要上網挖出他的資料。聽著，我們沒有其他選項，你只能幫我，或等法警將你銬上手銬時，我幫你拿外套。就這麼簡單。」

佛切克跟阿圖拉斯點頭同意。

「你一個小時能找到什麼？」阿圖拉斯又問。

「我要看了才知道。」我真的不知道，但大概曉得要從哪裡找。我看得出來佛切克正強忍著不露出笑容，他似乎被挑起興趣了。

「好。」阿圖拉斯拿出他的iPhone。「告訴我要找什麼。」

「他是在威斯康辛大學任教的，從他在大學的簡歷下手，然後是他的著作列表。找給我看他在二〇〇〇年、二〇〇四、二〇〇八年發表的文章。」

「爲什麼？」阿圖拉斯問。

「要交互詰問學者，就該從他們這幾個年分發表的文章下手。那幾年有ＡＲＡＥ[1]：美國學術研究評估。在這期間，學術工作者發表的文章愈多，他們的大學就能得到愈多經費，那些書呆子也能拿到愈多錢。這幾個年分，所有人都瘋狂地寫，頭腦正常的學者也會寫出平時作夢都不敢寫的爛東西。爲了產量而寫是催生不出有品質的理論，沒過多久他們就會寫起神話、外星人的文章。那個時候，只要你發表文章就能賺錢。所以如果說我們眞能找到任何高斯坦的把柄，那就是我們該下手的地方。」

我交互詰問過一些學者，早在幾年前就搞懂了ＡＲＡＥ這回事，我永遠能找到攻擊的材料。所有事情都一樣——跟著錢走，它永遠會帶你到對的地方。

在阿圖拉斯上網搜尋的同時，我一一讀過高斯坦的報告。我曾代表亞齊・梅勒打過支票詐欺案，當時讀過這樣的報告。我在做保險詐騙的時候，亞齊是我的僞造師，他很有才華，我從他那邊拿到的證件通常都很不錯。在他的官司裡，我交互詰問了一位針對字跡和假支票作證的文書鑑定人。我不太清楚他們都是留意哪些部分，但我記得的是，他們通常會看開頭幾個字的大寫字首。我掃過高斯坦的報告，他確實把重點放在佛切克用麥克筆寫在鈔票上的「傑拉多（Geraldo）」前面的字首「G」上。在高斯坦的報告後面有一份犯罪現場鑑識人員的聲明，他分析了一元盧布鈔票上的指紋；很顯然地，小班尼和經手班尼個人物品的分局羈押警員，他們的指紋把其他可辨識的指紋不是弄糊、就是蓋過去了。

阿圖拉斯花了七分鐘的時間，在大學網站上找到正確的頁面。二〇〇八年著作列表——沒東西，二〇〇四年的頁面也沒找到任何特別之處。

我們點開二〇〇〇年，出現了，它在那裡盯著我看，好像乞丐手裡的金塊一樣。如同大部分的學者，高斯坦想在浪頭上發財，他寫了好幾篇白癡文章來拉高自己的聲量、地位和薪水。有一篇寫得特別爛，那給了我一個好點子。

「我要把這篇印出來，我需要印表機、紙、熱咖啡，還有他媽的別吵我。」我說。阿圖拉斯聽著我用他的手機打給法官助理琴恩，哄她幫忙印出那篇文章。我告訴她我欠她一盒甜甜圈，並教她去哪邊搜尋那篇文章。我猜蜜莉安恐怕連琴恩的名字都不曉得。大部分明星律師都會無視法庭職員，稱其爲「小人物」。他們這樣做是自找麻煩，損失的也是他們自己。大多時

---

1 American Research Assessment Exercise

候這些小人物其實才是最有用的一群人。

我終於在法官辦公室裡得到一絲清靜。維克多在外面的會客室，試著要打開印表機。他成功打開之後，我只需要印幾頁出來，然後把比例放大，這樣陪審團能看得比較清楚。我把紙張攤開在桌上，眼神放空，讓計畫自己浮現。剛剛在車上被擊中的後腦杓，到現在還在痛。如果我想大膽出賣那些俄羅斯人，必須先讓他們鬆懈，讓他們信任我——他們才不會處處盯著我。我爸跟我說過，正直的人騙不了，但更難的是讓不正直的獵物信任你。成功的詐騙重點全在於信任。

「佛切克。」我說。他示意我坐到他身旁的其中一張沙發上。「你之前的律師全都是優秀又有才華的專業人士，不用我講你也知道，是吧？你知道那些人是業界數一數二的菁英，而他們告訴你字跡專家會讓你辯護失敗。」

佛切克的每個動作看起來都很猶豫、深思熟慮、事前計畫過。總是在告誡自己要謹慎行事，好隱藏本性。他點了一根雪茄任其燃燒，一邊思考著答案，最後開口：「他們跟我說，單靠這個不足以將我定罪。」

「沒錯，但他們沒跟你說這會讓你沒了保釋。還有，就算班尼被炸死，也有足夠的證據讓檢方申請重審。」

他沒有說話，我乘勝追擊。

「你之前的律師有好幾個月的時間來處理這傢伙的證據，對吧？」

「對。」

「他們沒辦法扳倒他，對吧？」

佛切克嘆了口氣。「對。你想說什麼?」

「我把專家證據除掉,你給我機會嘗試,在不把小班尼炸成灰的情況下打贏官司。」

我叫阿圖拉斯把高斯坦的論文拿給佛切克看,他用阿圖拉斯的iPhone瀏覽過那篇文章,雪茄的菸灰掉在螢幕上。

「這沒什麼啊,能派上什麼用場?」

「那個交給我處理。如果我幫你扳倒這傢伙,你得讓我試著處理班尼。我爲了救我女兒什麼都肯做,她是我的全世界、我的生命。只要能保護她,要我坐牢也沒關係,但我可不享受在牢裡度過餘生。讓我交互詰問他,如果狀況不對,我他媽親手按鈕把他炸了。」

《扒手聖經》第一準則——給人們他們想要的。

在佛切克轉頭看向阿圖拉斯以前,我見到他興奮燃燒的雙眼,他不想被逼得在法庭上將證人活活炸死,風險太大了,逃跑的風險也是。他老早就放棄打贏官司,而我讓他重燃希望。

「律師,你是不可能打贏這案子的。比你更好、更聰明的律師也都看過這些東西。」阿圖拉斯反駁。

「你讓我試試看也不會有任何損失,至少高斯坦的部分我別無選擇。我得處理他的證據,否則你老大的保釋就沒了。」

屋內陷入沉默,我能聽見維克多明顯的呼吸聲、印表機風扇的低鳴、窗外的一陣喇叭聲。佛切克想要這麼做,我看得出來,我正是他所祈求的解答。

「還有一件事。」我說。

「怎樣?」阿圖拉斯吼道。

「你還沒買咖啡給我。」

佛切克往地上彈了彈雪茄菸頭，說道：「維克多，去給弗林先生買咖啡吧。」

10

午餐已經用掉了一個小時又十五分鐘。

我看了看錶，上頭顯示還剩下二十六個小時。這是一支二十美金、液晶顯示的電子錶，廉價到不行，卻是我最喜愛的一支。艾米跟我同一天生日——九月一日，今年生日那天早上，我去接艾米逛街。我跟克莉絲汀從六月底就分居了，如果去皇后區那間我以前跟家人同住的房子，我會很尷尬，於是我跟艾米到外面逛。我完全不知道要買什麼給十歲小孩，決定讓她自己挑。我們在百老匯外經過一間小小的珠寶店，艾米扯了扯我的袖子，她在櫥窗上看到一支展售中的電子錶。我們進去後，她說她想要兩支一模一樣的——一支給我，一支給自己。我跟她說我已經有手錶了，她媽媽送的。她濃密的淺金色長髮貼在玻璃櫃上，仔細研究她選中的手錶。克莉絲汀經常擔心我們的女兒是否太嚴肅了，我沒聽進去，我認爲艾米只是比大部分同齡女孩成熟，同時擁有成人般聰慧的好奇心。

艾米的小手指在手錶旁邊抓來抓去，然後說：「爸，你是要去醫生那邊接受治療嗎？」她指的是我在克莉絲汀的堅持下，嘗試報名的隔離式戒酒診所。店員走到後面，留給我們一些私人空間。

她小聲講完計畫，好像這是我們的祕密一樣。「我想說如果我們都有這個手錶，就可以設定八點的鬧鈴，這樣你就會記得打給我，我們可以聊聊天，或是你可以講故事給我聽。」

她是如此眞摯而認眞。以她的年齡來說，她身高算高，可愛又淘氣，但更耀眼的是她內心的善良。她的善良在那一天拯救了我，如果我們沒買那對手銬，我是無法撐過戒酒治療的。每天晚上，我們的鬧鈴都會同時在八點響起，然後我就從診所打給她，對著電話唸《愛麗絲夢遊仙境》給她聽。作爲女兒，她比我這個家長稱職太多了。

我坐在辯方席上，克制自己不要玩筆，那會讓我看起來很緊張。琴恩把高斯坦的學術文章放在我的椅子上。

法官一點也沒趕時間的樣子，她有權如此。法庭裡坐滿了記者。因爲預期證人X的生命將遭威脅，本案沒有任何電視報導，只刊載於報章雜誌。法官遇到攝影機出現在法庭裡時總會很敏感，他們大部分都不喜歡被拍攝，有任何老套的藉口能弄走攝影機，他們都樂於使用，法庭裡甚至連監視錄影器都沒有。沒有哪個法官想在毫無防備的情況下，被拍到自己說了什麼蠢話。

我能感覺到屋內殷殷企盼的氛圍，所有聽完蜜莉安開場的人，都曉得此案無望辯護成功。我稍早看到的亞裔黑幫老大已經在搖頭了，不曉得這樣拖延是要做什麼。毫無疑問，佛切克現在應該已經被定罪了。

我沒辦法再去想艾米，那樣我會瘋掉。佛切克坐在辯護人席，我的旁邊；阿圖拉斯和維克多在我們身後。

我把我的痛苦、疑慮等情緒都吞回去，然後看向我委託人那張邪惡的臉。

「我的女兒在哪裡？」

「她在附近，而且她沒事，我時不時會確認狀況，她正在吃洋芋片、看電視。你穩穩進行下去，也許我會再給你看張照片。」佛切克說。

又過了幾分鐘，還是不見法官的蹤影。我的開場陳詞很簡單，但交互詰問高斯坦博士的部分讓我很憂慮，我在腦中沙盤推演——提問、回答、提問、回答，一次又一次，試著把我的詰問調整得更完美。

「你，」佛切克說，「我希望這個拖延不是你搞出來的。」他一臉不信任。要對這人施以說服技巧，比我想像中還要困難。

「你知道，我父親是個戰爭英雄。」佛切克看著法庭裝飾繁複的天花板，回想著自己的雙親。「他一個人在史達林格勒戰役中幹掉了一整隊的狙擊手，史達林親自授勳給他。我母親是波蘭猶太人，從集中營被解放出來，然後愛上了我的父親——一位英雄。」他想到他的母親時，表情變得較爲柔和，聲音也沉了下來，好似在往事中輕輕搖擺。「她替我取名『奧雷克』，意思是守護者。她在戰後沒多久便離世了。」

「眞可惜，在俄羅斯不好過吧？」我其實是想說，一旦我找回女兒，他也活不了多久了。

「我父親在我母親過世後酗酒，被糖尿病害得兩條腿都沒了。我推著他到東莫斯科那一帶的酒吧，讓他喝一瓶伏特加，勳章自豪地在他胸前閃閃發亮。我那時才十二歲，沒比你女兒大多少，我以我父親爲傲。」

他邊說，眼神流露出他嚴苛、幾近殘暴的那一面，「他眞的喝醉以後，那份驕傲就蕩然無存。他想要打架，心中那頭獅子早忘記自己已經沒了雙腳。他會製造了麻煩，才意識到自己站不起來，這時他就會說，我兒子會幫我打，於是我就得跟他槓上的隨便哪個醉漢或皮條客打架。也許他想要我對得起我母親給我起的名字，那保留了她的一部分。我十六歲的時候殺了他，把他的勳章給賣了，買下我的第一把槍。但我愛他，我一直都愛他。如果我打輸了，他會狠狠揍我；讓他失望，我會更慘。如果你讓我失望，律師先生，你女兒可以爲你奮鬥的。」

我想把他的頭給扯下來，我把怒氣集中，視線緊盯住他，然後說：「你觀察過我的行動，對我有不少了解。你也許知道我過去幾個月住在哪、做些什麼，但你完全不曉得我在法庭裡的能耐。你看過的其他律師，沒有一位像我一樣知道怎麼處理證人，他們不知道如何讓檢方犯錯、讓陪審團照自己的意思走，但我知道。」我難以克制自己，起身對著他一字一字地說。「這個證人完全能毀了你的案子和保釋，但我會阻止他，而你要給我機會處理小班尼。你得搞清楚，你不需要炸彈來打贏這個案子，你已經有一顆了——就是我。」

在我丟出這番話的同時，感覺到後頸的毛髮隱隱刺痛，肩膀變僵硬。我之前就有過這種感覺，就在早上阿圖拉斯在洗手間拿著左輪手槍抵在我背上的時候。詐騙這門生意可不是兒戲，你會發展出察覺危險的本能，那種第六感能讓你跟目標和警察們保持距離。你如果不聽腦袋裡的聲音，下場不是死就是坐牢。所有人都有那種本能，但很少人會擁抱它。我們都有那種被注視的感覺，那種坐在酒吧裡，知道背後有人沒事死盯著自己腦袋的感覺。詐欺犯就是要利用這種本能，鍛鍊並學習如何信任它。在危急的那一刻，我的警鈴會大響，我的預警系統通常會在我被注視、被抓包或該逃的時候警告我。

此刻，我知道除了佛切克以外還有人在盯著我。

我旋即抬頭環顧屋內，群眾有說有笑，緊張地等待欲來的決鬥，好像快餓死的暴徒們迫不及待要看到熊坑裡見血一樣。我的注意力集中到後牆，讓眼角餘光去找出不對勁的地方，就在此時我看到了他。

一名與眾不同的男子，他不顯緊張，沒有說話，站得挺直——在一片躁動中猶如雕像。

我一看到他，立刻明白為何自己會在人群中感覺到他的存在。長椅坐了上百多人，他獨自坐在那，一動也不動，專注地盯著我看。

而我知道原因。

他的名字是阿諾．諾瓦薩利奇，四年前認識這個人後我就從沒忘記過他。這令人有些意外，因為阿諾身上有種罕見且不被重視的特質：他不引人注目，邊緣中的邊緣，在這座充滿孤獨靈魂的城市裡，他是完全無害的人。他的髮線幾乎要退到肥大的脖子頂端，穿著我第一次見到時一模一樣的棕色西裝、象牙白襯衫和黑框大眼鏡。但讓人對他印象深刻的並非外表，事實上阿諾費盡苦心刻意雕琢外型，好讓自己沒有記憶點。他的外表，以及他人因此對他的漠不關心，是他的藏身之處、他的鎧甲。

我知道阿諾的天賦是觀察。作為天生的窺視者，他總是留意著外界，很少把注意力放在自己身上，或許也因此沒人會注意到他。這個天賦讓他成為業界最優秀的陪審團顧問之一，他看得出來某位特定的陪審員會如何投票，陪審團裡的社交張力如何，誰是群體中的領導者，誰會跟著哪邊投。他的手段包含實際研究、數據分析、種族歸納，和另一項阿諾絕口不提的特別技能。

四年前我正準備要跟一家藥商打官司，阿諾來面試成為該案的陪審團顧問，我記得見到阿諾．諾瓦薩利奇本人的時候，我不太欣賞他，甚至覺得他有點嚇人。書面資料顯示，阿諾是這一行最優秀的人，他從未失誤，處理過的案子都精準預測了陪審團的裁斷，這點讓我很憂慮。但更讓我狐疑的是，在他擔任顧問的四個案子裡，他都有辦法在陪審員投票之前，準確預知每一位的選擇，擁有高達百分百的準確率。我知道在陪審團這個領域裡，沒有完美預測這回事，所以我直截了當地詢問了他的祕密。

阿諾曉得他不可能瞞得過我，於是就那麼一次，他從實招來——其他顧問只能推測陪審團可能的對話內容，但阿諾完全知道他們在說什麼，因爲他是一位頗具天分的讀唇者。

除了在上鎖且保有隱私的陪審團休息室，陪審員在其他地方都不應交談，但實際上他們幾乎隨時都在與人交流，他們悄聲評論證人，甚至在審判進行到關鍵點時咒罵出聲。阿諾全部看在眼裡、讀了出來，然後加以利用。

我的視線越過佛切克，集中在阿諾身上。他坐在離我約八公尺遠的地方，無論他有多喜歡在人群中隱藏自己，他在我面前都無所遁形，他又肥又小的鼻子幾乎要流出懼意。我知道阿諾用唇語讀了我和佛切克的談話，他肯定知道炸彈的事了，但我不曉得阿諾爲何出現在這裡，以及他要如何運用這項資訊。

我看回佛切克說：「等我一下，有一個人，我要去跟他講——」但我沒能把話講完。法庭裡的所有人起立，迎接派克法官回到熊坑來。

11

「弗林先生，你如果準備好做開場陳詞的話，麻煩請開始。」派克法官說。

派克今天心情挺好的，她手上的案子備受媒體關注，同時也有機會透過把知名俄羅斯黑道送進牢裡，讓自己事業更上一層樓。

開場陳詞是很重要的，這是你和陪審團定義出案子輪廓的機會。蜜莉安丟了很多資訊給陪審團，她跟他們說，證據多到不可能不定罪，她讓自己像個普通人，而不是律師。我得改變這件事。我一起身，立刻被西裝外套搞得心神不寧，炸彈感覺起來既彆扭、沉重，又莫名地發熱。室內溫度宜人，我卻汗流浹背。我用顫抖的手替自己倒了杯水，緩緩喝完，覺得自己重新冷靜下來了。蜜莉安泰然自若地坐著，準備針對辯方的論點寫下詳盡的筆記。專家證人高斯坦博士坐在蜜莉安後面三排的位子，按照檢方的計畫，他要到今天下午稍晚或明天早上才會被傳喚作證。我透過大學網站上的照片認出他本人，神奇的是，他本人看起來比那張嚇死人的照片還要宅上太多。

我轉向陪審團，予以笑容。

「各位陪審員，很高興能與你們同聚一堂。蘇利文女士今天講了大約兩小時，我現在就說個兩分鐘。」陪審團傳來一陣笑聲。「這個案子涉及一項駭人的罪行，檢方會負責向你們證明奧雷克・佛切克犯下了這項罪行。如果在本案結束時，你們針對奧雷克・佛切克是否犯下此案抱有合理懷疑，那麼各位就有義務要判他無罪。但這是你們的選擇。蘇利文女士要求各位判佛切克先生有罪，而我們不會要求各位做任何事。我們會邀請你們考量證據，以及我們對本案的看法，也會將裁斷的權力留給各位、和各位優異的判斷力。這就是我目前唯一想說的。」

我坐下來。

以刑事案件來說，陪審團的選擇就只有兩扇門：有罪或無罪。蜜莉安試圖把陪審團往她那扇門推去，而我想把門開著，歡迎他們進來。陪審團的行爲模式就跟路上所有人一樣——他們不喜歡被強迫推銷，他們喜歡有選擇權。

高斯坦博士緊張地看著他的文件，他愈緊張反常，對我就愈有利。此刻我面前有一條路可選——我可以小心行事，設陷阱給蜜莉安踩。這陷阱有它的風險，也很容易反咬我自己，但若奏效，它就能讓我贏得陪審團的青睞。

我決定一試。

我靠向蜜莉安，阿圖拉斯使勁想聽我在說什麼。我跟他說過要做好準備，情況允許的話，我可能會這樣做，我不想讓他感覺我在跟蜜莉安講炸彈的事。

「高斯坦——他是筆跡學家，別傳喚他，不然你會後悔。」我說。

「筆跡學家是什麼鬼？」蜜莉安問。跟我想的一樣，我早就幫她準備好答案了。

「高斯坦是文書鑑定人，他的工作是從筆跡去判斷作者身分，這是科學分析。筆跡學試圖從筆跡去解讀作者的性格，那是一堆狗屁。就好像基督徒考古學家挖到恐龍化石後，以此爲證，推斷世界只有五千年歷史。你不能同時腳踩兩種學派，這很僞善。別傳喚他。」

我坐下來。

她會傳喚高斯坦。

她驕傲的神情轉爲憤怒，令法官看向她。我結束了簡短的開場陳述，輪到檢方呈上證據了。高斯坦看起來是法庭裡唯一的檢方證人，這讓蜜莉安有些措手不及。她起身說道：

「法官大人，我要傳喚厄文・高斯坦博士。」

高斯坦博士沒料到那麼快就聽到自己的名字，趕緊摺起文件、扣上外套，往前移動。他臉上擺出的笑容難掩緊張，畢竟這是他生涯中最大的案子。如果我成功的話，這更會是他生涯中的最後一案。他走往證人席的路上，絆到一張椅子的椅腳，手中緊抓著文件不放，那份報告是他的依靠，他必須隨身帶著。他完全有理由感到自信，他的報告夠精確，寫得很好，也符合事實，我無法質疑裡頭的一字一句。

沒人曉得我已經把一切都押在蜜莉安是否跟我預期的一樣優秀上，我認爲她是很棒的訴訟律師，她採取的策略，換作是我也同樣會採用。我會把對手的王牌搶來爲己所用，我會問博士筆跡學的事，控制提問的內容，讓它聽起來正常、普通，乃至無聊。我會讓他盡情、完整地解釋，把我對手的王牌當破銅爛鐵一樣丟出去。蜜莉安會做同樣的事。

我就全靠這一點了。

12

高斯坦約五十多歲，在我看來他好像在五十這個歲數停了三十幾年。他的西裝看起來比他還老，更糟的是，他還打了個領結。

他站著進行宣誓，邊讀著誓詞卡邊調整眼鏡，小心唸著那些讓他踏進我勢力範圍的語句。他給自己倒了兩杯水，坐下來準備迎接證人席上馬拉松式的訊問。蜜莉安很快就會問完高斯坦，一位好律師會盡快解決所有專家證人，因爲他們十之八九都無聊到爆。他們的證據很關鍵，但他們都解釋得很爛，所以你得速戰速決：你是何方神聖？為什麼你比其他同業更優秀？告訴我們有什麼是我們需要知道的，然後閉嘴。蜜莉安八成跟他說他會在證人席待上一天，他並不知道自己會在一、兩個小時內就結束。

蜜莉安將高斯坦的報告拿在前面，好像這份報告會帶領她通往眞相和佛切克的有罪判決。

「高斯坦博士，請向陪審團大略說明你的主要專業，以及你擁有哪些相關資格。」蜜莉安的提問是安排來讓博士進入狀況的。跟陪審團說你為何如此聰明。這能讓博士開口，讓他放鬆下來。

「我是文書鑑定人。我透過分析筆跡來判定作者的身分。我曾就讀於……」接著在博士的聰穎智慧下，五分鐘過去了。我任其發展，他愈是跟陪審團說自己有多厲害，我拆他台的時候，他就會顯得愈是愚蠢。博士顯得有些緊張，大概是覺得自己講太久了，手無意識地擺弄起領結。蜜莉安看到這些跡象後，對他伸出援手。

「謝謝你，博士，眞是令人佩服的學經歷。請跟陪審團說明本案檢方爲何會與你接觸。」

「沒問題。方便的話，請陪審團翻開D卷第兩百八十七頁，你們會看到殺手紙鈔的副本。這些是一元盧布紙鈔的兩半，其中一邊寫有受害者的名字。我得知這張紙鈔是在證人X駕駛的車輛中找到的。我得知，證人X會出庭作證，說明這張紙鈔的用意，以及它和受害者遭殺害之間有何關係。對此我不予置評。檢方和我接觸，是要我判斷紙鈔上的筆跡是否爲被告所寫。」

蜜莉安讓他停一下，給陪審團時間找到那一頁，讓他們看到紙鈔，看到筆跡。

馬里歐・傑拉多

「博士，請告訴我們你是如何檢驗這張紙鈔的。」蜜莉安很小心，盡可能多使用「博士」這個字眼，同時不讓法官感到不耐。專家的正式頭銜重複出現，有助於提高陪審團的信賴度。

「這就是有所爭議的筆跡。被告否認這是由他所寫，爲了確認這份有爭議的筆跡是否爲被告所寫，我針對確爲被告所寫的筆跡來源進行科學分析，以達鑑識比對之目的。」

「博士，你是從哪裡取得這份確爲被告所寫的筆跡？」蜜莉安問。

「從退稅、社會安全文件、護照申請資料、國籍申請資料，以及其他有被告簽名或載有其筆跡的公開文件。」

「那麼你的鑑定有何發現？」

「我判定出，包括受爭議筆跡在內的所有樣本，均帶有獨特且與眾不同的特徵，亦可稱其爲字母構成。換言之，他組成字母的方式，以及他寫出個別字母時特定且獨特的運筆方式，皆足以指認出一種明確的筆跡模式。因此我能相當程度地肯定，被告就是你眼前這張紙鈔上字跡的執筆者。」

重點就是這個。蜜莉安跟所有優秀律師一樣，停下來看向陪審團，讓他們吸收這些資訊。

「博士，可以給我們舉個例子嗎？」蜜莉安說。

「當然沒問題。」高斯坦取出一張放大複印的字母「G」，解釋那是受爭議的筆跡來源裡「Geraldo」的開頭字母「G」。他又拿了幾張稍微小一些、也印有字母「G」的影本，說明這是從既有資源中取得的被告筆跡。他將所有放大的影本置於大型展示架上，供陪審團參酌。

「我們來看『Geraldo』裡的字母『G』的組成，就會發現它有個明顯的字尾，由連續不間斷的線條從字體上方的曲線往下延伸。這個字體或字母最後以一條水平的橫線收尾，從『G』的曲線內部開始，由左向右稍微往下。該字體或字母在我檢驗的所有樣本裡，都是以相同的方式組成，包含既有資源中取得的被告筆跡。因此，我能夠以相當程度的肯定來推斷，在這張一元盧布鈔票上寫下受害者姓名的，即爲被告。」

「你有多肯定，博士？」

「百分之九十五到九十八肯定。」

「你何以如此肯定？」

「我檢驗的所有筆跡中，該字體都呈現出如此獨特且一致的構造，那張紙鈔只有可能是被告所寫的。」

「博士，什麼是筆跡學？」她問。

蜜莉安大可讓高斯坦講上一整天，但她花了太多時間在開場陳述上，現在可沒那個餘裕，她得讓陪審團感覺到事情有在推進。況且，蜜莉安想必認爲我會花上好幾個小時詰問證人。有些律師相信花長時間交互詰問專家證人，是扳倒他們的最佳手段。挑剔所有理論、混淆黑白、打迷糊帳、跟專家爭論所有細節，直到證據變得空洞而無趣。我沒有那個時間，艾米也沒有。

高斯坦博士看起來被蜜莉安的提問弄得有些猝不及防，但還是想辦法擠出了笑容，即便他明顯感到不大自在。他在位子上動了一下，雙腿交疊，抿了抿唇。筆跡學在他心中想必很重要，而他顯然知道這是一個可能被攻擊的點。

「什麼是筆跡學？這個詞是用來描述一種檢驗筆跡的方式，以及從中透露出的作者性格、疾病或精神狀態。它跟判定特定文件的作者身分沒有關係，更多是在詮釋作者的個性。」

上吧，蜜莉安。問他。妳自己也想問。

「博士，或許有人會說，一個人若同時在文書鑑定人和筆跡學兩個領域中執業，就好像讓一位重生教派的基督徒考古學家出來作證地球只有五千年歷史。換句話說，這自相矛盾。」

中獎。

「法官大人，反對。」我氣得跳腳，儘管蜜莉安上鉤讓我很開心，我還是盡力使自己看起來暴跳如雷。

「理由是？」法官問。

「理由是宗教信仰，法官大人。我信奉上帝，而我不希望我的信仰被檢方質疑。我也不認爲耶穌基督，我們的主，應該被檢方扯進司法訴訟中。這是針對基督教徒的歧視言論，它暗示出檢方自身的無神論信仰，並違反了憲法所保障的宗教自由。無論檢方的信仰爲何，強加那些信仰給他人，或是揶揄我的信仰來佐證其論點，都是不對的行爲。」

蜜莉安看起來想把我給殺了。我不怪她，這招很賤，而她中計了。

陪審團看起來超想把我扛在肩膀上抬回家。我還在賭能否剛好遇到一個基督徒陪審員，而我賭中了，有四位陪審員戴著十字架。找出陪審團的偶像並在他們面前高舉，是拉攏他們最有效的方式，你只需要找到正確的偶像。如果我在賭城，就會是貓王或小山米．戴維斯[1]；在足球狂熱的德州——山米．鮑格[2]；在奧克拉荷馬州——米奇．曼托[3]。而在紐約這一區，帶有自由派或基督教色彩的事物總是很管用。陪審團裡大部分的人都向我露出笑容，沒笑的也都忙著對蜜莉安做出厭惡的表情。

中大獎了。

但法官一點也不買單，她早就料到會這樣了。

「蘇利文女士，也許妳可以考慮修正一下妳最後的提問。」法官說。

蜜莉安問完了。

「我沒有其他問題了，法官大人。」

---

1 小山米．戴維斯（Sammy Davis, 1925—1990），美國歌手、音樂家、演員。他以暢銷單曲〈The Candy Man〉榮登Billboard Hot 100榜首，並成為拉斯維加斯的明星。

2 山米．鮑格（Sammy Baugh, 1914—2008），美國德州人，知名美式足球員和教練。

3 米奇．曼托（Mickey Mantle, 1931—1995），美國奧克拉荷馬州人，職業棒球運動員，紐約洋基隊球員，1974年被選入名人堂。

13

我在辯護人席後方站起身，桌子底下已經塞好道具了，像個廉價魔術師一樣。我突然間意識到自己毫無準備，每一秒都可能悲慘失足。我閉了一下雙眼，告訴自己慢慢來，單純想讓自己有足夠的時間深呼吸，但我曉得我會在黑暗中看見她——漢娜．塔布羅斯基。我經常在夜裡入睡前看見她，每天早上也被相同的景象給喚醒。我曾試著用波本和冰啤酒來沖淡那個景象，打從初次見到她我就曉得，我的心永遠會帶著一道疤痕，此後我便不再從事法律工作了。我人生的軌跡似乎因此破碎得一分為二，以我接下柏克萊的案子為界。

我睜開雙眼，頭腦清醒了些，我看向高斯坦，問題再次浮現在我的腦海中。

「高斯坦博士。」我聽到自己開口，「若要比較筆跡樣本，最好的方式會是比較相同的文件，沒錯吧？舉個例子，兩份履歷、兩份護照申請文件、兩份駕照申請文件。」

「沒錯，但這有時候行不通，除非你的委託人寫了兩份不同的殺人命令，讓我能同時檢驗它們。」高斯坦從鏡框邊緣看向我，一陣緊張的笑聲從觀眾席傳來，博士看起來對自己和這個回答很是滿意。我得再更小心一點。

「你說你得出的看法是，這張執筆者身分未知的紙鈔，和已知執筆者，即我的委託人，所寫下樣本的文件，實際上是同一人所寫。而你得出的結論，是根據你對字母外型與組成的檢驗而來？」

「是。」高斯坦顯然被告知不要跟我講太多，要簡潔有力地回答。讓白癡也能從交互詰問中存活下來的方法，就是不要講太多話，你就不會造成太多損失。

「那不正是筆跡學在做的事嗎？對字母和字詞外型的詮釋？」

「是。」

「所以在分析上兩者非常相似？」

「在一定程度上。」

「所以在分析上兩者非常相似？」我用極慢速重複，好像在跟調皮的小孩講話，為了確定他理解我的問題一樣。如今他必須給出更具體的答案，否則會冒上讓自己在陪審團面前看起來像個騙子或白癡的風險，我重複提問的方法已經讓他看起來像在逃避問題。

「是。在分析上兩者非常相似。」

好極了。

「檢察官試著要問你筆跡學的事，我想她想問的是，這個學科是否為正統的分析體系。所以說，它正統嗎？」

「是，當然是。」

「是否有一位筆跡學家曾詮釋過約翰・韋恩[1]簽名的墨漬，並指其內心的潛意識在告訴他，他患有肺癌？此事為眞，是嗎？」

我對陪審團做出狐疑的表情，彷彿這是我聽過最瘋狂的事情，但我背對證人，所以他看不到我的臉。我其實是問他，是不是有一位筆跡學家對約翰・韋恩做過這樣的詮釋，而他當然會知道這個說法沒錯，但因為我給了陪審團一個強烈的視覺補充，陪審團聽到的是針對不同問題做出的回答。

「是。」他回答得沒錯，確有此事，但因爲我的臉，陪審團會自行解讀成他贊同那瘋狂的理論，而不單單是這個理論存在的事實。

「所以那比較像是在占卜？」

「不是，那是一種正統的詮釋分析方法。」

「我不太懂那是什麼意思，博士。」我轉向陪審團，抬起雙手讓他們知道，就連我這位高薪律師都聽不懂這傢伙在講什麼。他們笑了。

「我們來看看能不能有個具體的示範吧。」

是時候在博士還沒發現前讓子彈上膛了。我拿出用樓上印表機放大列印的字母「G」，舉起來展示給陪審團看，再轉身讓博士看，才將紙放到展示架上，與一元盧布紙鈔的「G」並排。兩張放大影本擺在一起，看起來一模一樣。大部分檢察官看到這裡都會提出異議，然後我們會爭論我是否能檢驗專家的分析結果，法官通常會容許一點交互詰問的空間。蜜莉安沒有提出異議，因爲她曉得這樣會讓我稱心如意，並且在陪審團面前顯得太過袒護己方證人。情況許可的時候，蜜莉安喜歡讓證人自己處理。

「博士，這個『G』組成的方式，跟受爭議紙鈔裡的『G』，還有我的委託人在已知樣本

1 約翰·韋恩（John Wayne, 1907—1979），美國電影演員，曾獲奧斯卡最佳男主角獎，為傑出的西部片及戰爭片演員。於1964年被診斷出罹患肺癌。

中的簽名都很相似，對嗎？」我希望他會同意。他跟陪審團盯著面前的大字看了許久，感覺上過了整整一分鐘。高斯坦面容扭曲，謹慎地研究著這些字。

我得推他一把。「這張放大影本上的『G』和紙鈔上的字母『G』，確實看起來很相似，不是嗎？」

「有可能，是。」

「很相似，是吧？」

「是。」

「那這張呢？」我再拿出一張大紙，那個「G」看起來也很像，不過是不同的樣本，這張影本上還看得到其他字母的局部。高斯坦吃力地盯著看了很久，但沒有像上次那樣漫長。

「是，非常相似。」

「筆跡學家會根據一個人組成字母『G』的方式來下判斷，對嗎？」

「對。」

「而筆跡學家是否也會說，寫出這個字母『G』的人是性變態。」我放大音量，讓這幾個字在法庭中引爆、迴盪，任最後三個字成爲整句話的焦點——這是個喚醒大家的好方法。筆跡很無聊，性很有趣，性變態則有趣到爆。

「是。」他說。「執筆者或任何寫出這些字母『G』的人，在性生活中都有變態傾向。」

我停下來，想讓陪審團的腦袋運轉，來質疑這個說法。

「你見過地方檢察官蜜莉安．蘇利文嗎？」

他突然有點緊張。「有，我當然見過。」

「蜜莉安・蘇利文是性變態嗎？」

「什麼？當然不是！」

「法官大人……」蜜莉安大喊。

「是，不要緊，蘇利文女士。」派克法官說。「弗林先生，請自制。」

「很抱歉，法官大人，但能否讓我問完？檢座你是否有從事任何性變態的活動？」這就眞的很過頭了，我很可能會失去所有陪審團的支持，並且因藐視法庭而被關進牢裡。

派克法官把眼鏡拉到化妝修容過的鼻尖，越過鏡框看向我。她像個準備行凶的連環殺手，正隔著未熄火的雪佛蘭引擎蓋審視著她的獵物。「弗林先生，在我把你扔進牢裡前，給你十秒鐘解釋。」陪審團看起來快嚇死了。

我感覺到下背傳來兩次震動，阿圖拉斯啓動裝置了。我記得他稍早講過遙控引爆的事：兩個按鈕，一個啓動，一個引爆。我猜炸彈現在已經啓動待命了。

14

阿圖拉斯看我的表情，好像我拿刀架在他母親脖子上一樣。我很確定啓動炸彈是在警告我——如果我被關押，他就會引爆裝置。

派克法官從椅子上起身，她臉上的熊熊怒火已足以使她從椅子上飛起來。

「法官大人，陪審員，請翻到B卷第七頁。」我說。

我從沒見到有人翻頁翻得如此火大，派克法官把她的檔案翻至正確頁面後，再度朝我怒目而視。陪審團看起來一片茫然。

我站到展示架旁邊好強調我的論點。

「法官大人，我這邊放大影印的第一個字母，位在第七頁的法院通知上，是您的簽名——嘉布瑞拉．派克，對嗎？」

「對。」她依舊怒氣未消，但現在稍微有點興趣了。

「高斯坦博士，照你的報告結果，那張有所爭議的紙鈔也可能是法官所寫。」

「不是。」

我從褲子口袋裡拿出一張黃色的便利貼，並將它遞給盛裝打扮的西裔陪審員。

「這張紙條是檢察官今天早上交給我的，請讓其他陪審員傳閱。」

你的委託人沒戲唱了。我下午五點前就會撤銷他的保釋。

「陪審團會看到『GOING』的字首『G』，事實上跟我放大影印在這張海報裡的是同一個字母。它使用的組成方式，跟爭議筆跡的執筆者是一樣的。沒錯吧，博士？」

「我已經說過它們很像了。」

「依你的證據，謀殺紙鈔可能是被告、法官，又或檢察官所寫的？」

「不是，你完全在扭曲事實。」

「讓陪審團看一下那張便條紙吧，他們能自己判斷。」

便條紙在陪審團中傳閱，他們輪流看過便條紙，先比對了放大影印「GOING」的字首，再看向蜜莉安，表情如出一轍。蜜莉安成了偷吃糖被抓包的小孩，她把臉埋進手裡。陪審團會覺得她很狂妄自大，像是他們的敵人。

「博士，我們來釐清一下，有些筆跡學家會認定，若有人在他們的字母『G』上呈現出明顯的字尾，就代表他有性變態的傾向，但並不是所有筆跡學家都抱持相同看法，對吧？」他以爲我丟給他救生圈，便伸手抓住。

「沒錯。」

「博士，我們組成字詞字母的方式，是根據最初在家裡或學校被教導的書寫方式而成，這樣說對嗎？」

「這是很大的因素，但不是唯一的因素。有些人會隨著年齡增長改變他們的筆跡，但程度有限，這點我承認。」

「所以說，在天主教學校裡教我寫字的修女們，如果她們在黑板上寫下帶有字尾的字母『G』來讓我抄寫，那也就不代表她們是性變態，對吧？」

戴著十字架的陪審員似乎挺身坐直了起來。

「對，沒錯。」

「而這不代表法官或檢察官，又或者說，在這張一元紙鈔上寫字的無論何人也有變態傾向。這極有可能跟我們被教導的書寫方式有關，而很多完全正常的人們都是用一模一樣的方式寫字，對嗎？」

「你說的沒錯。」

「這是一種很常見的字母組成方式？」

「是。」

「這間法庭裡大概有兩百人，有多少人會用相同的字母組成方式來寫字？四分之一？三分之一？」

「不少人會這樣寫。」他在狂踩煞車。他顫抖著手，喝了一口水。我把他帶到一個他十分抗拒的地方，高斯坦只想盡快脫身，進入下個話題。

陪審團停止傳閱蜜莉安的紙條，並由法警將之遞給法官。驚人的是，她看了之後反而更氣蜜莉安。我問得差不多了，大勢已定，只差臨門一腳。

「單從筆跡來判斷一個人是否性行為異常，是根本不可能的事情，對嗎？」

「我得說，沒錯。仔細想想，這並不可能。」他很快將自己和筆跡學做切割，可惜的是，這樣高斯坦博士就玩完了。

「你現在說這不可能，卻在二〇〇〇年寫了一篇題爲〈從筆跡辨識性犯罪累犯者〉的論文。你在論文中表示，你可以單靠退稅文件上的筆跡就辨識出性侵犯、戀童癖及性變態。你寫過這篇論文，沒錯吧？」我高舉給陪審團看。

高斯坦兩眼直瞪，下顎和嘴巴文風不動，然後點了點頭。

「我就當那是『沒錯』了。那麼，博士，根據你今天發過誓的證詞，我們不可能從筆跡判斷出人的性行爲，但你卻在二〇〇〇年寫了一篇文章，宣稱你不僅能從筆跡辨認性犯罪者，還能分辨出他們是哪種犯罪類型……」我停了一下，我其實一個問題都還沒問，但停頓下來讓我能看向陪審團，好像我是在替他們提問一樣。「陪審團會想問的是：博士，你是在二〇〇〇年的論文裡說謊，還是現在說了謊？哪個才是假的？」

難以回答的問題顯然是最棒的。他說什麼都不重要，沒有人會相信他。他也確實什麼都沒說，只是羞愧地垂著頭。陪審團裡有兩位黑人女性直接往後靠，遠離高斯坦博士，臉上還帶著明顯作嘔的表情。陪審團其他人不是生氣地看著博士，就是根本不願意看他一眼，轉而盯著自己的鞋子。

蜜莉安沒有再次交互詰問。是她的紙條給了我靈感，紙條裡的「G」和高斯坦在他報告裡聚焦討論的「G」寫法很相似，而且我沒花多少時間，便在案件卷宗裡找到另一個相似的字母，好在那是法官寫的。高斯坦博士怯懦地從證人席離開，回到後方的座位。

「我今天受夠了。」派克法官說。武裝警衛回到法庭裡，護送陪審團回到他們的房間，等他們完成今天的工作。

「全體起立。」警衛說。派克將門甩上，回到她的辦公室裡，法庭逐漸淨空。現在時間是四點三十分，蜜莉安正跟她的團隊交頭接耳，我肩膀上的外套感覺沉甸甸的。我已經盡力說服佛切克了，成功的話，他應該已經樂得跳起吉格舞。我朝他看去，見到他在笑，然而有趣的是阿圖拉斯並沒有。

記者們往外頭衝出去的同時，我看到一名男子站在出口人流處——阿諾．諾瓦薩利奇。他扣上外套釦子，越過一排排長椅往檢察官席走去，視線不曾從我身上移開。

我搖了搖頭，但他的視線始終毫不動搖，神情看起來也是無比堅定。至少我知道阿諾不只是來旁觀而已：他是檢方的人。

蜜莉安一注意到阿諾朝她走來，就丟下她的團隊不管。他還沒走到她桌子那邊，她就上前與他會合，然後兩人一起在一張空的長椅上坐下。我看了佛切克一眼，只見他還雙手抱胸坐在那裡。我往長椅那頭望回去，發現蜜莉安跟阿諾都避開了我的視線：阿諾跟蜜莉安說了炸彈的事。

他們同時起身往門口走去。蜜莉安的團隊看到老大離開，便迅速收拾文件跟上。此時，快走到門口的蜜莉安轉過來，用一臉意味不明的表情看著我，我猜那應該只會代表壞消息。她剛剛被打成那樣，現在看我的眼神難免就像我剛刮花了她的車子一樣。她別開視線，環視逐漸淨空的室內，找到三名西裝男子，應該是聯邦探員。阿諾和蜜莉安在門口等著，我看到蜜莉安介紹那位陪審團顧問給聯邦探員認識，接著一起離開。

我垂下頭低聲咒罵。我展現了如此完美的說服技巧，也很可能獲得兄弟幫足夠的信任，但一切都要毀了。從蜜莉安離開法庭時臉上的表情來看，我知道我有五成的機會，一踏出法庭就會被逮捕，而艾米也別想活了。

15

法庭愈來愈空，我感到愈發不自在，幾個俄羅斯佬在位子上動也不動，不到一分鐘，法庭裡就只剩下我跟他們獨處。

「維克多，去看門。」佛切克說。

大個子維克多看起來可以把任何一扇門咬開，他的肩膀壯碩，脖子粗得像米其林輪胎。維克多手撐著欄杆起身，我注意到他的指節有點受傷變形，鼻子大概曾傷得很嚴重，又被草率地喬回去。我猜他有在練拳擊，我曾是我們那區最凶狠的小孩，很快就長大成爲布魯克林最棒的拳擊小天才。但我開始在米奇·胡利那裡練拳之後，迅速意識到自己不是當職業打手的料，不過我還是很喜歡練拳本身就是了。我一直到十八歲以前，不是在街頭打，就是在健身房裡對什麼東西拳打腳踢。這已經是好久以前的事了，而就算我小有天分，也不敢保證自己對上維克多會有多少勝算。

維克多緩緩往出口走去，背對著雙扇大門，堵住出入口。看起來我們要來聊聊了。

「我想跟我女兒說話。」我說。

「你再問一次，我就把你女兒先姦後殺。」阿圖拉斯說。

我不知道他是哪裡有問題，一切進行得如此順利，他應該要很開心才對。我閉上嘴，在心底默默發誓，要是我成功脫身，阿圖拉斯就有得受了。佛切克看起來開心多了。

「幹得好，律師。你照我說的做，你女兒就會毫髮無傷地回到你身邊。」佛切克試著掛上阿圖拉斯式的招牌笑容。

「我們不會再跟安檢賭運氣了。法院會開整晚，整棟大樓都會有來跑夜間法庭的人。你就待在樓上的小辦公室。別擔心，葛雷果很快就會回來，會有很多人陪著你。維克多和阿圖拉斯也會留下來看著你。」佛切克說。

葛雷果想必就是那頭在轎車上把我打暈的怪物了，之前在車後座醒來時，他已經離開了。我在這間法庭度過了遠遠不止一夜，回頭想想，沒有一晚不令我後悔的。

克莉絲汀曾告訴我，她在我們的婚姻中感到很孤單。我們在一起的最後一年，我其實沒那麼常回家過夜。傑克跟我拚了老命，二十四小時都在跑法院，我也因此失去了我的家庭。我跟自己說，是爲了她們才這麼做，這樣她們能過上更好的日子。但克莉絲汀和艾米眞正想要的只是見到我。即便接了額外的工作，錢還是來得不夠快。克莉絲汀問我是眞的在工作，還是有外遇。她並不眞的認爲我出軌，只是很生氣，這不是她想要的生活。柏克萊案的餘波，再加上我的律師資格被暫停六個月，讓我更常上酒吧，而不是多花時間和我最心愛的人相處。我逐漸意識到自己是沒臉見克莉絲汀，沒臉跟她說我花在德古拉飯店的那些夜晚全泡湯了；說我爲了跟一個法官爭辯不休，而錯過了艾米的學校公演和運動日；說我犧牲了我們的婚姻，卻換來一場空。直到去年以前，克莉絲汀和我的關係還算和睦，我們在皇后區有一間不錯的房子，還有個聰明的女兒，儘管我當時賺得沒那麼多，工時又長得要命，我們也還算挺快樂，或至少我是這麼以爲的。

我跟克莉絲汀是在法學院認識的，開學第一週我完全鼓不起勇氣跟她說話。那時班上有一堆漂亮的富家女，像我這樣的男生不多，身穿破爛牛仔褲來上課，T恤染著油漬，嘴裡還充滿前一晚啤酒的臭味。我長得不難看，也不缺想要尋歡一晚的女生關注，但我想要克莉絲汀。我們在聖派翠克節[1]隔天第一次碰面，我早上九點從法蘭瑞酒吧溜出來，醉醺醺地跳進計程車要去上課。司機開走前，一個女生打開後座車門鑽進來，坐到我旁邊。她就是克莉絲汀。

「你跟我同個方向，對嗎？」她說。

「對。」我說。

計程車上路後，她開始脫衣服，脫下上衣和牛仔褲，丟在計程車地板上，伸手進包包裡，噴了點體香劑，並換上乾淨的衣褲，顯然她也喝了一整晚。整段表演的過程中她不發一語，司機跟我就這樣目瞪口呆地看著。我們在法學院門口停車，她付了車錢後下車，把棕色的長髮梳到耳後然後對我說，「抱歉。嚇到你了？」

「沒有。」我回答。「我開心得很。」

那就是一切的開始。我們同一天晚上再次碰面，才一罐啤酒和一籃蝦子的時間，我就愛上她了，餐錢甚至不是我出的。

她自由不羈，那正是我喜愛她的地方。甚至在我們結婚後，她第一次把艾米交給我抱，都令我更加深愛她。艾米有著跟她母親一樣自由不羈的靈魂。

1　聖派翠克節（Saint Patrick's Day），是紀念愛爾蘭主保聖人——聖派翠克主教的節日，於每年3月17日舉行，這一天也是愛爾蘭人的國慶日。

我的脊椎下方再次傳來一陣震動，跟我剛剛感覺到的一樣，我猜那是阿圖拉斯在解除引爆裝置。

「你知道一整天下來我最開心的是什麼嗎？」佛切克說。「你沒有因為感覺到炸彈啟動而縮手，我看到阿圖拉斯啟動它了。你明白自己該做什麼才能救回你女兒，然後脫身。」他往證人席比了比。「如果我給你機會交互詰問班尼，你會問他什麼？」

「我還不曉得，第一個明顯浮現在我腦海的問題是，他為了自救而拖你下水，跟檢方協商來避免無期徒刑，然後他跟你其他坐牢的告密者同樣不可信等等。」我的思緒帶我來到一個問題上，自從我在報紙上首次讀到這個案子，就對這點糾結不已。佛切克只面臨一項謀殺指控——謀殺馬里歐．傑拉多。他掌管著一整個淨值幾百萬美金的巨型犯罪組織，如果班尼在謀殺現場被抓，為什麼沒有爭取到更好的協商條件？為什麼他沒有跟聯邦調查局供出一切，招出佛切克的整個行動，然後進入證人保護計畫，反而單以一項謀殺罪名就這樣放過他，自己事後也得吃上好幾年的牢飯？

「你知道，拿小班尼告密這點來攻擊不太理想的原因是，他只供出了你這一條謀殺罪，沒有跟聯邦探員洩露你的其他行動。這為他的證人身分增加了些許可信度。他大可告訴他們，不是嗎？」我說。

佛切克與阿圖拉斯雙雙保持沉默，我當那是同意的意思。

「他已經被判刑了，對吧？我在《紐約時報》看到近期一樁俄羅斯黑手黨審判的匿名證人被判服刑，一看就知道是你的案子。他被判幾年？十年？」

「十二年。」阿圖拉斯說。

「所以他為何不爆出其他好料？這沒道理啊。他為何不供出你的全部行動，然後在聯邦調查局的恩賜下換個新身分遠走高飛？」

佛切克往地上啐了一口唾沫，他面對著我，眼角卻瞥向阿圖拉斯說，「也許小班尼還是有點忠誠在。」他冰冷凶殘的視線轉回我身上。

「這不重要，我不覺得你贏得了這個案子，弗林先生。你可以試，我允許你這麼做，但等到明天，我們就把炸彈放到椅子底下。我們不會冒險在今晚放，以免被清潔工找到。照阿圖拉斯的計畫，明天放炸彈。」佛切克在說出他副手的名字時，臉上再度出現某種陰暗嗜血的渴望，好像先前的謀殺和即將到來的死亡，對他來說都是種虐待狂式的樂趣來源。這男人是組織首腦，卻還抽出時間來凌虐傑克和他妹妹。阿圖拉斯是負責管事的，佛切克則是很享受打打殺殺的部分。

無論佛切克怎麼說兄弟幫，大談忠誠與信任，都改變不了一個事實，那就是他手下的人被抓時依舊會把矛頭指向老大、指向「pakhan」，那個交給他盧布紙鈔的人、他的上級、他全心信任的對象。在大型犯罪組織裡，你必須有一定程度的信任基礎，你要逼人保持忠誠，否則你也混不了多久。我猜佛切克也五十好幾了，別說避免被關，光是能活到這年紀的黑道就不多，這本身就是在兄弟幫權力結構中保有忠誠的證明。忠誠顯然伴隨著很高的期待，如果期待對不上，後果自是無可避免。阿圖拉斯臉頰上的傷疤，或許就是那份要求的某種證明。佛切克瞧不起小班尼，把人炸了，可以給兄弟幫的所有成員一個訊息、對世界上所有司法機構送出一個訊息，同時讓所有敵對幫派收到一個訊息：我們抓得到你——無論你身在何方。背叛俄羅斯黑手黨必死無疑。

黑幕落在建築物上，帶雨的大片積雲來到上頭，遮蓋了逐漸暗去的陽光。

我聽到一陣急促的吵雜聲，有人在敲打法庭的門。

16

我看著維克多和阿圖拉斯雙膝跪地，從鞋子裡拿出某樣東西。他們兩人的靴子鞋跟裡有隱藏隔層，藏著弧度險惡的短刀片，兩把刀片材質相同，沒有粗重的刀柄，只有細薄的灰色單片刀鋒，我猜是用陶瓷做的，這種材質不會被金屬探測器發現，應該值很大一筆錢。花個七十五美金，你就能能買到一把相當不錯的刀，但眼前這兩把刀可能分別要價七千五百美金。

這是他們的備用計畫，如果事情搞砸了，他們就會把刀拔出來，不是用槍。不管阿圖拉斯在我身上裝了什麼，我知道他沒帶著那把大左輪手槍。如果他們沒辦法把炸彈弄進來，一定也不可能偷渡一把槍闖過安檢。

維克多在門邊聽著，左手握刀壓低在身側，刀尖向上朝著天花板。阿圖拉斯似乎用刀更爲熟練，他拔出刀，反手一轉，讓刀尖朝向地面，呈現理想的戰鬥姿態，方便他砍人、捅人、落跑。反手握刀能讓刀保持在戒備位置，並且避免對手朝著明顯目標弄掉你手中的武器。此外，下擊動作產生的動能更大，也比推刀向上的速度快多了。以前我在一些場合動過刀子——出於自我防衛。

阿圖拉斯到門邊加入維克多。

他們一起聽著。

什麼聲音也沒有。

砰！砰！

阿圖拉斯示意我上前，對我說：「我們要開門了，你去跟他們談談，處理一下，不管對方是誰。」

維克多負責左門，阿圖拉斯往右移動，引爆器握在左手，炸彈再度震動。我第一次發現引爆器上有一個紅色的光點，我猜是代表已經準備就緒。

我們的呼吸聲在法庭裡微弱地迴盪。

「如果是聯邦探員怎麼辦？」我說。

阿圖拉斯說，「聯邦探員爲什麼會想跟你說話？」

「檢察官請了個陪審團顧問，我今天在法庭裡看到他。他叫阿諾．諾瓦薩利奇，是個出名的讀唇語高手。我擔心他可能讀到我或是你們講的關於炸彈的話。」

佛切克搖搖頭說，「不可能。去看門那邊是誰。」

阿圖拉斯和維克多抓住門把，互相看了看。

他們打開門，一片眩目亮光流瀉而來。

他們像一隊槍手般排成一列，但將我淹沒的不是彈雨，而是十幾台相機的快速閃光燈。我本能地舉起手擋在面前，護住眼睛不受閃光攻擊。

我們剛開事務所的時候，傑克堅持要拍廣告用的宣傳照。我得坐在一間亮晃晃的房間裡，旁邊擺著一大棵植物，做出長達四十分鐘的微笑，讓一個收費過高的攝影師把我拍得人模人樣，放在海報或馬克杯上。現在回想起來，馬克杯眞是個錯誤，沒有客戶喜歡在馬克杯上看到律師的臉，這樣只會提醒他們想到車禍、強暴案、離婚、謀殺案，或是最糟的——帳單。想起給攝影師拍照的那天，我微笑起來。我當時無聊得很，拿了副撲克牌，贏了攝影師和助理各一千五百美金。我必須如此，那時候我和傑克連暖氣費都付不出來，更別說付錢拍照了。想到傑克以及他把我捲入的境地，就讓我咬牙切齒。

我開始往前走，雙手仍然擋著臉，那些攝影師沒預料到這個動作，一個用攝影機持續對著我臉上打光的高個子，在我朝他前進時差點跌倒。我很確定他們每個人都拍過我跟某個惡棍勾肩搭背、面露愚蠢笑容的樣子。不管你喜不喜歡，我有個行動比例原則：我的客戶遭指控的罪行愈駭人聽聞，我在鏡頭前就與他們靠得愈近。若按照這個比例，我應該站在佛切克旁邊，手搭在他屁股上。如果你算個像樣的刑事律師，你的照片就會上報，也會認識幾個記者。

攝影師後面則是真正的嗜血惡鯊——記者。拿攝影機的傢伙一讓路，我就立刻被麥克風、錄音機和作勢請求的一隻隻手給包圍。撇開前幾天哈德遜河的沉船，這條新聞是城裡的唯一大事，每個記者都想分一杯羹。佛切克是近代庭審中遇上的最大宗犯罪組織首腦之一，由於法庭裡禁帶攝影器材，他們全都在等他離開法庭，趁他躲進電梯前拍到畫面，收錄隻字片語。

「艾迪，你要怎麼替佛切克辯護？」

「艾迪，今天的表演真精采。明天有啥好戲？」

「弗林先生，你的當事人會出席作證嗎？」

還有其他十幾個問題一齊湧來。我穿過大廳，到了電梯旁才轉向那群記者。他們沒有發現佛切克，他站在維克多身後，就跟站在一堵會動的牆後是一樣的效果。電梯門輕響一聲打開了，維克多拖著那一整個行李箱的文件穿過記者群，繞到左側。記者依舊將注意力放在我身上。佛切克移動到電梯的角落，阿圖拉斯和維克多站在他前面，記者這才恍然他們是在保護誰，紛紛叫攝影師過來，但已經太遲了。

電梯門開始關上。阿圖拉斯和維克多都緊張戒備、粗聲喘氣，手插在大衣口袋裡，無疑是握著刀子。他們雙眼大張，密切注意任何威脅，這些傢伙就是這麼危險。腎上腺素加上恐懼在任何人身上都是強而有力的配方，但在阿圖拉斯這種人身上呢——則是致命。這時，有一隻手伸了過來，那人終止電梯門的關閉，並將門強行拉開。跟我期望的不同，這不是哪個過分熱血的記者。

是警衛巴瑞。他帶著好不容易才找到我的表情，在電梯門再度開啓時，走進電梯裡加入了我們。

「艾迪，我得再爲你幫泰瑞的忙道謝一次。我跟他說你會免費爲他辯護，他樂得差點跳起來。他打電話跟他太太說了，他們想邀你去吃晚餐。」

巴瑞習於久站。如果你需要長時間站著，就會養成一種習慣，用最放鬆、最沒負擔的方式站立。巴瑞將重心換到右腿，他在等我的回答，同時右手不經意地放在他的點四五貝瑞塔手槍底部。

維克多再度按下頂樓的按鈕。

我望過巴瑞的肩頭，看到蜜莉安站在大約六公尺外的地方，正在跟其中一位聯邦探員說話，高個子的那位。他穿著一身光鮮的海軍藍西裝，搭配白襯衫和藍領帶，頭髮黑得讓我以爲是染過的。蜜莉安伸手指向我，探員直直望過來，起步走向電梯，同時向上看。他一定知道自己來不及在門關上前逮住我，所以在看電梯上方的樓層顯示。他會等著看我們停在哪一樓，然後循線跟上來。

電梯門關上了。

老天啊，巴瑞。你天殺的在幹嘛？我身上穿著顆炸彈呢。

當然我沒有說出口。

巴瑞等著我接受他朋友的邀約，一起吃肉喝啤酒，但我無法直視他。他會待在這個電梯裡是因爲我，如果我對泰瑞的官司不置一詞，如果我禮貌地拒不協助，他就不會在這裡。阿圖拉斯抿緊了嘴唇。

我的餘光捕捉到巴瑞的臉龐，他在嚼口香糖，我看見他側邊的下顎肌肉拉緊又放鬆，口香糖在巴瑞嘴裡滾了一圈，傳來一陣微弱的、濕潤的咀嚼聲。電梯顯示我們要前往十九樓。

「十九樓？」電梯顯示板上出現發亮的樓層數字，巴瑞問：「你要拚整夜啦？」

「對啊，大案子。樓上那邊很安靜，空間也夠我們使用，樓下的會議室太小了，晚上大部分時間我都會跟客戶待在這裡。如果有機會，我可能等一下會溜去夜間法庭。今天是哪個法官值晚班啊？」

「福特法官。」巴瑞說。

「你跟泰瑞說一聲，晚餐我們改天再約。不過我在樓上工作沒問題吧？我有一陣子沒來這裡了。」

「當然，天天有人這樣。我昨天在十樓會議室還撿到枕頭、牙刷和刮鬍刀。只要你不是久居在這就沒關係。反正這是公家機關建築，全年無休，所以歡迎啦。我要值兩輪班，可以確保不會有人打擾你。說到這，等一下有人要訂披薩，要拿個一、兩片上來給你嗎？」

「不用啦，巴瑞，謝謝了。」

電梯在十九樓打開門。巴瑞退到一旁，讓我們擠身而過。

「老實說，從這地方的狀況看來，我覺得連清潔工都沒再上來了。」巴瑞傻笑一聲。

電梯裡的巴瑞準備下樓。我們回到稍早暫用的會客室門前，阿圖拉斯打開門，讓我們一一進入。他關上門，正要將鑰匙插進鎖孔。

「別上鎖，聯邦調查局的人正要過來。」

阿圖拉斯和佛切克圍住我。

「你在說什麼？」佛切克說。

「我剛剛看到那個檢察官把我指給一個穿藍西裝的探員看。我跟你們講過的那個陪審團顧問一定告訴過她炸彈的事了，她又通報給探員，他們就在路上。電梯在十四樓的時候，我看到其中一個人在看電梯上方，確認我們要去哪層樓。」

「維克多，去看著電梯，告訴我電梯停在哪一樓、要去哪一樓。」佛切克下令。

我們站在會客室，靜靜地等著維克多。

「剛過十七樓，正在向下。」維克多從走廊上喊道。

「如果停在十四樓，代表他們要直接上來了。」我說。

「十六樓。」

佛切克和阿圖拉斯盯著我，但我無法看他們，我將視線鎖定在地上，祈禱電梯不要停在十四樓。

「停在十四樓。」維克多說。

阿圖拉斯手上的刀子抵在我的臉頰上。

佛切克拿出手機，撥了一個號碼。

我的雙腿開始發抖，感覺到太陽穴處的脈搏猛地跳動。

佛切克的撥號立刻得到回應。「我是奧雷克。我們可能得殺掉那個女孩了。別掛斷，等我的命令。」他垂下手臂，將手機拿在身側，等著聽維克多回報電梯是否向上。

那陣顫抖開始爬遍我全身，我搖搖雙手、咬緊下頜，等待著。

17

我奮力控制住自己的驚惶失措，同時思緒飛馳。阿圖拉斯抵在我臉上的刀子愈發用力。

「等一等，」我說，「放輕鬆點。探員不會逮捕我，他們不會冒上搞砸審判的風險。是陪審團顧問跟檢察官先報告，檢察官又跟探員說。蜜莉安在和俄羅斯黑幫首腦打對台，這是她的夢幻大案，她絕對不會讓探員把我抓走，因爲這樣一來你就沒有律師，庭審會有進行不下去的風險。就算他們上樓來也只是虛張聲勢，我會跟他們屁話幾句，然後送他們走。別傷害艾米，拜託。」最後一個字哽在我的喉嚨裡。

「電梯到十五樓，他們要上來了。」維克多在走廊上說。

「該死。」佛切克說，「阿圖拉斯，宰了他，我們得跑了。」

佛切克要將手機舉到耳邊時，我的心臟幾乎要停止。

「不！你跑不了的，探員隨時都可能趕到，你沒時間了。讓我來說，我絕對會甩掉他們。我行的！」我大喊。

「奧雷克，我們跑不掉。他說的沒錯，我們沒有時間了。」阿圖拉斯臉色蒼白，他的計畫一敗塗地。

「十六樓。」維克多叫道。

「讓我去，讓我處理，我是你手邊唯一的籌碼。」我堅持。

佛切克遲疑地垂下頭，他繞著圈子，準備發飆，但又停了下來，最後咒罵出聲。我攤開雙臂，站穩腳步。我需要花半秒用右手攫住阿圖拉斯的手腕、拉到胸前抓緊，讓刀子緊抵著我的皮膚，然後再花半秒用另一隻手抓住他的手肘往上推，使他手臂折斷、肩膀脫臼。但這樣仍然無法給我足夠的時間，在佛切克下令殺我女兒之前搶到手機。

「十七樓。」維克多說著，大步走回會客室。

「大家坐下。阿圖拉斯，給我一份檔案。我們是在這裡研究案子。大家冷靜點——我辦得到。」我用幾乎要撐不住的聲音說。

阿圖拉斯把刀子從我的皮肉上拿開，翻轉刀身，把刀鋒藏在他人視線之外。

「你要是耍花樣，或是讓我看到你離開椅子，我就下令割了那女孩的喉嚨。聽懂了嗎？」佛切克說。

「我聽懂了。」我說。

他回頭講電話。「我要掛斷了。如果接下來幾分鐘你接到我的簡訊，就把那女孩殺了。」

我看著他用手機鍵盤打了些字，然後拿到我面前。是一則簡訊。

訊息裡面寫著：殺了她。下方有兩個選項：送出和刪除。

「我的手機會放在桌上。只要按一個鍵，她就會死。記清楚了。」佛切克說。

我聽到一聲輕響，是電梯開門的金屬碰撞聲。我們手忙腳亂地找位子坐，佛切克和我坐在桌邊，阿圖拉斯從行李箱拿了一份檔案扔給我，我隨便翻開一頁，他則和維克多坐在沙發上。

僅僅一秒之差，我看見一個穿西裝的男人快步走過門，他轉身向後面的某人示意，然後迅速移動進會客室。他身後是個穿白襯衫與海軍藍西裝的瘦高男子——就是剛剛在和蜜莉安說話的那個油頭黑髮男。他停在門口，對第一個人做了個繞圈的手勢，然後踏進會客室。

「我是聯邦調查局的比爾．甘迺迪。」穿海軍藍西裝的高個子亮了一下證件。我猜對了，隔著一公里遠我都認得出聯邦探員。「你是艾迪．弗林嗎？」他問。

「我就是。如果你不介意，我和當事人正在開會。你應該知道，現在是他的謀殺案庭審期間，所以請別打擾我們了。」

我轉過去背對甘迺迪，對上佛切克的視線。他的手機躺在會客桌上，簡訊畫面還停在螢幕上，等著送出或刪除。我藏起雙手，在這種情況下，只要有辦法，你就該把手藏起來。手會洩露你的狀態：發抖、拳頭緊握而指節發白，或雙手出現不一致的顏色，因爲焦慮時會下意識緊捏住一隻手。

「恐怕你得跟我走一趟。」甘迺迪說。

「恐怕我沒時間和聯邦探員玩小遊戲。出去的時候記得關上門。」

「弗林先生，如果你不跟我走，我就別無選擇只好逮捕你了。」

「是檢察官叫你來這招的嗎？」我問。

「有人向我通報了一起疑似炸彈恐嚇事件，我們有明確的標準處理程序，但我希望能好好釐清這件事，不用走到逮捕這步。如果你出來，我們就可以談。我只需要一點時間。」

佛切克的頭輕輕地、幾乎無法察覺地搖了一下，手指移到手機上方。

「我哪裡都不會去。」我說。

「弗林先生，我要你站起來。」

「不。」我堅定地說，手卻開始緊張地在桌下亂動。

甘迺迪伸手進外套，掏出克拉克十九手槍，緊貼大腿拿著。

「弗林先生，這是最後一次警——」

我打斷他。「你一定是我見過最笨的聯邦探員了。」

「我醜話說在前面——如果你在十秒之內沒有站起來，我就會逮捕你。」甘迺迪的聲音拔高，語調也更有侵略性。

他背後的兩名男子一左一右走進來，是我稍早看到的其他探員，他們想必是一起搭電梯上來，在甘迺迪與我說話時搜過整層樓了。這些男子身著深色西裝和白襯衫，左邊的那個看起來是義大利裔，皮膚很好，雙眼清澈且充滿青春氣息；另外一人體格魁梧有力，一頭紅髮，鬍子不太整齊。

我不知道自己是瞄到佛切克動了，還是感覺到他的動作，其實都沒差，我的手伸向手機要阻止他，但他把手抽開了，搭在手機旁邊的桌上。我扭著脖子，瞥見螢幕仍是簡訊草稿的畫面，送出或刪除的選項也還在。我讀不出佛切克的表情，但他交疊起手臂的時候，我聽到他呼出一口氣。

「這層樓安全了。」那個年輕的高個子探員說。

兩名探員都注意到甘迺迪拔槍了。

「怎麼了，比爾？」紅髮探員問。

甘迺迪對他的同事置之不理。

「弗林先生，時間到。」他用雙手握著克拉克手槍舉在面前，瞄準地面。

比較矮小的紅髮探員說：「比爾，放輕鬆。他只是個律師罷了。」

甘迺迪沒回應，我抓住空檔掃視了一下甘迺迪探員。他雙手握槍，右手托著槍枝底部，左手包住右手以穩定準心。他左手拇指指甲周圍的皮膚看起來粗糙腫脹，大概有咬指甲的習慣，我以此判斷他可能屬於易緊張的性格。聯邦調查局以保護監管名義把小班尼藏在某個地方，甘迺迪顯然極度擔心會失去這個重要證人，他的確很有理由緊張。

這種時刻我通常很冷靜，我也面對過緊繃情勢，但從來沒有伴隨著我女兒命懸一線。這個念頭激起了我的怒意，就像在轎車上時一樣，我需要那股怒意讓頭腦清晰。我想起了在樓下和蜜莉安說話的阿諾．諾瓦薩利奇，我找到了出路。

「我要知道你有什麼合理根據。」我說。

甘迺迪沒有回答，也沒再用威脅來還以顏色，就只是站在那裡。這令我意識到，如果甘迺迪確定有辦法逮捕我，我兩分鐘前就已經面朝下趴在地上、被他的膝蓋抵住後頸了。甘迺迪對這整件事並不篤定。我趁勝追擊。

「所以，你的合理根據在哪，甘迺迪探員？如果國家以任何行動影響我受憲法保障的權利，我有權知道合理根據爲何。你的根據是？」

槍在他緊握的手中晃了一下，他說：「我們從消息來源得知，你和另一名人士在法庭中討論到爆裂物。」

「我想應該是有什麼誤會。庭審完之後就會沒事了，現在我不想冒任何風險。」

我停頓了一下，好讓他有時間思考，開始懷疑。

「甘迺迪探員，關於這段據說在法庭內發生、涉及爆裂物的對話，有沒有可能，和我說話的人是佛切克先生？」

「我相信是。」甘迺迪說。

我緩慢地呼吸，在出招前先讓自己冷靜下來。

「那麼，蜜莉安·蘇利文是雇用了誰監視陪審團？有沒有可能是阿諾·諾瓦薩利奇？」我又問。

甘迺迪看起來很訝異，但仍極力掩飾。

「我們可以等會再來辯。站起來，弗林。」

他把「先生」省略了，我顯然已經戳到他的痛處。甘迺迪移動了一下雙腳，愈來愈焦躁，可能在想自己是否剛犯下了此生最大的錯誤。我往後靠在椅背上，對他使出全力一擊。

「甘迺迪探員，如果你逮捕我，我就要狀告聯邦政府，求償一千萬元，而且我會勝訴。我會讓你和你主管的工作都不保，對我來說卻是錦上添花。如果你逮捕我，我的當事人就保證會得到無效審理的結果，檢方必須休庭，讓我的當事人尋求新的代理律師，在佛切克的新律師準備的同時，派克法官不會讓陪審團坐著等一個要休庭一年的案子，不可能。她會宣布無效審理，等明年佛切克的新律師準備好再找新的陪審團。」

甘迺迪陷入沉默，所有緊張的小動作都停止了，我覺得我打出效果來了。

「本市的檢察官預算有限，如果地方檢察官花大錢雇用阿諾那小髒鬼的消息曝光，場面會多難看？甘迺迪探員，你們檢察官的陪審團顧問對陪審團進行了非法的刺探。我不知道蜜莉安雇用阿諾時是否完全了解他是怎麼辦事的，但她現在知道阿諾能讀唇語了。他可能告訴你他讀了我的唇語，但我可以向你保證，我沒有說到炸彈。他沒有跟你說他聽到我這樣講，對吧？如果他讀了我的唇語，或試圖這樣做，那麼他也在讀陪審團的唇語。這樣是藐視法庭、影響陪審團公正性，可處五到十年的實質刑期。那個人在我跟客戶談話時進行刺探，我們在法庭上說的每句話都是跟案件相關的，這點你不可能說服法官相信其他解釋。我們的所有討論內容都是機密，受律師與當事人的秘匿特權保護，如果沒有最高法院的命令，侵犯這項特權就是違法。」我傾身向前發表結論，「讓我把話說清楚。你仰賴的證據來自一個不擇手段、在法庭內涉及非法行爲、侵犯秘匿特權的人。他對你瞎扯一通，讓他自己面子好看，說不定還能當上聯邦級專家證人？你現在要是基於那項證據逮捕我，你就是個蠢蛋，我也不介意讓你丟工作、讓政府給我錢。所以，請便吧，逮捕我啊。幫我打贏官司、讓我發大財。」

我伸出手腕讓他上銬，看起來一副自信且肯定的模樣；實際上，我的肚腹翻攪，心跳快得讓我覺得自己要心肌梗塞了。

甘迺迪一動也不動。

「比爾，別這樣。」他身後的紅髮探員說。

甘迺迪的嘴唇扭曲欲咆哮，他無法下定決心，爲此難受不已。我不知道是因爲這份猶豫不決，或是因爲我的長篇大論，但他退讓了。

「事情還沒完，弗林先生。」他將手槍收進槍套。儘管我如此努力掩飾自己的焦慮，這時仍然忍不住鬆了一口氣。

他的手垂到大腿兩側，我看到他開始摳起拇指。

見他轉身離開，我垂下手，他卻突然停下來，把我上下打量一遍。

他似乎擺脫了憤怒和猶豫，明顯放鬆下來，說道：「我們會再談談。」

他們走了，如來時一樣迅速。我可以聽見那幾個探員在走廊上壓低聲音談話，然後是其中一人踹向電梯金屬門的悶響。汗珠滾下我的眉毛，我擦擦臉，臉頰傳來一陣刺痛。我在手中看見發亮的汗水和一抹血色，一定是阿圖拉斯拿刀抵著我的臉時割傷的。我的襯衫袖口有乾涸的血汗，大概是我捏碎威士忌杯時手掌流的血。

這都不重要，重要的是我撐過來了。我將右臂伸過胸前以平復心跳時，指間碰到一個小小的突起，是我在轎車上偷的那個皮夾，從那個差點把我斷頭的大個子怪物身上偷的。我得看看那個皮夾，我得知道我到底在對付誰，但除非我確定四下無人、不受窺伺，否則我不能冒險看，還不能。不過很快就有機會了。

18

在我找出解藥前，神經緊張造成的頭痛困擾了我大半輩子。解藥是什麼？是一位身高一百八十公分、花名小布的應召女郎。在我成為律師前，她曾在我搞的一個保險詐騙計畫中假冒物理治療師。我們開始靠假車禍從保險公司那騙到錢後，她就不再接客，真正融入了她的角色。她去上夜間課程，白袍下不再穿短裙和低胸V領上衣，而是正式的制服。

當時我常熬夜維修下一次設局用的肇事車，脖子因長時間縮在報廢舊車底下而痠痛得像有火在燒，小布則待在辦公室裡唸解剖學。她教了我不少姿勢：抬高脖子、放鬆肌肉、拉直背部、正確呼吸。她的招數從不失靈——仰一下頭，如果忍得住痛的話就維持兩秒再放鬆。後來，我將這些改良應用在出庭的站姿上，讓我顯得更從容自若。我轉動肩膀，做了她教的伸展動作。電梯接走了那些探員，老舊的門關上時發出噹的一聲。

阿圖拉斯又恢復了笑容，佛切克笑出聲來。

「表現很棒。」佛切克拿起手機，刪掉那則簡訊。

成功的騙子要仰賴許多種不同的技能，但如果你沒辦法讓別人信任你，再多的技巧也沒用。和潛在的目標建立信任關係，無異於和陪審團建立信任——適用同一套規則。搞垮高斯坦之後，我的說服策略完美進行，現在又請走了聯邦探員，我覺得自己已經贏得了佛切克的信任。接下來唯一要做的，就是好好利用這份信任。

「我怎麼知道我女兒是不是還活著？」我說。

阿圖拉斯的笑容慢慢褪去，雙唇緊抿。

「你可以跟她說話。這是你應得的。別想跟她打暗號。她很冷靜。記住，她以為跟她待在一起的那些人是你因為遭到恐嚇而安排的私人保鑣。」

阿圖拉斯撥了一組號碼，按下擴音鍵。對話內容我聽不懂，他改用俄文對話，聽起來一切都很順利，對方沒有拉高聲音。電話那頭是個女性，阿圖拉斯講話時的表情變得柔和，我想那可能是他的女友。他說完話，將手機遞給我，我把它舉在離臉三吋遠處。

「艾米，妳在嗎？」我說。

毫無聲息。

「爸？」

我拚命不讓自己的聲音染上情緒。

「對，是我。妳還好嗎？」

「我很好。發生什麼事了？你和媽在哪？伊蘭亞說我不能……我……不能出去外面。」

她的聲音聽起來在顫抖，手機喇叭隨著艾米短促沉重的呼息發出雜音，她很害怕。我猜伊蘭亞就是剛剛與阿圖拉斯說話的人，可能是他的女人。派女性來照料這個年紀的女孩確實合理，對學校來說，由女人出面也更有說服力。

「最好就聽那位女士的話吧，親愛的。」

1-646-695-8875

「你為什麼沒有在這裡？我是說……我們應該待在一起，不是嗎？」艾米的聲音在最後一個字顫抖地拉高了。

艾米就是這樣——聰明、好問，而且最近裝備了這個年紀的小孩似乎都有的測謊儀，功能十分精良。她知道事有蹊蹺，受到驚嚇了。

我清清喉嚨，用手摀住話筒，鼓起腮幫子吹出一口氣。我不能讓艾米察覺我聲音中的恐懼，逼自己嚥下喉中那股搔抓著的酸澀緊繃感。

「我很愛妳，寶貝，我很快就會跟妳見面了。別怕，我不會讓妳出事的，妳是我的小天使，記不記得啊？」

「爸？」

1-646-695-8875

「是的？」

「媽跟你在一起嗎？我可不可以……拜託……我想跟她說話。我想要你……我想要你跟媽來接我，拜託。我愛你。拜託你來接我，爸爸……拜託……」她完全崩潰，隨著每一陣尖銳的哭聲愈來愈接近歇斯底里狀態。手機從她手中被拿走，她的哭咽逐漸微弱。

我眨掉一滴眼淚，試著叫喚她，但喉嚨哽住了。阿圖拉斯做了一個割喉的動作。我已經把他預備給我的時間用完了，他伸出手放在手機上。

1-646-695-8875

「親愛的，沒事。別哭了。我也愛妳。」我拔高因恐懼和憤怒而變得濁重的聲音。

阿圖拉斯掛斷電話。

我想把他們全殺了，現在、立刻、當場就殺。我用盡最後一分意志力才阻止自己，我不能讓這種事發生，還不能。對方有三個人，就算我的速度夠快，他們還是至少有一個人能撥出那通電話，會結束艾米生命的那通電話。我得想其他的辦法。

「我太太在哪？」

「就我們所知，她並不知道艾米失蹤了。」佛切克說，「校方以爲艾米在接受監管保護，學校那邊沒有對假的保全公司識別證有疑問。你太太以爲艾米明天晚上才會回家，她不會對你造成困擾，我也不會。如果她會的話——她就要去跟你女兒作伴了。」

我左右輕轉脖子，以紓緩那股從肩膀擴散到腦袋的痛楚。艾米知道有壞事發生了，她不信任綁架她的人，不相信他們的說詞，我從沒有見過她如此害怕。她上一次受到驚嚇大約是一年半前的事。她的英文課上有公開演講活動，聰明風趣的艾米被選中要在全校面前發表三分鐘的演講。她坐在我們家的餐廳裡，靜靜對著講稿啜泣。我有讀過講稿，寫得很好，問題在於她要站在幾百個學生面前講這份稿。經過一番鼓勵，她讀了演講詞給我聽，但還沒讀完就整個呆住，說話結結巴巴，最後哭了出來。

「我做不到。我沒辦法去學校了。眞的沒有辦法。」

於是我告訴她，我要教她成爲傑出演說家的祕訣——畢竟我是個律師呢。

「扭扭妳的腳趾。」

「就這樣？」她說。

「就這樣。因爲某種緣故，我們的大腦在身體忙碌的時候，會發揮最好的效能。所以才有那麼多人在開車、煮飯、蹲馬桶的時候想到解決問題的方法，或是超棒的點子。沒有人會看妳的腳，而且這樣妳就不會一心想著妳感覺多緊張了——妳只會想著自己的腳趾。」

她扭動著腳趾把演講詞再唸一遍，這次表現得非常完美。

我們坐在餐桌旁的那晚還眞有意思。我想不起來她最後一次擁抱我是什麼時候。隔天，我錯過了她的演講，光顧著和傑克接了一個武裝搶劫的案子，把這事忘得一乾二淨。那天深夜我回家時，克莉絲汀告訴我，艾米的表現很棒，但是她一路從學校哭回家，因爲我沒有去看。

我讓我的小女兒徹底失望了。

1-646-695-8875這串數字一遍又一遍重複，我任它在腦中迴響。

我不會忘記這串號碼。在通話中，我看到它在我面前的螢幕上，以明亮的白色字體顯示。我可以拿它怎麼辦？我現在還不知道。

但我有這項資料。

那支手機號碼就是艾米所在的位置，在某間公寓、獨棟房屋或辦公室裡。我沒有手機，我討厭那種東西，所以我把自己需要的所有電話號碼都背起來。我知道646是區碼，準確來說是曼哈頓的區碼，這樣就縮小了艾米所在地的可能範圍。曼哈頓島長度超過三十二公里，寬度不到四公里，島上住了大約兩百萬人，每天還有另外兩、三百萬人進出通勤。所以，是的，我還眞是把可能範圍縮小了呢。

我需要有人幫忙追蹤這個手機號碼的所在地，找到艾米，救她出來。我信任到足以託付自己性命的人有兩個：第一個是我從小到大最好的朋友吉米．費里尼，現在是個値得敬畏的人物；另一個是位法官，哈利．福特——這個人曾經兩度將我的命運掌握在手中，而且兩次都讓我的人生改頭換面。在我三十六年的生命中，我棲身於兩個截然不同的世界——詐欺犯的世界和律師的世界。我爸傳授給我的技能讓我在兩方都如魚得水，因爲實際上，這兩者並沒有什麼差異。

這兩個人的幫助我都需要，但我還沒想清楚該怎麼聯絡他們，或是要向他們透露多少。

手錶顯示我還有二十二小時，還有二十二個小時可以救出艾米、擺黑幫一道。液晶螢幕上的時間是六點，夜間法庭的第一個審理時段已經開始。巴瑞告訴我福特法官會值大夜班，夜間法庭的第二場，這代表哈利可能已經在這棟大樓裡，讀著卷宗準備今晚的案子。出乎意料的因緣、機率和運氣爲我的人生帶來重大的改變。這是命運嗎？我只知道，在哈利進法庭前，我還有七個小時可以找他。如果我無法在凌晨一點前找到他，就再也沒有機會了。

19

我坐在辦公室裡，面前擺著攤開的檔案。我告訴佛切克，我需要讀過案件資料，確保不會再有危及保釋的意外冒出。阿圖拉斯和佛切克正在外面的會客室竊竊私語，我試圖偷聽他們的對話，但實在無法聽清楚。時間已過七點，外面天色全暗，下著大雨，維克多放鬆地躺在外面的綠沙發上。我想到哈利——把他扯進來有很大的風險，哈利畢竟是個法官，但他對我而言遠遠不止於此，他是我的朋友。如果不是因為哈利，我可能一輩子都會在詐欺界打滾。

最初幾年，行騙就像古柯鹼癮頭，就算騙局本身還不夠具成癮性，騙到的錢也一定會讓你迅速上癮。我的目標大多是保險公司，像是那種每個月跟我爸收醫療保險費，最後卻任他送命不予理賠的公司。在我的行動中，醫療保險只佔小部分，主攻交通意外詐騙：高風險、高報酬。對手是你所能想像最狡詐的一群人，騙保險公司的錢就像跟撒日玩撲克牌——他當莊家，他訂規則，但我總是能贏。我收山的時候，技術已堪稱爐火純青。

騙保這事不容易，箇中訣竅就是讓保險公司覺得是他們騙了你。

你首先要有一間假的律師事務所。有些人也許覺得很難，但這步還算簡單。我會留意訃聞欄和死亡通知單，通常每個月都能碰巧找到一個死掉的小咖律師。大部分是膽固醇高、酒喝得多、壓力大的老菸槍，被我盜用身分的律師全都死於心臟病。我很幸運，每年都有幾百個律師被酒精和壓力奪去性命，我會找出合適的候選死者，去拜訪他哀悼中的遺孀，帶著鮮花和支票作爲武器。我會告訴她，她的丈夫幫我打官司，贏了不少錢，爲人實在太紳士了，向來不肯收禮，我想給家屬一筆幾千美金的謝禮。奉上現金之後，我會請他們送我一樣這位法界英雄的紀念物——通常是他的執業證書，讓我裱框掛在牆上，作爲對逝者的永久紀念。

我眞正需要的其實就只有證書。紐約州律師公會往往是最後一個得知會員死訊的，律師通常不會去參加其他律師的喪禮，不然他們就沒有時間出庭了。於是，再弄一份假證件，我就可以冒充死掉的律師開始執業。

這份業務牽涉到汽車維修的成分比法律業務還多，一切都從一場車禍開始。一輛便宜好修的車子會駛近正要轉紅燈的號誌燈，沒有闖過去，而是在恰好的時刻猛踩煞車，讓後面的車輛追尾。這可不是簡單任務，在我事業高峰期，雇用了兩位動作精準的駕駛來假扮成許多個受傷的原告。

根據交通規則，駕駛時必須保持安全距離，而在車輛相撞時，號誌已經變成紅燈了。對保險理賠專員來說，答案一翻兩瞪眼，他們會想要省時省錢地結案。原告的笨律師會在此刻登場，我的假事務所會擬一封求償信給肇事駕駛，駕駛再把信轉給他的保險公司。這個溝通流程建立之後，保險公司要看到釣餌，也就是另一封針對這次意外的信，寄給保險公司或委任律師。但這一次，信封裡會夾帶另一封信，這封多出來的信被精心揉縐、沾上墨水，就像是從印表機裡清出來的卡紙，原本不會附在給保險公司的信件裡。這封揉縐的信是假事務所寄給假客戶的，告訴他儘管母親動手術／小孩出意外／水管壞了……等等，他都絕對不能提前和解，因爲從他的驗傷報告研判，這場官司價值二十萬元。

假的病歷會附在信中，這部分的成本就很昂貴了，我們必須租個地方，弄出一整間假診所，前應召女郎、現任物理治療師小布就在這裡出場。她會充當工作人員，爲期數週，負責接電話、告訴我保險調查員有沒有盡職調查這間醫療機構。這很容易辨別，因爲這間診所根本沒有病人，只有調查員會來。小布的上衣領口開得愈低，調查就會愈快進行。我是在剛過十九歲生日時在街上遇到小布的。午夜時分，我從麥古納格酒吧出來，看到兩個凶神惡煞的傢伙朝一位高挑美麗、穿白裝、塗番茄醬色口紅的女子逼近。她足蹬十吋細高跟鞋，毫不退讓。其中一個男人舉著鉛管，另一人揮著皮帶。我上前干涉（當然是醉了），技巧拙劣地揍了拿皮帶的傢伙一拳，被他朋友用鉛管打中頭。當我的視線恢復清晰，小布站在我上方，腳踩平底鞋、抽著菸，那兩個男的躺在我旁邊。其中一個人在尖叫，脖子上繞著皮帶，一隻高跟鞋的鞋跟埋在他膝蓋裡；另外一人默不作聲，那根鉛管落在他身邊，一頭已經扭曲變形被血浸濕。小布毫髮無傷，她帶我回她的公寓，把我清理乾淨，讓我睡她的沙發。

一般來說，保險公司或委任律師事務所接到假信的一週內，就會有調查員拜訪假診所。幾天後，金額落在二萬到五萬之間的和解提議書就會送來，條件是必須在兩週內接受。

毫無疑問地，我的假客戶全都接受和解。支票會寄來事務所，用於支付律師費，銀行也絕對樂於讓這個想重振前輩事務所的年輕律師兌現。這就是我的人生，報復那些奪走我爸生命和尊嚴的保險業者與辯護律師，樂趣無窮。但是宿命、機運，或不管你怎麼稱呼的力量介入了，一把九磅重的鎚子，和幾分之一秒間的誤判，永遠改變了我的人生。

20

我嘗試將注意力集中在卷宗上，這個案子讓我走到了這裡，我必須盡量吸收相關資訊。我的計畫中有一部分是需要挖到那些俄羅斯人的把柄，我有信心能在卷宗裡找到，但我現在皮膚發燙，雙眼似乎沒有辦法聚焦，不是坐立難安地翻著紙張，就是兩眼放空。我慌了，我也意識到自己慌了。我試著控制呼吸節奏，專注於吸氣吐氣的簡單任務。

有三份檔案毫無用處，四間不同律師事務所提供的專家報告：針對本案的法律見解和專家意見概要——都幫不上忙。有幾位專家表示佛切克會是他們職業生涯中最糟的證人，我非常認同。所有的報告和專家意見都導向同一個結論——佛切克有罪。

另外四份檔案是庭審卷宗，第一份檔案包括起訴書，以及紐約警局對佛切克的訊問紀錄。佛切克在訊問中一個問題也沒回答。唯一有點意思的資料是一份兩年前四月五日《紐約時報》的影本，頭版有張馬里歐·傑拉多的大頭照（可能是前次被捕時拍的），摺線下方則是佛切克被人帶離法庭的照片。通篇內容聚焦於這起謀殺案，以及後續俄羅斯黑幫首腦被捕的消息。

第二份檔案大部分是照片和地圖，主要是犯罪現場的照片。照片拍出一間凌亂的公寓，地板上躺著一名肥胖的男子，臉上有個彈孔，位於左眼下方二點五公分處，離鼻子只有半公分，準確命中核心。檔案應該要附有一份驗屍報告，但我沒找到，不過這傢伙的死因已經明明白白寫在臉上了。我頸間的痛楚短暫地紓緩了，我再度伸展肩膀，延續這股放鬆的感受。

照片裡的胖子穿著一件髒兮兮的白背心和深色長褲，雙腳赤裸。他是馬里歐．傑拉多，本案被害人。他的外表沒有給人典型受害者的形象，看起來就像剛參加完史柯西斯[1]電影的試鏡一樣。紐約有四個義大利裔犯罪家族，我想不起來有誰姓傑拉多，但這個姓氏讓我腦中閃過無法捉摸的一幕。

我把照片拿到檯燈下，仔細檢視躺在房間中央的胖子。我努力看清楚他的紋身，那也許是陳年的幫派刺青，但都不是本地幫派的。我看到槍傷周圍的火藥灼傷，他被人近距離射擊，槍幾乎就挨著他的臉，只是沒碰到皮膚。如果開火時槍有碰到他的頭部，皮膚上的火藥燒傷就不會分布這麼廣，只會從燙熱的槍口留下一圈比較小且深的灼傷。

我把檔案裡所有的照片都倒到桌上，開始拼湊犯罪現場的畫面，裡面還有一份犯罪現場鑑識報告，和偵察員警（一個叫馬丁尼茲的傢伙）的陳述內容。在我看過照片、確立自己的觀點之前，這兩份文件我都不想看，先看報告可能會影響我對犯罪現場的解讀，雖然也沒多少東西好解讀——警察在公寓裡逮到小班尼時，地板上的凶槍還是熱的。他簽下認罪協商的隔天就坦承了謀殺罪，被判十二年，七年後能出獄。

我在被害人頭部後方的地板上沒有看到噴濺血跡，於是拿起另外三張照片比對：頭部不同角度的近距離拍攝。馬里歐也許是坐著或跪著中槍，但絕對不是躺著，因爲地毯上沒有噴濺物。地毯上的血很明顯是死後溢出的。

在我研究公寓照片時，仍能聽到佛切克和阿圖拉斯在隔壁的談話聲。

被害人的公寓牆壁是奶油色的，噴濺物會很顯眼。仔細看的話會發現，馬里歐的屍體正後方牆中央有紅色的斑點，汙點中間有個小洞，是子彈的終點，彈孔上方一吋處有一根掛相框的釘子。從這點來看，我相當確定小班尼射出致命一槍時，人就坐在那張小餐桌旁。餐桌位在馬里歐的屍體前，不遠處還有一張四腳朝天的椅子。小班尼開槍之前，跟被害人是同桌而坐的。

佛切克沒有提到他下令殺人的原因，但這點在我看到第五十二號照片時逐漸清楚了。餐桌上滿是碎玻璃，地上有一個破碎的相框，特寫顯示那個相框裡裝的是張專業的黑白相片：一個英俊的男子抱著嬰兒。這是相框內附的圖庫相片。

被害人其貌不揚，他好幾天沒刮鬍子，背心上有食物汙漬，他的公寓髒得要命，但就算是邋遢鬼也會把碎玻璃掃掉，他的腳上也沒有割傷。除了槍傷之外，馬里歐身上沒看到任何傷口，所以他應該也沒有被人拿相框打。其餘的家具都完好如初：沒有拉開的抽屜，公寓裡沒有被劫掠或搜索的跡象。我猜相框原本是掛在血跡斑點上方的那根釘子上。相框上沒有血跡，照片也沒有彈孔，馬里歐顯然在中槍之前爲了某種緣故把照片從牆上拿下來。

我把剩下的照片攤在桌上，幾張馬里歐公寓廚房水槽的照片吸引了我的注意。第一張犯罪現場照片不太清晰，但似乎拍到水槽裡有黑色泥巴和紙混在一起。這組照片的最後一張是特寫，水槽裡的不是泥巴，而是一或兩張拍立得照片殘骸。看起來像是有人燒掉照片，再打開水龍頭想沖走灰燼。照片其中一角還沒燒光，我只能勉強從中辨識出一隻手臂和手掌。

我靠向椅子、舒展背部，感覺到炸彈壓住我的皮膚時不禁一縮。我試著拼湊出那間公寓裡

1 馬丁．史柯西斯（Martin Scorsese, 1942—）美國電影導演、監製、編劇和電影歷史學家。他的電影以暴力描寫和大量粗口而著名。

發生的事：馬里歐不是在大門中槍的，小班尼進了公寓，他應該是和被害人一起坐在餐桌旁。爲什麼不坐沙發？爲什麼是餐桌？馬里歐事先把相框從牆上取下，彈孔和血濺痕跡都在牆上那個原本被照片擋住、油漆表面沒有染上灰塵和髒汙的乾淨區塊中。相框落在餐桌邊的地上，碎玻璃散布桌面。相框裡放的是圖庫照片，而水槽裡有被燒掉的照片。我最合理的猜測是，這是一場搞砸的交易，小班尼假藉談生意進到公寓裡，所以他們才坐在餐桌邊。馬里歐取下牆上的相框，他們撬開相框，因爲裡面藏了某些東西，極有可能是水槽裡被燒掉的照片，也許照片原本藏在那張父子合照後面。

這是個跳躍性的猜測，既薄弱又危險。

但是有其道理。

執行逮捕的警員是一個叫塔絲克的女警，她證實他們接到馬里歐某位鄰居的電話通報，表示他的公寓發生騷亂。當時紐約警局的巡邏車正在一個街區外執勤，開完槍沒多久，警察就抵達馬里歐的公寓。他們破門而入，發現馬里歐死了，班尼好整以暇地坐在餐桌旁，槍放在地上。塔絲克指稱，他們破壞前門的時候，煙霧警報就已經在響了。我發現警方的陳述中有個備註：被告同意警方說法，所以塔絲克不需要出庭作證。

我的理論是，小班尼被派去馬里歐家幹掉他，並取回照片，但卻意外遭警察突襲。他可能覺得必須先處理掉照片，所以在水槽裡燒了照片。這些都只是我的推論，蜜莉安肯定也想過這點，而且我認爲蜜莉安很可能也得出相同的結論，但由於缺乏證據，只能先排除這個動機。對我來說，這是直覺，一種本能的感受。

我人生中的第一個階段能在街頭存活，很大一部分要歸功於相信直覺。檢察官不能拿直覺給陪審團看，她需要證據來證實犯罪動機。

蜜莉安在開場陳詞中沒怎麼講到馬里歐謀殺案的作案動機，檢察官總是愛談作案動機，因爲陪審團也愛聽。她沒有對陪審團大力灌輸，唯一的原因就是她並沒有找到有力的動機。如果小班尼對她說過作案動機，蜜莉安一定會開場就告訴陪審團，她卻讓陪審團自己思考。對任何檢察官來說，這都是效果強大、風險絕高的一步。

那些燒掉的照片拍到什麼？

馬里歐爲什麼有那些照片？他爲什麼被殺？

目前還有些地方說不通，但這感覺很重要。馬里歐・傑拉多的謀殺案是點燃燎原大火的小火花，小班尼供出他老闆的謀殺罪，卻對組織的其他內幕閉口不談，這是對兄弟會的忠誠嗎？小班尼的動機中有些部分明顯不合理。

這只是開頭，謀殺案在檯面下的內幕還很深，只是我當時還不了解到底有多深。

21

我將注意力轉向一份新的卷宗，裡面有證詞和供述紀錄，但沒有小班尼的。這也合理，檢方如果要證人在審判前作證，就必須讓被告知道取證的時間和地點，小班尼的所在地也會透露給佛切克的律師。聯邦調查局可能花了一大筆錢隱藏小班尼的行蹤，所以他們不會把班尼露面的日期、時間、地點，像公開邀請似地通告給俄羅斯黑手黨旗下的每一個殺手。就算他們沒有在班尼作證時幹掉他，事後也一定會跟蹤他。證人的生命受到威脅時，就沒有人管規則了。

調查員警的陳述很不錯，拉菲爾．馬丁尼茲可能是顆明日之星，他緊扣事實，沒有像在教書似地對案件提出理論，沒有推測犯罪現場的狀況，也沒有修飾事實。他基本上無視了所有的訓練知識，這讓他成為一個優秀的證人，跟這個人交互詰問幾乎不可能問得出什麼來。

我把卷宗蓋上，感到眼睛敏感、喉嚨發乾。

「阿圖拉斯，有飲料嗎？」我叫道。

「來了。」

如果要熬夜工作的話，我得找些東西讓自己撐下去。

艾米的身影淹沒我的腦海，我想像她顫抖呻吟、嚇得失去理智。她是個聰明的女孩，成績好，愛看書。小時候，她媽媽喜歡讀公主故事和童話給她聽。我在酒癮勒戒中心的第一晚，手錶鬧鈴在八點鐘響起，知道她也聽到和我一樣的鬧鈴，讓我感覺和她有所連結。我們會聊天，我每晚會讀一章《愛麗絲夢遊仙境》給她聽。她自己就會讀了，但她說喜歡我的聲音，很撫慰人心。在治療初期，我覺得自己很像愛麗絲：在一個陌生的世界裡跌跌撞撞，看到什麼東西都喝，爲了逃出去、逃出法律束縛、改變過去發生的事。在勒戒中心待到最後，我已逐漸了解，沉溺瓶中物無法解決任何問題，終於獲准出院時，我很肯定自己不會再當律師了。我辦完出院手續之後，克莉絲汀和艾米來接我，我們在街角的一間小店吃了漢堡和薯條，感覺很棒，像回到從前。我太太在我需要她的時候陪著我，儘管我曾經忽略她。我們的關係仍然緊張，但是艾米舒緩了情勢，我和女兒一起讀書、聊書，慢慢重建關係，不過我小心地不把艾米眞正的閱讀品味告訴克莉絲汀。我的公寓裡有一間小圖書室，藏書主題是扒手技巧、魔術把戲、撲克牌技，和眾多關於我的偶像哈利．胡迪尼[1]的著作。

艾米第二次來我的公寓過夜時，我弄好晚餐走出廚房，發現艾米在讀一本胡迪尼的傳記。克莉絲汀完全知道我的過去，她不會贊成艾米看這種書，覺得會教壞小孩。我沒有告訴她艾米對胡迪尼感興趣，就像我沒告訴她，我教了艾米幾招硬幣戲法現給朋友看。十歲的艾米處在年少歲月的神奇時刻，我仍然是她生命中最重要的男人。我的好友哈利．福特法官曾叫我要好好珍惜這段時光，因爲再過一、兩年，我就會變成無足輕重的免費司機了。

我的嘴唇開始顫抖。艾美還有著大好人生啊。

1 哈利．胡迪尼（Harry Houdini, 1874—1926），出生於匈牙利，幼時同家人移民美國。被稱為史上最偉大魔術師、脫逃術師及特技表演者。

我咳了一聲，用力抹抹臉，再度打開卷宗。

除了那位警員以及班尼，另外還有兩位證人。第一位是個叫妮琪．布倫德的女孩，二十六歲的夜店舞者。她在馬里歐被殺的前一晚，看到他跟佛切克在東七街的西洛可俱樂部裡發生衝突。酒吧鬥毆不足以成爲雇用職業殺手的動機，蜜莉安知道，我也知道，但這還是一項很有力的證據。

另一個證人是被害人的堂哥東尼．傑拉多。我突然間想起，自己認識一個叫東尼的人，在我童年好友吉米．費里尼（綽號帽子）手下工作。吉米加入家族事業之後，業餘拳擊生涯便告一段落，他的家族事業就是組織犯罪。很久以前，東尼和我在吉米的地盤見過一面，他去幫吉米收帳，我記不太清楚東尼的模樣，但只要看看他的鞋子，我就知道是不是這個人了。收帳的人都要開長途車，還常常要等人，花大把時間收帳、護鈔、賺錢。他們是地位很高、備受信任的雇員，年紀通常比較大。在車子裡度過一個星期、幾天收一次帳、天天把人打個半死後，這些傢伙就不會費心打點外表了。所以，重點是——他們會穿昂貴、柔軟、輕巧的老式鞋款，就像爺爺穿的那種。這些人不穿義大利皮革製的尖頭鞋，要是穿了，他們第一趟任務還沒辦完就會痛死。八旬老人和嚴謹的黑手黨分子，就是讓美國生產舒適鞋款的廠商不至倒閉的功臣。

東尼的陳述主要針對他堂弟馬里歐，以及對佛切克的敵意。一開始還不錯，他說馬里歐待過少管所，後來「畢業」進入聯邦監獄，轉換跑道。馬里歐和佛切克因爲一筆債務而有長期紛爭；接著，東尼重述了馬里歐與佛切克在夜店的衝突。這也許跟妮琪．布倫德目擊的是同一樁爭執，但東尼的陳述對佛切克不利，提供了更多形成動機的理由，建立了謀殺案前的時序，而且和妮琪．布倫德的說詞相符，這不太妙。

我再次瀏覽證人名單。

那位調查員警是個大問題，但他的證詞沒什麼爭議性。在現場逮捕小班尼的女警不會作證，因爲她的證詞無關乎佛切克有罪與否。

但我可以在那個夜店女郎身上下工夫。

被害者的家屬是個麻煩，東尼．傑拉多可能是蜜莉安的王牌，他應該還有什麼是我沒看出來的。

最後一個證人——明星人物證人X，這個代號是用來保護他未來得到的新身分不被媒體發現。佛切克再清楚不過，他知道這個背叛他的人是何身分。

東尼．傑拉多和小班尼搞垮了佛切克，兩個人都很要命。我確信自己已經掌握足夠的資料替檢方挖陷阱，讓佛切克忙於應付，沒時間管我。

如果我認識的那個東尼就是東尼．傑拉多，我就找到把柄了。

阿圖拉斯和佛切克正在悄聲說話，我故意轉動椅子發出聲響，佛切克聞聲看了我一眼，隨後關上辦公室和會客室之間的門。他想保有隱私不讓我偷聽，我確實一個字也聽不見，但我要他看見我在偷聽，這麼一來他就會關上門，我也可以不受干擾地觀察他們。

在老舊鑲窗橡木門的門把下方有個鑰匙孔。

我從孔洞間向外看，鑰匙應該還插在門鎖上，這讓我的視野變得更窄。我看到佛切克先是跟維克多說話，接著轉身擁抱阿圖拉斯，之後離開會客室。阿圖拉斯坐下來，用俄語和維克多聊天。我現在有點隱私空間了。我跪下去，感覺引爆炸彈裝置壓著我的身側。差點忘了這該死的東西還在。

我探進外套口袋，拿出從大個子那裡扒來的皮夾。我在皮革夾層裡發現散放的六張百元鈔，還有兩個黃銅鈔票夾各夾著一千美金，同樣也都是百元鈔。在幾張屬於「葛雷果．歐布洛斯肯」的信用卡之間，我發現一樣讓我腦中湧出無數疑問的東西：一張背後寫著電話號碼的名片。那是一串手機號碼，用藍色的墨水寫上，名片上沒有人名，最讓我煩惱的是上面印的內容。名片上載有某個機構的名稱和地址，我不需要看機構名稱，那個地址——紐約州紐約市聯邦廣場二十六號二十三樓——對我來說非常熟悉，在百老匯，運河街南邊、市政廳北邊，是聯邦調查局的基地。

這讓我知道，我誰都不能信任，包括警察，當然還有聯邦探員。

我的手錶輕響一聲——八點了。艾米的錶一定也響了，這是屬於我們的時間。我不能讓自己想到她，必須保持敏銳、專注、憤怒，放任自己擔心到發瘋可救不了女兒。

還有五個小時可以在哈利開庭前找到他，要在俄羅斯人的監控下神不知鬼不覺地前往他的辦公室，只有一個方法，光是用想的就讓我害怕。

22

門外傳來腳步聲，我將皮夾塞回口袋，坐回椅子上，拿起一份卷宗埋首閱讀。

門打開了，阿圖拉斯緊盯著我。他朝角落丟了一瓶水。

「奧雷克回家過夜了，所以我要把你鎖在裡頭。維克多和我要休息一下，你也睡一會吧。如果你想逃跑……」

「我能跑哪去？」我說，「至少讓我把外套脫掉行嗎？」

「不行。總之試著睡一下吧，我一早會回來看你。」

「拜託。」我站起來，抓住他的右手下臂，露出懇求的表情。他抽手，我旋即轉身，用腰擋住他後退的身軀。他跌倒時，我的右手迅速滑進他的大衣——扒到今天第二個戰利品。他屁股著地，咒罵出聲，憤怒地朝我撲來。我沒放開他的手腕，拉著他站起來。

「天啊。我很抱歉，老兄。這是意外。」我說著，防衛地舉起雙手，掌心對著阿圖拉斯，十指張開。戰利品藏在右邊的衣褶裡，在我的手背和下臂之間，很困難的藏法，但我練習很多年了。我還可以在手腕凹處藏住一枚銀幣不被發現，一邊繼續打撲克牌。我裝出一副害怕的模樣——但其實我的四肢因憤怒而緊繃。阿圖拉斯揮出一記右勾拳，我瑟縮一下，並誇大自己的反應。他笑著關上門，隔壁房間的維克多發出一聲大笑。

「娘炮。」維克多說。

我聽著鑰匙在鎖孔裡轉動，等了幾秒才把手腕背部轉向天花板，讓那個黑色的小裝置飛到空中。我用右手接住引爆器，心裡想著阿圖拉斯不知道過多久會發現它不見了。我需要引爆器，可不能讓阿圖拉斯在碰巧打開門發現我不見蹤影時啓動裝置。我要去見哈利，我需要帶著炸彈去，如果有哪個人知道怎樣解除炸彈的話，一定就是高等法院法官兼美國陸軍退役上校哈利．福特了。

23

採取行動前，得先確定我的保母短時間內不會來找我。佛切克已經走了，我剛才聽到一陣細碎的對話聲，通往走道的門被打開，腳步聲一路走向電梯；接著，外面的門關了，鑰匙轉動鎖孔上鎖。透過隔間門上的鑰匙孔，我看到維克多閉著雙眼躺在沙發上，阿圖拉斯則剛離開。

只剩下維克多一個人。

我就這樣注視著維克多整整一個多小時，聽著沙發上傳來的粗重呼吸聲。他雙眼閉著，手放在肚子上，除了一盞小檯燈，室內唯一的光源來自對街的數位廣告看板，紅、藍、白的色光有節奏地舞動，每隔幾秒就在房間裡進進出出，於牆壁上投影出奇形怪狀的動物。

我又聽到維克多打鼾，比之前更大聲。

我把夾在指間的聯邦探員名片翻面，思考著我稍早和佛切克在車上的對話。

他們把班尼保護、隱藏得很好，就連我的人脈都找不到他。

我現在聽懂「我的人脈」這個詞了。

佛切克手下有個聯邦探員臥底，不管他是誰，他無法鎖定班尼的位置。我現在誰都不能信任，如果黑幫能買通聯邦探員，他們也能買通一百個紐約警察。我再度從鑰匙孔窺看，確定維克多還睡在沙發上。看樣子阿圖拉斯今晚不會回來，他說他早上會來找我。我穿上我的大衣。

現在是九點十分。

逃跑的時候到了。

我迅速移動到窗戶邊，打開鎖住下半片窗的栓子。吐氣吹霧了玻璃，我用手搭著窗框，下身移動出力，猛力一推。

窗戶沒有動。

一吋也沒動。

我檢查了所有栓鎖，確定都是打開的，又試了一次，窗戶依舊不動。微弱的光線幫不上忙，所以我用指尖沿著窗框周圍摸索，沒摸到接縫。這窗戶一定是在二十年前用油漆封上後，便再也沒人敢打開。我拍拍口袋，卻沒聽到鑰匙碰撞的金屬聲。我本來想用鑰匙尖端劃開油漆，卻發現口袋裡的鑰匙不見了。不知道是被我弄掉，還是被阿圖拉斯拿走了，但我沒時間去想。我改拿出鋼筆，用筆尖沿著窗框劃，劃到底的時候，筆尖覆蓋著一層硬化的油漆，一條條乾燥的橡膠質地條狀物像彩帶般從窗戶周圍掉落。

我站到大窗台上開始推。聲音很大，但我別無他法。油漆發出龜裂的聲音，一聲乾巴巴、令人心滿意足的呻吟從分離的窗框傳來，窗戶打開了。外面是一片車聲、音樂和紐約市喧囂的合奏。雨已經停了，夜間法庭正熱鬧著，下方一排計程車從大樓這一側延伸右轉到正門口。週一晚上是離峰時段，但傳訊庭附近總是有生意，任何在九點以後獲得保釋的人都會需要搭車。

我把窗戶關上一點，掩蓋住大部分的噪音，我可不想讓維克多聽到。我踮著腳往前了四步好彎身探出窗，頭壓低到胸口通過窗櫺。我的頭冒出窗外時，眼睛立刻反射性閉上，我強迫自己睜眼，立刻就後悔了。此刻，我跪在一塊九十公分寬、位於十九樓的窗架上，覆蓋著石材的厚厚青苔和陳年鳥屎發出一股腐朽的臭味，感覺很濕滑。我右手邊是條死路——電梯突出於大樓的部分，無法通過，唯一的選擇是往左走，向下一層樓，找到對的那扇窗，並且希望哈利還保持著以前的習慣。

我再度閉眼，想像出一張大樓的內部平面圖，試著規劃一條從外牆抵達的路線。這棟法院是獨棟建築，南側和西側被一座小公園包圍。我在大樓東側，下方是小波特蘭街，會接到錢伯斯街、通往位於大樓北側的法院前門。哈利的辦公室也在這一側，但不在這層樓。還有個更大的問題——大樓這一側有障礙物阻擋我的去路，某個高達九公尺的龐然大物。這個障礙物最頂端三分之一的頭、手臂和劍正好擋在我這層，很難爬過去，但並非不可能。

要先通過這位灰色女神，才能抵達目的地。

我雙手抓住拱形窗簷兩邊的磚塊，慢慢把自己拉直成站姿，開始又慌又怕。身處高處總是讓我有這種奇怪的刺激感，不管我是離地十五或一百五十公尺，只要我的頭接近天花板，感覺就會更糟。就算我在離地只有一公尺的陽台，水平視線看得到天花板，一樣會嚇個半死，但眼前若是無邊無際的天空，就一點事也沒有。我始終想不出原因。

站在拱窗下，我的頭離花崗石凹壁頂部只有幾公分，我感覺自己快要撐不住了。我緊攀著牆，指甲抓得裂開，同時拚命呼吸。刺骨的冷風也來攪局，把我的大衣吹得在身側啪啪作響，每一口呼吸都異常艱困。下方的汽車喇叭和引擎聲、巴士的煞車、計程車的開關門，不斷地提醒我十九層樓下人們的生活猶在進行，我一點都不安全。

我做了一連串快速呼吸，吐出令我手足無措的緊張感，往前踏了一步。動作進行的同時，我的大腦正對著自己大聲尖叫——該死，你在做什麼？我沒管它，專心抓住艾米的影像，我的艾米在我心中的影像——我在她吹熄生日蠟燭時將她的頭髮攬在手中，我們互相展示新手錶。

平台越來越窄了，只剩幾公分寬，我驚奇地看著右腳往前移動並穩住，準備讓左腳跟上。

我沒試著去控制面部表情，緊抱著建築物的側邊，左腳緩緩地愈移愈遠，手指因爲死抓著磚牆縫隙而開始顫抖。我又動一步。

十分鐘後，我站在離女神像一點五公尺遠的地方。

女神的模樣很熟悉，大部分人都認得出來：一個蒙上雙眼的女人，身穿希臘式長袍，一手拿劍、一手拿天秤，手臂舉起與地面平行，雙手持平的同時，也平衡著報應與慈悲。她蒙著眼是象徵公正不阿，無視於種族、膚色、信仰。

是的，完全正確。

她是正義女神，是混合希臘與羅馬文明掌管正義的神祇。她的眼睛並不是永遠蒙著，倫敦老貝利法院屋頂的女神像就沒有蒙眼布。學者認爲蒙眼布是多餘的，因爲人物形象是女性，必然公平無私。他們顯然沒有開過派克法官的庭。

我的腳再度拖行前進，但這次的動作幾乎難以察覺，慢得令人難受。我皺著眉頭，感覺腦袋和胸腔裡有一股搏動的熱度。迎接憤怒吧，迎接新鮮的腎上腺素。這股衝勁讓我又走了六十公分，然後我伸出一隻手要抓劍柄。我搆不到，腳下也沒辦法再移動——已經沒有平台了。我心中、體內的每一部分都尖叫著要我抓緊牆壁，但爲了艾米，我必須碰到劍。我讓右腳承受體重，舉起另一腳平衡。

下方傳來一聲模糊的轟隆碎裂聲。我移動並壓低重心，然後起跳。

24

我的右手抓住了劍，左手滑到她的手臂上，雙腿在她長袍的花崗岩縐褶處晃盪，兩腳亂踏著找落腳處。

「我沒問題，我沒問題。」我不斷安慰著自己。

我的手臂抖得厲害。越過石雕手臂，我看到女神背後較低的樓層上有一個寬大的凹台。我可以從手臂爬過去，或試試從下面滑過去。我讓雙腳找到一個穩定的支點，調整左手的抓握姿勢，準備讓它承接我的重量。我違逆自然本能將身體盪出去，雙腿掃過女神的手臂下方，腳到達拋物線頂點時，我鬆開手。

我降落在十八樓的凹台上，迎接我的是一陣鼓翅聲和嘎嘎聲，烏鴉抗議我入侵牠們的棲息地。我再度抓緊雕像，將臉貼進花崗岩。

腎上腺素通常並不困擾我，我學過如何善用它。當你在上百個人面前起立，每雙眼睛都盯著你，你就會感受到一大波腎上腺素，不然你就不是人。一切都會慢下來，當它流過你的循環系統，一秒鐘的停頓感覺就像一場長達三分鐘的噩夢，這就是它應有的功能。一個慢動作的片刻，讓你反擊或逃跑。它加快你的反應速度，完全扭曲你對時間和空間的感受，每一種感官都高度戒備，每一項反應都像剃刀般銳利。

我強行讓身體退了幾個檔位，等引擎冷卻才抬頭看向我來時走的路。我起跳的平台幾乎消失不見了，磚塊已經碎解。我低頭，街上沒有人躺著回望我。瓦礫掉到人行道上，但沒人受傷。謝天謝地我身在紐約，眞正的紐約客是不會抬頭往上看的。我倚著冰冷的磚牆，仰望女神的背部。她也是這場遊戲的一部分。律師常常被問到，他們怎麼有辦法代表明知有罪的人打官司。我就被問過許多次，而我給出的答案都是——我們沒有這麼做。事實上，我們的作業方式就像美國軍隊許多年來處理同性戀軍人的方式——不問不說。我從來沒有代理過任何我明知有罪的人，因爲我從不問客戶他們有罪與否，避免碰到那個恐怖的可能：他們對你說實話。實話在法庭上沒有容身之地，唯一重要的是檢方能夠證明些什麼。如果我遇到一個面臨刑事起訴的客戶，我會告訴他們警察或檢方自認能夠證明哪些事，並問他們對此有何想法。接下來就是他們的表演時間，如果他們說警察是對的，就是認罪；如果他們想拚一把，就會跟我說自己是無辜的。他們都明白，如果他們對我自承有罪，卻還是要我打官司，我就無法繼續代理。遊戲就是這樣玩的。

不問，不說。

十一個月前，我發現這個遊戲玩起來會出人命，我決定再也不玩了。

我重新控制住心跳，看向我接著要走的路線：另一個窗台——同樣狹窄、同樣危險。城市的喧囂聲持續干擾著我，就在這一刻，我聽到了某個熟悉的聲音。我俯瞰下方的街道，幾輛汽車迅速駛過，街上人不多。我向延伸窗台靠近，用一隻腳試探著，逐漸把重量移上去，直到我相信它是安全可靠的。我踏出一步，然後又聽到了——一聲鼓點，一個聲音。我對這再熟悉不過，是滾石樂團的〈無法滿足〉。音樂很遠、音量很小，但絕不會錯。

我認得這首歌、認得這個樂團，也認得這張唱片的主人。這段音樂給了我彷彿見到曙光的鼓勵，這正是我迫切需要的。我抓住大樓側邊，探身出去繼續移動。我愈往外移，基思．理查茲[1]的吉他聲就愈來愈清晰。沒過多久，我就看到不遠處的一扇窗戶透出友善的微光。

我加快腳步。

我伸手探向窗戶，再度蹲低，試圖把它撬開。窗戶鎖上了。房間中的景象看起來堪稱溫馨，角落的黑膠唱片機播著海妖般引我前來的樂聲，桌上的一盞檯燈透過旁邊的威士忌瓶投出一道溫暖的光柱，在地板灑下金黃閃亮的光影。一名老年黑人男子身穿紅色套頭上衣坐在桌前，可能是喝醉、睡著，或兩者皆是，下巴靠在胸前。他的白髮直豎，彷彿在努力捕捉音樂的貝斯旋律，把其中的魔力傳導到他的腦子裡。

我敲敲窗戶。

毫無動靜。

我再敲一次，敲得更大聲。

他絕對是又醉又睡。

我敲了第三遍，窗戶簡直要被敲歪，高等法院法官大人哈利．福特醒過來，緊張地環顧室內，一秒之後又把頭縮回原位繼續睡。我又拍了一下窗戶，這次他找出聲音的源頭了。他直直看著我，嘴巴張開，在他往後一倒、四腳朝天摔下椅子前，我聽到一聲壓抑的尖叫。他憤憤地

1 基思．理查茲（Keith Richards, 1943—），英國音樂家、歌手、詞曲創作人，以及英國搖滾樂隊滾石樂團的創始成員之一，為吉他手。

爬起來，氣得表情扭曲，他一定以爲我是酒後惡作劇。窗戶開了。

「你這神經病，我該死的很樂意報警，或直接把你從這他媽的樓上推下去。」

我的情緒一轉，因爲我必須告訴他實情了。他醉態帶來的樂趣已經消退，我感覺到我的處境，以及我背上的炸藥帶來的沉甸重量。

「哈利，我有麻煩了，很大的麻煩。他們抓走艾米了。」

「誰抓走艾米？」

「俄羅斯黑幫。」

25

我關緊窗戶，阻擋凜冽的寒風。哈利撥開唱針，突兀地打斷米克[1]火力全開的歌聲。我從窗邊轉過身看著哈利，仍然能感受到腎上腺素帶來的高亢情緒。他的怒火似乎消退了，轉成若有所思的凝視。

「我得喝一杯。」我們同時說。

他在一個髒玻璃杯裡倒了三指高的酒給我。那是我專用的杯子，自從我上次來到這裡後就沒有人用過了，那天正是我進勒戒中心的前一天。烈酒溫暖地撫慰了人心，我告訴自己，我需要這杯酒，這不是在走回頭路，只是用來讓我的神經系統平靜下來。哈利在椅子下找到自己的杯子，倒了一大杯，用雙手捧著喝，然後扶正他老舊的旋轉椅，坐上去的同時發出一聲刻意的嘆息。

「這到底該死的是怎麼回事，艾迪？」

我又喝下一口威士忌，迅速交代了這天發生的每件事，從阿圖拉斯在泰德小館拿槍抵住我

1 米克・傑格（Mick Jagger, 1943—），英國搖滾樂手，滾石樂團創始成員之一，1962年開始擔任樂團主唱至今。被稱為「搖滾史上最受歡迎和最有影響力的主唱之一」。

背後的那一刻開始。

哈利沒有打斷我，他懂得先聽完整個故事，再琢磨細節。

我說完的時候，他看著我的樣子彷彿我是個白癡。

「老天，你還在這裡幹嘛？報警啊。」

他拿起電話，按九撥外線，立刻被我切斷。

「我不能去找警察。那些人買通了一個聯邦探員，代表他們一定也買通了幾個警察。如果我報警，我沒辦法確定會不會碰到他們的同夥。」

「但是我跟警察認識——我來打給菲爾．傑佛遜。」

「我們在談的是我女兒的性命，我不能賭某個警察是否清廉，我也不在乎他認識誰——哪怕是你。這個體制就是運轉不靈，你也知道。而且我沒有證據，帶著炸彈的是我，就算我找到一個正直誠實的警察，他也許會逮捕我，而不是去抓那些俄羅斯人。即使警察或是聯邦探員相信我，雖然我覺得不太可能，佛切克只要花幾秒打一通電話，我的女兒就死了。我今天學到一件事：不該忽視自己的直覺。我的直覺告訴我，得用自己的方式處理——至少目前是如此。」

哈利放下電話，視線掃遍室內，我看到他臉部肌肉繃緊，胸膛迅速起伏。

「艾米還好嗎？」

「他們謊稱是我雇用的保全團隊，說我接到死亡威脅，要保持警戒。我想她一開始是相信的，但我跟她通話的時候，我很確定她再也不相信那一套了。她知道了，哈利。她知道她被綁架了。我必須救她出來。」

哈利一口喝乾整杯酒，那股勁頭讓他皺了一下眉。他伸手拿酒瓶時，老舊旋轉椅的木製椅腳發出嘎吱聲。

「克莉絲汀呢？」哈利問。

「她以爲艾米去長島參加三天的校外教學。就我所知，她對這一切毫不知情，但你了解克莉絲汀這個人的，我不想讓她崩潰然後去報警，所以我不打算告訴她任何事。」

「你必須報警。」

「如果我報警，他們會殺掉艾米。我告訴過你了，我不能去找警察，他們已經買通聯邦探員了。如果連這都做得到，他們也能買下一整個分局。」

「你怎麼知道他們買通了聯邦探員？」

「我告訴你了，我在轎車裡扒走一個人的皮夾，裡面有一張名片，那是聯邦探員的名片。看起來是眞貨，背面寫著一串電話號碼。」

「你偷了皮夾？」

「別跟我說你感到意外，你知道我的背景。」

「我好奇的是你有沒有眞正脫離過你的背景。」

他垂下頭嘆了口氣。他說的可能沒錯，我從來沒有拋下過去的那個自己，我仍是個騙子，只是現在不再騙保險公司，改騙陪審團。

我又喝了一口酒，伸展脖子和背部。窗台歷險讓我的頸椎陷入慢性痙攣中，酒精對此會有幫助，但效果是短暫的。

「名片上有人名嗎？」

「沒有。」

「也有可能是那個俄羅斯人倒戈了，也許他拿了那張名片要打給聯邦調查局。」

「不，那個傢伙沒有倒戈，他是我看過最窮凶極惡的混帳，像抓娃娃一樣把我提起來。而且，如果他是內奸，帶著那張名片也不合理。除非他是全世界最笨的線人，把對口的電話寫在聯邦探員的名片隨身帶著跑來跑去。我就是覺得不對，他沒有試圖隱藏，名片上的號碼是寫給雇員的，這個雇員可能在聯邦調查局內部。我想不出在那張名片上寫電話有什麼別的理由，但我保持開放態度傾聽不同意見。」

他沒有意見。

「我需要你看一下這個裝置，看你能不能解除。」

「我好久沒做這種事了，艾迪。」他說話的時候，我覺得自己看到一抹陰影掠過他的臉龐，但也許那只是他在半明半暗下移動造成的。哈利是越戰時期第一批升到上校級的非裔軍人之一，他帶領過一隊「地鼠」，也就是摸黑在地下和越共作戰的人。他上過三次戰場，從不談論當時的經歷，還有一堆從沒拿給別人看過的勳章。哈利就是這樣。

我脫掉外套，翻到內裡放在哈利桌上，然後拉開接縫。我對爆裂物的知識近乎於零。

哈利警戒地湊近那個裝置，手插著腰彎身，一時之間我以爲他是要湊近仔細查看，但接著發現他是在嗅聞。

「是C4炸藥，埋了兩根雷管，和一個完整的導流器。」

「你能聞出它的結構？」

「別傻了，我是聞出C4。你聞一下。」

塑膠炸彈發出一股臭味，但起初我判斷不太出來它讓我想起什麼東西。

「汽油？」我問。

「很接近，是機油。C4是一種混合性爆裂物，由很多種不同的化學藥品和化合物組成。由於某種原因，它使用機油來調和，所以它在越戰時期很管用。我們帶了一大堆用來阻斷越共的地道，但大部分是拿來煮配給口糧。」

「煮東西？」

「對。它是有股臭味，但是在雨天也很容易燃燒，哪怕鼻子裡吸滿那股臭味，都比吃冷口糧好。你看看，這鬼東西要加上一個小小的引爆裝置才會爆炸。你可以燒它、捶打它，只要沒啓動引爆機制，它就跟黏土一樣安全。那些樣子很像小型筆的圓筒就是雷管，裡面還有很多線路，我連從哪裡開始下手都不知道，也可能是陷阱。你說你偷了遙控引爆器？」

「對。」我把它從口袋裡拿出來，放在哈利的椅子上。

「最簡單的做法是把引爆器的電池拿出來。我有把螺絲起子，放哪去了……」他跑去找。

哈利花了幾分鐘在紙箱裡翻找，還找了角落的書櫃——上面放了工具、酒杯和比法律書籍還多的威士忌，最後拿著一套螺絲起子回來。遙控引爆器看起來平凡無奇，就像用來操作車庫門或汽車中控鎖的遙控器一樣，大約五公分長、二點五公分寬、一公分高。其中一面裝有兩個按鈕，背面用三個皿頭螺絲鎖住塑膠殼兩半。我從工具組裡挑出最小的一字起，拆掉保護套，試圖把它轉進引爆器上的螺絲溝紋。尺寸不合，鑽頭太大了。

哈利開始翻找一個個抽屜，摔上櫥櫃門時還喃喃自語，過了幾分鐘，他拿了一把美工刀回來，刀片尖端剛好符合螺絲溝紋，就是這個了。我小心翼翼地使用單薄的刀片，要是它折斷，我就沒戲唱了。

我左手拿著遙控器，謹慎地避免按到任何按鈕，緩慢而謹慎地轉開第一顆螺絲。我的視線在黑暗的房間和檯燈的亮光間來回，眼睛難以適應。哈利靠在我肩膀後面，我能感覺到他不耐的審視眼光。

儘管有檯燈的溫暖光線和暖氣，室內還是愈來愈冷。哈利把暖氣開強，給自己倒了一杯威士忌，也幫我再倒了一杯。沒有進食又攝取太多酒精，讓我頭暈腦脹。

我把第一顆螺絲釘倒在手掌上，小心地放到桌面。

哈利彎下身開始抓頭——兩手輪流從頭後摩挲到他那頭不聽話的白頭髮。我們當朋友很久了，我看得懂他的小動作，他憂心忡忡或是在思考的時候，就會猛抓頭。有這種習慣的人意外地多，他們簡直像是想要徒手把自己的思緒抓出來。

「有話快說。」我說。

「佛切克有給你卷宗嗎？」

「有，我大部分都看過了，至少是看了值得讀的部分。」

「裡面有沒有提到證人，還有他做了什麼協商？」

我知道哈利要講什麼。

「你是說，爲什麼他只供出佛切克謀殺馬里歐？我也在想一樣的事。我試著問過佛切克，他說了一些事，關於小班尼對他仍然保有一點忠誠之類的。所以小班尼要送老闆去坐牢，但不想陷害其他兄弟，對幫派手足依舊忠心耿耿？這沒道理。班尼告訴聯邦調查局的資訊多到會讓他被殺，卻不足以免於牢獄之災。」

他點點頭，喝乾最後一點威士忌，把酒瓶放回抽屜裡，開始泡起咖啡。泡咖啡的動作不知怎麼地能讓他思路更清晰。我沒打擾他，讓他自己想過一遍，想通了自然會告訴我。

「你聽過Penditi嗎？」哈利問。

我母親是義大利裔，我交情最久的老朋友是紐約黑手黨的頭頭，所以我當然聽過。

「當然，就是懺悔者，西西里警察的說法。這種人以前是殺手、掮客，被捕之後作證指控黑手黨從上到下每個成員。你的重點是什麼，哈利？」

「就我所知，懺悔者算得上全世界最強悍的人，一群冷酷無情的殺手。連他們都會供出背後的組織了，那小班尼之所以沒供出幫派裡的其他人，肯定有個天殺的好理由。」

咖啡機發出號角般的咕嚕聲，哈利幫我們各倒了一大杯咖啡。我心裡想著，我多麼幸運能結識哈利，越戰時期的那些人又是多麼幸運能在他手下作戰。他聰明、有領導力，就算已年過六十，仍然沒有事能嚇倒他。

「那麼，你有何計畫？」哈利說。

「我有個朋友可以幫我找到艾米、救她出來。這件事你還是別知道得好。見面之前，我需要先聯絡他，場面可能會很混亂，我不希望有什麼事會追查到你這裡來。他是會在電話裝竊聽器的人，所以我不能從這裡打給他。我需要你幫我做一件事，我要幾樣工具，你只要把工具找齊藏在大樓裡的某個地方就好，或許可以放在這層樓的無障礙廁所，藏在沒人會注意的角落。十九樓沒有廁所，我到時候會下樓用這層的廁所，它是整間式的，沒有隔間，非常完美。這是距離最近的廁所，俄羅斯人會在外面等，沒有隔間他們就不會進來。我會把需要的東西，以及取得管道列一張清單給你。哈利，你最好不要牽涉太深。不管抓走艾米的人是誰，都不會心甘情願把她交出來的。」

哈利抓抓頭髮。「那麼，要幫你忙的那個人，你要怎麼跟他見面又不被佛切克發現呢？」哈利疑惑問道。

「我沒辦法。」我說，「但我想到了一個理由，說服俄羅斯人帶我去找他。」

26

風愈來愈大，吹得窗戶嘎嘎作響。哈利坐在他最愛的老舊木框旋轉椅上，那張椅子讓我聯想到哈利：蒼老、古舊、堅實。

第二顆螺絲釘落在哈利的桌子上，滾來滾去，最後停了下來。

哈利拿下眼鏡，捏了捏鼻頭，那是哈利的另一個小動作。

「我就是不喜歡這計畫，有地方不對勁。」哈利說。

他嘆口氣說，「不管你做什麼，他們都會殺了你和艾米。什麼讓你背負炸死證人罪名的狗屁——你如果信了他們那套，他們會確保你沒辦法活著告訴任何人事情的眞相，他們沒辦法冒那個險。」

我把注意力集中在最後一根螺絲釘上。

「但你也早就想過這一點了。」哈利說。

我點頭，用刀尖挑起最後一顆螺絲，並把它從外殼上拔下。

哈利拉了一張椅子坐到我旁邊，我們把頭探過檯燈，緊張地等著。我輕輕抓住引爆裝置的外殼，慢慢將它拆開。

它分開了。

我的手指發抖，但沒讓它掉地上，我把兩半塑膠外殼開口朝上放在桌面。

在那個當下，我有一個計畫，我已經想了好幾個小時了。

我知道自己不能信任警察或聯邦警探，不過一旦我找回艾米，佛切克就沒有任何籌碼牽制我了，我可以帶她走，而我多少想到了一個行得通的方法——我能騙兄弟幫帶我去見吉米，他能追蹤我在佛切克手機上看到的那組號碼，這樣我就能找到艾米。她安全了，我就能聯絡聯邦調查局，對他們全盤托出，談個條件，助其扳倒佛切克和他全部成員。

計畫是如此。

但當我看到遙控內部的樣子時，一切都變了——裡頭沒有任何裝置，沒有晶片，沒有線路，沒有電池，什麼都沒有。

就是個塑膠空殼。

「假的？」哈利說。

「這沒道理，阿圖拉斯啓動過好幾次。信號被啓動的時候，我看過裝置上有紅燈在閃，就是控制器頂端的這個燈泡。」我將那顆小燈泡指給哈利看。那顆燈泡不可能亮得起來，它根本沒有電源。

「阿圖拉斯啓動炸彈時，我感覺到有東西震動。」

我雙臂交叉，罵出髒話。

「這是什麼鬼東西？」我說。

在那一刻，許多問題湧現我腦海：爲什麼阿圖拉斯要帶著兩個引爆裝置——一個仿冒品，和一個眞貨？

「其中有鬼，他們背地裡在玩把戲，你覺得這代表什麼？」哈利問。

「這代表兩件事。」我說。「首先，有一個眞的炸彈穿在我身上；第二，有一個眞的引爆器，但不在我這裡。我不曉得阿圖拉斯帶著兩個引爆器，我要是知道，就會偷眞的那個。」我說著，拿起那兩半塑膠空殼。

突然間，我停下手上的動作，全身瞬間僵硬。

哈利也意識到同一件事情，並倒吸一口氣。

「快走。」哈利說。「如果他們發現房裡沒人，就只需要按下按鈕……」

27

我手指顫抖著把外殼組回去，螺絲釘似乎在我拆下之後就跑不見了，因爲我沒能把它們撿起來。

「冷靜點，他們還沒發現你消失了。」哈利說。

「你怎麼知道？」

他用一種看白癡的眼神看我。不用他說我也知道爲什麼，我只是在瞎聊，做任何能讓自己轉移注意力的事，好讓我的手指恢復控制。

「我知道，哈利，我知道。」我說。

第一顆螺絲釘噹一聲裝回外殼裡，我動手將它轉回原本的位置。

哈利走來走去，再次喃喃自語起來。

「所以我負責弄裝備和調包。你需要什麼東西，還有我要去哪裡找？」

我眼睜睜看著一顆被我弄掉的螺絲釘落在木頭地板上，往通風口滾去，有那麼一刻我停止呼吸，暗自祈禱；接著，我朝螺絲釘撲去，在它墜入深淵前抓住了它。

我氣喘吁吁地想辦法將螺絲釘塞回去，再用刀尖轉動它。

「記下來。」我說。

哈利拿起一枝鉛筆，開始邊聽邊寫。

「我會需要打電話，這樣我才能跟吉米安排事情，並和你保持聯絡。你得幫我弄到一支海盜機。」

「一支什麼？」

「一種特別的拋棄式手機。別擔心這個，你可以在貝克街上一間叫『AMPM安全用品』的小店找到所有東西。去找保羅，那家店看起來沒有營業，但它其實開著，你就一直敲門，敲到有人來開，並拿槍抵在你臉上。跟保羅說是我派你去的，他知道這是什麼東西。我需要辨識追蹤噴霧劑，選SEDNA或Security Water的，牌子不重要。我還需要一個小黑燈來偵測噴痕。」

他一臉困惑。

「別擔心，保羅懂這個，他會確保我拿到正確的東西。」

保羅．格林堡白天時把AMPM安全用品當正派店家在經營，晚上則賣一堆違禁品。對保羅來說，晚上才是最有賺頭的。我會在保羅那邊買工具，大多都是非法用品，是老客戶了。有些時候，詐騙犯的優秀程度就取決於他的裝備。

「就這樣？快點，艾迪。動作快。」哈利說。

哈利走去打開窗戶，探頭看向外面的市景。剛剛顯然下完一陣暴雨。

最後一顆螺絲釘歸位後，我檢查了一下假的引爆器，十分滿意，阿圖拉斯不會知道我拆開過。我本來是想把炸彈或引爆器弄壞，但沒料到會拿到假的引爆器，這給了我一個靈感。

「哈利，你手機有照相功能嗎？」

「有啊。」他拿出他的摺疊手機。

「拍一下引爆器，跟保羅說要一個一模一樣的。」

哈利用大拇指跟食指捏著遙控器，拍下引爆器每個角度的樣子，將它加到待購清單上，重新確認了一次清單。

「你現在就要出發去拿這些東西了。我很快就要下手，會需要那個設備。貝克街沒多遠，你能在一個小時內回來嗎？」

「我盡量，但這些東西我不認得幾個，我甚至不確定我想不想知道。」哈利說。

我把炸彈放回暗袋，穿上西裝外套。「相信我，哈利，你不想。」

28

有時候你必須跟著直覺走，但也有些時候你得不顧一切拚命完成某件事。我再次站上哈利窗外的平台，在我爬出窗戶時，所有的直覺都阻止我前進，要我回到室內另尋他法，因爲這次我很可能回不去。

我無視自身的恐懼，再度想到艾米。哈利似乎察覺到我在想什麼。

「她是一個堅強的小女孩，艾迪。他們會讓她活著，而我們會救她回來。我明天得去開民事庭，但我一定會趕回來罩你。我會坐在派克法官旁邊，隨時注意你的狀態。」

所有的感謝之詞都在我開口前卡在喉嚨，我是如此放心、開心、萬分感激自己能有像哈利這樣的朋友。

「你要怎麼——怎麼做到？」

「我會跟嘉布瑞拉說我要審核她的上訴法官資格，這個你不用管。我很擔心，有太多可能出錯的地方了，我不會放你一個人在那間法庭裡，我會過去。」

我點點頭，再次握住他的手，這讓我回想起多年前第一次握住這隻溫暖大手的時刻。

我第一次和哈利握手時，已經金盆洗手了——呃，幾乎吧。

哈利鬆手並關上窗戶。我往窗台外移動的同時，想著自己還有沒有機會再握住那隻大手。

哈利要爲我冒極大的險，其中一部分是他的道德原則、榮譽感與對朋友的忠誠。但不知怎地，我心裡知道哈利覺得自己對我有責任，他就是那樣的人。

好險雨停了，雖然因爲這場雨的關係，原先就很濕滑的窗台更覆上一層潔淨明亮的反光。我往前移動，腳滑了一下，左腿直接飛出去。

剎那間，我的身體彷彿有千斤重，我伸手想抓住砌磚，但手指沒能抓穩，另一隻腳跟著打滑。我任憑自己跌落，拚命想調整落下的角度，胸口重摔在某個突出物上，將肺部的空氣給撞了出來。我雙手到處亂抓，試著穩住正順著某個潮濕面下滑的身體。左腳甩了出去，右手抓到一塊露出來的磚塊，我順勢扭轉身軀，努力避免讓雙腿滑出這塊懸壁，背部因此疼痛不已。

我很肯定下背肌肉拉傷了，但我咬牙撐住。

我身體自行關機，拒絕再移動，呼吸重新緩過來。我面朝下趴在狹窄的突出物上，看得到下方的紐約市景。街道似乎安靜下來了，停在夜間法庭外的計程車，不再一路排到建築物的這一側。路上沒什麼人車，除了……除了一個人。即使在這麼高處，我都能看到一位站在路燈下的光頭男子，橘色的光照在他的腦袋上。那人身穿一件深色大衣，看起來正在等待什麼。一輛白色轎車停在對向街道，是早上來接我的那輛，路燈下的男子想必就是阿圖拉斯。轎車後座的車門打開了，一個大塊頭走出來——葛雷果，他拿著一只大行李箱，讓我想到了他的皮夾，在我口袋裡都要燒出一個洞來了。那個行李箱跟會客室裡裝著案件資料的一模一樣，我把那個行李箱留在維克多那，只把資料拿到隔壁辦公室看。

葛雷果在路燈下稍稍掀開箱子，阿圖拉斯很快確認過裡頭的東西後，葛雷果關上它。第三個人加入他們，是一名身穿海軍藍制服的男子，我能看見他厚實的胸口上有個徽章被路燈照亮，是我早上在大廳碰到的那個胖警衛。

三人一起等待著。這裡多是辦公大樓，深夜時刻非常寂靜。此時，有兩輛白色廂型車轉進這條街，停在轎車後面。葛雷果和司機示意，第一輛廂型車便駛進法院的地下停車場；第二輛停了下來，司機將後座門打開，葛雷果拖著行李箱繞過去，抬起行李箱丟到後座。這就是早上把我像布娃娃一樣拎起來的男子，那箱子裡不管裝了什麼看起來都重得要命。他關上門，放廂型車開進法院地下停車場。接著，葛雷果、阿圖拉斯和那位胖警衛走到牆邊，離開了路燈打亮的範圍。他們還在等什麼，轎車也依然停在那裡。幾分鐘後，兩個男人從地下停車場出來，往葛雷果那裡趕去，我猜他們就是廂型車司機。

我的呼吸停了一秒。

葛雷果伸手到外套裡，接著他摸了外套其他口袋，拍拍褲子，重複一次剛剛的步驟，最後用他的大手指摸了摸外套，不解地雙手一攤。他發現皮夾不見了。阿圖拉斯拿出自己的皮夾分別給兩位司機一小疊鈔票，兩人進到轎車後座，車子開走了。皮夾裡被夾起來的鈔票顯然是要付給司機的。阿圖拉斯跟葛雷果好像在互開什麼玩笑，大塊頭舉起他巨大的爪子，做出無辜的表情。他大概經常弄丟或拿不出錢包，他們不可能會懷疑是我偷的。對他們而言，我只是個律師，他們不知道我的過去，律師是不會偷錢包的。俄羅斯人和胖警衛走到街上，右轉步出我的視線，往法院入口走去。

跟我早上進去的流程一樣，阿圖拉斯和葛雷果會用同樣的方式進到建築物裡——通過安檢，穿過大廳，去坐電梯。我估計這一路會花九十秒。搭電梯上十九樓需要六十秒，走回房間要花十秒。他們會叫醒維克多，然後來查看我的狀況——也許再多個十到十五秒。保守估計，在他們發現房內空無一人、打電話結束艾米的生命、按下眞正的引爆器以前，我有大約兩分半鐘的時間趕回辦公室。

我已經習慣幫自己的交互詰問計時了，而且挺令我開心的是，我的心理時鐘相當精準。我拉出卡在身體底下的雙腿，站起身開始移動。等我來到雕像那裡，已經過了大概四十五秒了。灰色的女神不像窗台那樣濕滑，我花了二十秒讓自己站到她的肩膀，雙腳卡在她背上，兩手抓著她頭部兩側。我來的時候弄掉了幾塊磚頭，剛好在雕像和安穩的窗台間形成了一公尺可攀爬的凹槽。

我一動也不動地緊抓著雕像，五秒鐘過去了，我把一隻腳踩到她的右肩上，起身抓住長劍來取得平衡。

阿圖拉斯稍早跟我說的一切都是假的。如果他想的話，弄台大鋼琴到法院裡都不成問題，他剛剛就讓兩輛廂型車和一個行李箱在毫無安檢的情況下進來了。放在我下背的那個炸彈，如果要放在葛雷果丟進廂型車裡的那個箱子，完全沒有難度。他們不需要我或傑克來偷渡任何東西進法庭。我暗罵自己愚蠢，如果這些俄羅斯人能花錢買通一位聯邦探員，他們絕對、肯定拿得出錢來買通安檢警衛，放他們拎個袋子進去。事實上，他們的錢大概夠讓法院裡每個警衛都變成百萬富翁了。我在腦海裡重播早上進去法院的每一幕——巴瑞大喊出我的名字，那個叫漢克的金髮警衛想要搜我身，而早在我通過X光掃描器之前，那個胖警衛就在盯著我了。我當時以爲胖警衛認識我，但我認不出他。看到他幫俄羅斯人偷渡廂型車進地下室，讓我重新評估了一下他早上出現在大廳的意義。漢克叫我身體擺正的時候，那胖子朝我們晃過來，我之前以爲他是來支援漢克的——現在曉得他是來監視我，確保我完好無缺地通過安檢，沒有被漢克或其他人發現炸彈的事。

我一旦失去利用價值，他們就會殺了艾米。我想不通爲什麼，究竟爲什麼要把我扯進來？

我爸曾經告訴我，你要對狀況全盤了解才能開始行騙，然而這個情況一點道理都沒有。我有種預感，我只是在一起更大的陰謀鬥爭中扮演人質的角色。不過，至少我開始明白場上的對手都是哪些人了，這代表我可以自己開一盤新的賽局。

我放開劍，吐氣，然後跳下去。

29

我的身體摔在窗台上，雙腿又踢落了幾塊磚。我貼著牆，盡可能快速移動回我沒關上的那扇窗。跌進辦公室時，已經過了兩分二十秒。我起身關上窗戶，脫下大衣，用手拍了拍它。外套濕透了，褲子也是。我打開角落的暖氣，將它開到最強，把大衣放上去，整個人緊靠著它，好烘乾我膝蓋濕掉的地方，同時緩和氣息。呼吸間，我聽到走廊上的腳步聲，連忙從鑰匙孔看出去，感謝老天，維克多還在沙發上睡覺，跟我離開時的姿勢一樣。原本裝案件資料的新秀麗行李箱依舊開在地上，裡頭空空如也，跟我最後一次看到的無異，資料都還在我桌上。

一陣微弱的金屬聲打破了沉默：走廊的電梯門開了。汗水滴在我的外套上，我擦了擦前額，聽到一個體重驚人的腳步跟在另一串腳步後面。阿圖拉斯悄悄回到會客室，輕輕坐到椅子上，葛雷果跟在他身後，踹醒維克多。他要維克多坐過去，然後兩個大塊頭往後靠回沙發上，閉上眼睛。跟辦公室裡同樣的檯燈映照出微弱的燈光，讓外頭看起來一片祥和。我試著轉動門把，發現它是鎖上的，這代表沒人來看過我。如果他們打開門發現我不見了，不會重新上鎖。

我盡可能壓低音量回到暖氣機邊，讓不斷上升的熱氣烘乾我的褲子。我已經計畫好下一步了，在動手處理俄羅斯佬前，得先跟吉米聯繫上，因此我需要拿到哈利清單上的手機。就算不塞車，哈利至少也要一個小時才能取得裝備並回來交貨，我只能等了。我伸展雙腿，背靠著牆，又查看了一次鑰匙孔。

他們在休息。

半個小時後，我發現自己的頭往前垂向胸口，我差點要睡著了。大衣和膝蓋都已經烘乾，深色布料蓋住了所有汙漬。辦公室有點悶熱，我關掉暖氣，坐回去繼續思考。

我欠哈利．福特太多人情了，要不是他，我不是在牢裡，不然早死透了。那是詐欺犯的宿命，沒有什麼退休計畫，也沒有健保。我靠騙保行騙一生，最後可能慢慢自食惡果，或被抓去關。但當時我自然不會那樣想，等事情眞的發生，我會怪自己剎那間的錯誤決策，也怪那支九磅重的大槌。唉，不是那支槌子的錯，也不是敲它的人的錯。眞正錯的是我的司機，睡了人家的老婆。

那時，我已經觀察過我的目標，也準備好在週五早上製造一場小車禍。我的專業車手，退役的NASCAR賽車手派瑞．雷克，在星期四晚上被一個吃醋的老公揍得鼻青臉腫。那個老公把派瑞綁在椅子上，從工具袋裡拿出一支全新的九磅大槌給派瑞看，把派瑞折磨得半死：膝蓋、雙手、手肘和牙齒全毀。我應該取消行動的，但我沒有，我忘了這行的規矩：拿錢閃人。詐騙生涯的最後幾年，我存了將近兩千萬美金，我行騙不再是爲了錢，而是爲騙而騙，爲了騙倒大保險公司和他們的法律團隊、賺到幾千美金的快感而騙，然後到酒吧裡敬我爸一杯，再支付所有的傷害損失。於是我那天接手了派瑞的工作，如果把派瑞綁在駕駛座上，任他自行處理，大概都會好一點。我搞砸了，煞車踩得太用力、太急，那輛賓士從我後面撞上來，就在十字路口上。是我的錯，不是他的。我沒威脅要告賓士的司機，反倒是他告我人身傷害。事實上，他把我告進錢伯斯街上的民事法庭，本案的法官正是哈利．福特。

一般來說，這種事故不會鬧上法庭，事故責任歸我，但我撒謊說有行人衝過來，我是因爲這樣才緊急煞車。一名警察說他在對街目睹了整起事件，沒看到有行人從我前面跑過去。要不是有警察在事故現場，事發後我就直接開走了。警察記下了我的資料，我身上只帶了自己的證件，另一個錯誤。

我那天一到法庭便提議要付給對方一萬美金和解，他的律師要他別收，直接讓案子進法庭。我在事故裡駕駛的車子沒有保險，如果我請律師，賓士司機會覺得我很有錢，所以我就出庭替自己辯護了。案子開始審理，法官哈利．福特看起來一臉了無生趣。要不是有那位警察，我和賓士司機會各說各話。一直到我開始提問，哈利才開始比較投入。對方表示，在我踩煞車以前，他沒有看到任何行人。我問了他一個問題：「你說你來不及看到我踩煞車才會撞上來。如果你沒有注意到我的動態，應該也不會看到行人，對吧？」他沒有回答。

警察說他能清楚看到我，對事故發生的經過一清二楚，他很確定沒有看到任何行人跑過我行車的路線。我知道若能挑戰警方的說法，我就會有很高的勝算，所以我決定測試他到底記得什麼。

「警察先生，你說你對六個多月前發生的事件記憶猶新，也對那天發生的事都記得一清二楚？」

「沒錯。」

我拿起面前的一張紙：一封對方律師寄來的信，威脅如果我不付給他的委託人十萬美金，他就要告我。警察見我盯著紙看，卻看不到上面的內容。

「警察先生，在目睹事件之後，你接下來處理的是什麼案子？」

他打算要撒謊，隨便掰個答案敷衍我，但他看到我在等待回答的同時盯著那份文件，便猶豫了。他以爲我手上有相關資訊，這些資訊就在我眼前的文件裡。

「我不記得。」這是他的安全牌。

我接著問他事發前處理了什麼案子，他給了同樣的回應——他突然間什麼都不記得了。

我小時候看過我爸對手下用過相同的手段，確認他們沒有少報數字。他會邊問邊拿起他的小紅簿子，一副對發生的事瞭若指掌，且手握證據。他當然沒有，只是在虛張聲勢罷了。

再問了幾題之後，我聽到哈利在笑。

他第一次直接跟我說話。「不用再問了，本案駁回。」

我保住差點就飛走的錢。原告衝出法庭，對他的律師狂飆髒話。那場小小的勝利帶給我超凡的感受，跟我過去籌劃過的任何詐欺案同樣美好。法院對面有一家西班牙小酒館，處於興奮狀態的我肚子突然餓了起來，於是去了那裡。在我候位的時候，背後傳來一道低沉的嗓音。

「小子，你今天幹得好啊，眞可惜你不是眞的律師。」是哈利。

我們一同用餐。哈利告訴我，他從沒見過無委任律師的訴訟當事人表現得這麼好，比大部分他見過的律師都還出色。我從沒見過像哈利這樣的人，他爲人坦率、事業有成，帶著一種詭異的幽默感，我猜他也有危險的那一面。他問我靠什麼維生，我告訴他我從父母那得到一小筆錢，但還沒決定要做什麼。

他將手指上的沾醬舔乾淨，然後說：「你知道，你有很特別的天分，應該考慮唸法學院。我喜歡你問問題的方式，看得出來你有幹這一行的才華和資質，特別是對上警察的時候，你徹底打敗他了。」

「說實話，我完全不曉得他那天處理了什麼案子，我是在詐他，法學院不會教這個吧。」

他笑了出來。

「你聽過克拉倫斯・丹諾嗎？」哈利說。「他是很久以前的一位訴訟律師，你讓我想到他。克拉倫斯喜歡在法庭裡抽菸。開庭前，他會先在一根古巴大雪茄中間插一支長長的帽針。他的競爭對手有案開審時，克拉倫斯就點燃雪茄。克拉倫斯的雪茄總是會在對手報告時燒光，但因爲有帽針撐著，菸灰不會掉下來。那根帽針就像某種中央支架，菸灰愈來愈長，長到整個陪審團都無視場上的律師和證人，全在注意雪茄上的菸灰，等著看它掉下來，落在他白色的亞麻西裝上。菸灰從沒掉過，克拉倫斯也沒輸過一場官司。你覺得丹諾這招和你今天對警察耍的把戲有多大差別？」

「我從沒這樣想過。」

「這說明了你有天分。要是哪天決定讀法學院了，給我打個電話，我的推薦應該能幫上忙。等你讀完後，我總是會需要請個助理的。」就這樣，哈利在我腦中種下了當律師的想法，但眞正讓我付諸實行的是我母親。

會客室的打呼聲突然終止，又繼續。

午夜了。

我的錶上還剩十六個小時。

哈利肯定有足夠的時間拿到裝備，在十二點前回到法庭。

是時候揭曉了。

在詐騙計畫裡，下手前的那一刻是最令人不安的，在那之後一切就回不了頭了。這種感覺會一直盤旋腦中，直到眞正動手的那刻爲止。一旦你踏出那一步，不安感不知怎地就消失了。

我站著伸展背部和脖子，最後確認過我的衣服和大衣。我拿阿圖拉斯稍早丟給我的水瓶，倒了一點點水清理了大衣下襬的幾塊泥土，順便洗了手，並把水搓乾。我確定自己看起來沒問題，不是一副剛從髒兮兮的建築物外爬回來的樣子後，我注視著自己不再顫抖的手，堅定地敲了敲門，然後說：「嘿，開門，我得跟你講個話。你的老大如果不想要案子重審的話，他還需要處理掉另一位證人。」

我的視線回到鑰匙孔上，看到有人動起來。維克多起身，剛好擋住我看《蒙娜麗莎》的視線，那幅我早上第一次走進來看到的畫。不知爲何，他的身軀站在畫前，讓我萌生了一個想法，一個靈光乍現的念頭，牽涉到那個假的引爆器，以及我看到葛雷果丟進廂型車裡的行李箱，但此刻那些想法還一片模糊。

30

我聽到鑰匙開鎖的喀啦聲，門向內甩開，三個人全部站在我面前。

「就算我殺了小班尼，檢方還是能根據東尼．傑拉多的證詞來重審，不把他處理掉，你們的計畫是行不通的。但你們殺了東尼．傑拉多，肯定會冒上和義大利人全面開戰的風險。幸運的是，你們不需要殺他，如果他是我想的那種人——拿錢堵他的嘴就行了。」

阿圖拉斯看著我，點點頭。

「沒錯，其他事務所有提到這混球的證據。他們說這殺傷力不小，但單靠它不足以將佛切克定罪。」阿圖拉斯說。

「他們說的沒錯，但這將足以讓檢察官獲得重審的機會。你們現在就能花錢了事，不過我需要一大筆錢來處理它。我猜東尼．傑拉多也用東尼G這個名字在江湖走跳，如果他是那個東尼，那我認識他的老大，我很久以前幫他打過官司，可以居中安排。我需要四百萬美金來處理：兩百萬喬事費給他老闆，兩百萬給東尼。」

阿圖拉斯沒有對這個數字做出反應，一臉冷漠。四百萬對這些傢伙來說不是什麼大數目，他們幾個小時內就能弄到手。我記得報紙上有篇報導指出，佛切克以五百萬現金交保。四百萬不是什麼問題，我敢以我女兒的命來打賭。

「東尼G就是東尼．傑拉多。我們確實沒辦法跟那些人溝通，也許你能，也許你不能，這都不重要。我們殺了班尼之後，就算案子重審，也不會有人想冒險作證跟佛切克槓上。所以別管這個了。」阿圖拉斯說。

「我可做不到。你們老闆給我機會處理班尼——給我機會在不殺任何人的情況下打贏這場官司，但我沒有能攻擊東尼．傑拉多的點，你得花錢收買他。」

「我跟你說別管了。」阿圖拉斯這次語氣聽來十分堅定。

「你要我別管一個對你老闆的謀殺案審判極爲不利的檢方證人？」

他的臉上立刻浮現驚恐的表情。我看見他眼周的皮膚繃緊，然後再次露出那駭人的笑容。

「律師，這是我的計畫，這裡不歸你管。」

「那也許是你的計畫，但這是我的案子，佛切克是我的委託人，我賭上的是我女兒的命。如果你不跟他說，我會。我也會告訴他你試圖阻止我，那樣你會有什麼下場？」

附近大樓上的廣告看板在屋內映射出藍色的霓虹光暈，那道短暫停留的藍光照在阿圖拉斯的臉頰上，濕潤發亮——他的傷口又在流膿了。在虛假的笑容背後，他的腦袋在忙著算計、衡量他的選項。

「別忘了你女兒在誰手上。」他邊在手機上按下號碼，一邊說道。

才短短幾句話，我們就理解彼此的意思了。如果我逼他，他就會反過來用艾米壓制我。

我聽著他用俄文和佛切克對話。阿圖拉斯在聽他老大講話的時候，會時不時看向我。

幾分鐘後，阿圖拉斯掛上電話，倒回沙發上。我猜他是在等對方做決定，便回到辦公室等。東尼．傑拉多的證詞有可能讓檢方能申請重審，它不太能完美地建立犯案動機，但在馬里歐．傑拉多死前的爭執，卻是很有力的間接證據。蜜莉安會勾勒出一幅親人橫遭殺害的悲慘戲碼，說他們因為一個殘暴的俄羅斯黑道下令，痛失了這位前途似錦的年輕人。但這都是狗屁。如果阿圖拉斯沒說錯，東尼·傑拉多也真的就是東尼G，他八成一點也不在乎這個堂弟。我看過馬里歐和他公寓的犯罪現場照片，馬里歐就是個鬼混度日的毒販；而東尼是家族中的重要人物，並且有社會地位。佛切克簡直是幫了東尼一個大忙，東尼正在家族中往上爬，他的廢物堂弟卻老是把他拖下水，這不是他需要的，他需要受人景仰。但若連自己的堂弟都管不好，哪個頭腦正常的人會信任東尼來管一整個團隊呢？

無論如何，馬里歐是家人，他的死是一種羞辱，不能坐視不管。你不能就這樣殺了人家的家人，然後大搖大擺走開——無論如何都不行。東尼·傑拉多需要扳回顏面。他不想開戰，至少不是為了他那廢物堂弟，而這大概讓他進退兩難。不過也不排除東尼出庭作證與佛切克槓上，是真的想替馬里歐報仇。不管他的動機是什麼，東尼的證據是我的通行證，讓我見到我的老朋友「帽子」吉米——家族幫派的頭頭。

我的右手和背部因為在窗台上的危險動作而劇痛，我曾考慮要不要跟阿圖拉斯拿止痛藥，馬上就打消了這個念頭。

阿圖拉斯的手機響了。

他接起電話看向我，沉默了大約三十秒後，他掛上電話起身，用俄文跟維克多講了些什麼。維克多火大地看向我。

「你說謊。」維克多從口袋掏出一把刀。

31

我跟維克多之間有二點五公尺的距離，沒有任何障礙物。我坐在辦公室的桌子後，維克多穩穩地站在沙發前盯著我看。他左手握著一把刀，我完全承受不了他緊迫盯人的注視，視線緊張地在維克多和那把刀之間擺盪。

他朝我走來。

不發一語。

我在腦中模擬出各種情境，一個比一個更縝密而詳細，實在想不透自己是怎麼露餡的。各種可能性在我的腦中激盪，使我的眼神更加飄忽不定。我的手指摸上嘴巴，如果我被抓包了，現在看起來一定很明顯。

接著我的思緒踩了煞車。

我爸的訓練——保持冷靜。

如果我沒有被抓包呢？

「你知道嗎，維克多？我在這邊想了半天，想著佛切克怎麼會誤解我的行爲。」維克多放慢腳步聽我說話。

「我是很聰明的人，我怕你蠢到沒辦法自己想通，得跟你說明一下。我對你老大是一片眞心誠意，佛切克不可能有理由另作他想。所以我猜，他並不認爲我在說謊，他是謹愼行事。要我說的話，有點太謹慎了。他過去要是沒冒過險，他天殺的錢都是怎麼賺的？總之，我不是騙子，你才是。你想嚇我讓我露出馬腳，看我是不是反過來在騙你老大。我們都別浪費時間了，我沒有別的意圖，我難道會拿了他的錢，把女兒留給他？他是瘋了嗎？」

維克多停在離我大約一公尺的地方，刀還在手上。

「所以呢？」我問。

「動手。」阿圖拉斯下令。

「全是狗屁。」我說。「你們這些人沒抓到我任何把柄，只是在看我對當下情況做何反應。你們在猜我會不會自爆、幹出蠢事，或是坦承我的計畫。別擔心，我是他媽能去哪？我整天都跟你們這群混蛋待在一起。我想要我女兒，我想要她平安，我必須贏。我會打贏這個案子救回我女兒。」

維克多沒有動作。有那麼一刻，室內一點動靜也沒有。

他迅速朝我走來，刀仍拿在身側。我站穩腳步，抓著我的椅子，在他往前踏出下一步時，我準備好要往左閃，並轉動椅子。

他的腳停在半空中，亮出刀子，然後笑著收回腳步，轉向阿圖拉斯。

「他不是騙子，他都要在褲子上拉屎了，娘炮一個。」維克多用濃濃的斯拉夫口音說，中氣十足地笑了好一會兒。

我稍微鬆了口氣，顯然我剛才通過了一項很重要的測試。

阿圖拉斯撥了通電話，再次換用母語說話，對方應該是佛切克。通話結束後，他指向我。

「律師，你最好別搞砸，四百萬是很大的數字，對我們來說不是，但依舊是很大的數字。

弄丟的話，我們會很火大。」

「何時出發？」

「我們得離開去拿錢，要花幾個小時準備。我們要帶錢去哪？」

「我要去吉米的餐廳吃早餐，你們就帶我去那，我要在那裡跟吉米碰面。你們不能見他。他看到你們，你們就死路一條，明白？你們老大就靠這個了，我是唯一能處理這件事的人。」

阿圖拉斯沒有說話。

「你知道吉米是誰吧？」我說。

「他是個狗娘養的義大利胖子。」阿圖拉斯回覆。

「沒錯，但他也掌管了紐約最大的犯罪家族企業。他不喜歡任何人招惹他的家族，不管血緣有多遠。我搞不懂的是，你們這些人怎麼到現在還沒死透。」

「因爲他不想爲了馬里歐那種小毒蟲挑起戰爭，而且相信我，要打的話肯定會是場戰爭，吉米也許最後會贏，但他會在過程中損失很多手下和錢。爲了一個毒蟲値得嗎？不値得。他放出風聲後，我們手底下的毒販順勢撤出他的地盤一個月，讓他捨不得放棄這送上門的甜頭，他很快就會忘了那些事。」

媒體把馬里歐的死報導成幫派暗殺——爲了爭奪地盤。東尼證實了佛切克跟馬里歐‧傑拉多在夜店打架一事，並表示堂弟是因爲債務糾紛遭殺害。我現在還不知道的部分似乎很重要，我猜最可能的情況是，犯罪現場中藏在破碎相框裡的相片，就是害馬里歐送命的原因。警察即將破門而入時，小班尼正在燒相片，相片裡有什麼？爲什麼馬里歐會因此而被殺害？在對相片內容一無所知的情況下，我沒辦法下定論。

「好吧，所以吉米這次認錢不認血了，還是那只是他想要你們這麼以爲？這取決於吉米把這件事看得多私人。所以有多私人？馬里歐爲什麼被殺？」

「他會死是因爲他是個跟佛切克槓上的白癡毒蟲。」

「但東尼．傑拉多提到欠債的事。」

「每個人都欠佛切克什麼。」阿圖拉斯說著，視線飄向遠方。

「所以是欠債、在酒吧喝醉打起來，還是因爲警察在馬里歐家的水槽裡找到被燒燬的照片，才令小班尼殺了他？」阿圖拉斯震驚地看向我。

「那是命運，你只需要知道這麼多。別問太多，律師。可能會有問題會讓你女兒沒命。」阿圖拉斯用手撫過他臉頰上的疤痕。

那是我第二次看到他摸那道疤痕，他可能根本沒注意到自己的動作——跟大多數人一樣，無意識地露出破綻。那道疤看起來很新，粉紅色，正在發炎——也許才形成不到十八個月。我猜，差不多是在佛切克得知小班尼即將作證揭發他的時候，阿圖拉斯臉上就多了那道疤。

32

我輾轉難眠。

辦公室裡的小沙發鬆垮垮的，有些地方凹了下去，壞掉的彈簧和支架戳著我的腿。但就算我躺在華爾道夫酒店的加大雙人床上，也會同樣爲失眠所苦。我無法阻止腦中不斷重演稍早發生的一切，某方面來說，這很有幫助，逐一推敲眼前的難題，能讓我不會想到艾米。我的腦中充斥著各式各樣的推論，大部分很扯，有些很接近眞相，還有一、兩個關於錢的猜測可能正中紅心。

我從沒聽過哪個作證扳倒黑幫的汙點證人，不會爭取用宣誓供述抖出組織內幕，以此換取完全免刑：這些是貨源、這是我們的販毒網路、這是洗錢管道，誰殺了誰、在什麼時候殺、在哪裡殺。通常這些供述還會配上一張釘得滿滿的地圖，呈現出屍體被埋在哪些地點，就像懺悔者那樣。

實際情況相距甚遠，小班尼只坦承一項謀殺，僅此而已。審判之後，他也不會進入證人保護計畫，還是得服刑。他目前就在聯邦調查局的監管保護下服刑。

我想不通小班尼怎麼會蠢到讓自己還要服刑，爲什麼不爆出所有人的料、弄到免刑協議，讓政府安排他在證人保護計畫下度過餘生？

這一定有什麼好的理由，我腦中第一個浮現的推測是家人。陳述裡完全沒提到這部分，但如果小班尼確實有家人的話，我敢肯定他們人在俄羅斯老家。就算是聯邦探員，也不會笨到跑去那裡提供保護。不對，班尼擔心的不是俄羅斯的家人，如果他有家人在那，他連一句對佛切克不利的證詞都不會說，因爲他完全沒辦法保護遠在家鄉的至親。如果他家人在美國，他會把整個組織都抖出來，讓他的家人也加入證人保護計畫——或是乾脆閉緊嘴巴。家人這個因素跟我的推論兜不起來。

他的首要動機是什麼？

避免坐牢想必是他唯一的動機。

但一樣跟事實對不上，小班尼還要服上十一年左右的刑期，他大可供出佛切克，藉此賺一筆，外加免刑。爲什麼要抖出足以讓自己被追殺的證據，卻又不夠讓自己大賺一筆、免於牢獄之災？

當然，我忽視了最大的關鍵因素——蠢。

身爲聰明理性的人類，即使窮途末路，還是能另尋出路。我只是在合理化自己可能會採取的策略，但也許問題是出在智商，那傢伙就是蠢到不行，你沒辦法合理化他的決定。

但班尼有這麼蠢嗎？

他被逮個正著。

佛切克給我的答案似乎是最符合事實的，小班尼依舊對某些人保有忠誠——阿圖拉斯，那才是關鍵，我得找出阿圖拉斯跟小班尼之間的關聯。

我慢慢起身，這動作讓背部痛得抗議。

我再一次翻過證詞、照片、證人，還有警方陳述。

有哪裡不對勁。

我想到樓下那個胖警衛、廂型車開進地下室前被葛雷果丟進後座的同款行李箱、那張聯邦探員的名片，一切都浮在我眼前。我的腦袋因為試圖容納一切而鼓脹欲裂，突然間，一個畫面從我的意識中浮出水面，停駐不去——艾米。我在心裡仔細看著她的五官，想像自己抱著她，告訴她一切都沒事，她很安全，爸爸來找她了。我的身體開始顫抖，只能咬牙忍住淚水，癱倒在椅子上。

我肯定是看資料看到睡著了，我不曉得自己睡了多久，但辦公室的門一開，我就立刻醒了過來。

「我們現在出發。」阿圖拉斯宣布。

維克多和葛雷果用他們的語言跟阿圖拉斯說了幾句話，得到他怒氣沖沖的回應。我聽不懂他們在說什麼，雖然聽起來像在爭執。我的手伸進大衣袖子裡，理了理背後，並將領口翻好。

「等一下。」阿圖拉斯跟維克多大吵起來。金髮男指著我。

「你們兩個要是不小聲點，警衛會上來查看這裡在吵什麼。」我說。

「閉嘴，給我脫下——」阿圖拉斯說，然後被維克多打斷。

他們在吵是該把炸彈留在辦公室裡，或是穿出去，再冒一次險把它偷渡進法院。我不想再來一次，他們面臨了嚴重的兩難。如果把炸彈留在辦公室，就算外面的門換了新的鎖，仍然還是有很小的機會被警衛或聯邦探員給找到，我背上沒了炸彈也會更難掌控。逼我穿炸彈出去對他們比較有保障，如果我跟吉米見面後沒回來，他們只要按下按鈕就好。前提是我還傻傻地把炸彈留在身上，而我顯然不會這麼做。

「你想要我把外套留在這？」我問。

他們停止爭論。

「脫下來。」阿圖拉斯說。「我不要再冒險讓你回來的時候被搜身。」

我脫下大衣和那件外套，小心地將外套掛在辦公室的椅背上，再將大衣穿上。

「打給吉米。」阿圖拉斯把他的手機遞給我。

「等一下，我得先去上廁所。」我祈禱哈利已經結束他的臨時購物行程，從AMPM安全用品店回來，並成功把我的東西藏進廁所裡。

33

我會去上廁所，阿圖拉斯看起來早就料到了。

他說：「去樓下的廁所，維克多會跟你去。」

「我已經會自己上廁所很多年了。」我說。

「你再提一次，這輩子就都給我拉在袋子裡。」阿圖拉斯說。

維克多領著我從樓梯間往下走去，黑暗中的樓梯走起來步步危機。晚上九點以後，法院裡大部分的燈都關了，只留幾樓亮著，供夜間法庭使用。

我們花了點時間下樓，我找到了洗手間，趁維克多提出異議前迅速溜了進去。一進廁所便是一個寬敞的無障礙空間，我緩慢安靜地將門鎖轉了整整一百八十度，讓它保護我。但它救不了我，維克多不消幾秒就能拆下這扇門。

我大聲拉下馬桶坐墊，維克多大概正狐疑地聽著門後的動靜，但我告訴自己，那只是我的想像力在作祟。

*哈利把東西藏在哪裡？*我邊想邊環顧洗手間。

尋找過程不大順利，我掀開瓷製馬桶水箱蓋，差點把它弄掉，過程中還發出巨大的聲響。

我屏息等待。

維克多沒有大喊或問話。

我開不了洗手台底下的木櫃，檢查了天花板上有沒有鬆脫或移動過的磁磚，最後在衛生紙旁邊看到一個適合藏東西的好地方。

完美到不行：一個固定在牆上的廢棄衛生紙架。我打開衛生紙架的外殼往裡面摸，一個紙袋輕輕鬆鬆就被拿了出來。架子已經壞掉好一陣子，所以清潔人員不會來動它。我盡可能無聲地打開袋子。東西都在裡面，我一個個拿出來。

一罐SEDNA黑色小瓶裝噴霧，類似香水樣品，很容易藏匿。接著我找到某個看起來像手電筒的東西，其實是一種黑光，能照出只在紫外光底下才看得見的追蹤噴霧痕跡。

手機小得不得了，但我不是爲了它的大小才要的，而是它的功能。這支手機的賣點在於，它使用的是非法地下網路，通話不受監控，訊號不會被截取，也很好藏。假的引爆器看起來簡直一模一樣，我拿出從阿圖拉斯那裡偷來的比對，兩者完全一致。

我聽到電話響起，嚇得差點把手機丟到地上。鈴聲停下，我聽到維克多在門外說話，是他的電話，不是我的。他的聲音變小了一些，感覺像邊講邊來回走動。

哈利幹得不錯。我打開手機，確保它是在靜音模式，以免有人打過來發出鈴聲。我撥出電話，等了足足十秒才被接起來。

「你哪位？」

「我找吉米有急事。我是艾迪．弗林。」

「等一下。」

電話另一頭有人在交談。

「撥這個號碼過來。」吉米說。

我重撥了安全號碼。

「見鬼，發生什麼事？」綽號「帽子」的吉米．費里尼用微微的義大利口音說。

我壓低音量說，「我麻煩大了，有人綁架了艾米。我幾分鐘後會打給你，假裝我們還沒講過話。我要跟你談個生意，你馬上就會見到我。等一下綁匪會在旁邊聽，別讓我失望。」

「艾迪，你需要錢嗎？」吉米問。

「不需要。我會去餐廳給你錢，我要雇一組殺手。」

34

掛斷電話後，我沉默了十秒鐘，爲了確定沒人發現我匆忙打給吉米。維克多響亮的聲音每隔幾秒就傳過來，他在廁所外走來走去，聲音離我忽近忽遠。我吐了口氣，甚至沒意識到自己屏著氣息。

我還剩兩通電話要打。

我先打給哈利，留了一則語音留言給他。現在將近凌晨四點，他大概還在夜間法庭裡。我告訴他我拿到袋子了，謝謝他，如果還有需要，我會傳訊息告訴他。

最後一通電話讓我出乎預料地緊張。

手機的鍵盤很小，我在撥號時按錯好幾次，但比起按鍵大小，問題可能出在我高壓緊繃的身體上，畢竟我也成功撥出其他幾通電話了。我的雙手顫抖著，這也不是今天頭一次，花了長達十秒鐘的時間，確定輸進手機的號碼沒錯，又重讀聯邦探員名片背後的手寫數字，對照我輸入的號碼，最後才滿意地撥出。

我或許不該打這通電話，但我別無選擇，而且也有合適的手機——一支改造過的諾基亞手機，裡面裝著一張特別的SIM卡。這手機貴得要命是有道理的，它能攔截撥話對象的手機網路。技術上來說，接到我電話的人，實際上是在打給他們自己。若打室內電話，它會進行隨機的無線偵測，探測到距離最近的寬頻市話，接著這通電話就會登錄在那支市話號碼上。同一支號碼不會被重複攔截。

有人接電話了。

「喂？」一名帶著美國腔的男子說。

「哈囉，方便和持有者說話嗎？」我說。

「啥？持有者？你肯定是打錯了。」那個聲音回應道。他聽起來有抽菸的習慣，我聽見他低沉的呼吸聲，還有老菸槍那種拖拖拉拉的低沉嗓音。

「眞抱歉，我又在用專業術語了。我是新來的，他們說不能這樣講。我要說的是，方便和這支電話的主人說話嗎？」

「我就是，你是？」

「這裡是您的電信公司，先生。抱歉得打來給您六十秒的警告——您的電話即將被停話。如果您有任何急事需要聯絡，建議您現在盡快處理，先生。您目前有任何急事，或預期任何急事發生嗎？」我聽起來就像看著備好的講稿照唸一堆狗屁，也搞不清自己在講什麼，就跟眞的電信公司員工一樣。

「你不能把我停話，爲什麼要把我停話？」

「您有未繳的帳單，先生。」

「這是詐騙吧？這支門號是合租的——聯邦調查局付的錢，老兄。」他給了我完整的機關名稱。

「很抱歉，話費尚未繳清，先生。除非您能在稍後幾分鐘繳納六千六百八十美元，不然我必須將您的門號停話。」

「你不可以這樣。我已經說了，這支電話是聯邦調查局付的。」

「恐怕已經好一陣子沒付了，先生。您能現在付款嗎？」

「不要。明明就已經付清了。」

「那麼我就必須爲您做停話處理了。」

「你不能這樣。我的意思是，你有什麼辦法這麼做？」

「我已經做了，先生，就在剛剛。如果您不相信我，只需要在掛掉這通電話後，試著撥打電話看看。」

他立刻掛斷，而我沒有。我已經攔截到他的手機網路並且開始使用了。如果他眞的打電話——我肯定他會這麼做——他會連撥號音都聽不到。

我等了三十秒，聽著維克多對著電話大笑，然後再撥了一次。

「看吧？」我說。

「你怎麼辦到的？」他說。

「我只是在這按了一個按鈕，先生。能麻煩您付清欠款了嗎？」

他嘆了口氣，停頓了一下。有那麼一刻我以爲自己穿幫了，打這通電話太危險了，我不應該打的。我把大拇指放在結束通話的按鈕上，屏息等待。我祈禱他不會在今天冒上失去手機的風險，在俄羅斯佬可能最需要他的時候。

「你們收信用卡嗎？」他說。

我幾乎要歡呼出聲。

「當然，但在您告訴我卡號以前，可以麻煩您告訴我卡片後方的姓名嗎？」

他沉默了一下，然後說，「沒門。這是詐騙。」

「低等的詐欺犯會有辦法對您的手機做這樣的操作嗎？」我問。

「不會，但……」

「是吧，所以姓名是？」

「你怎麼會不知道我的名字？我的意思是說，是你打給我的，我是客戶，對吧？你需要我的名字做什麼？」

「我只是需要確認信用卡上的名字，先生。我們不是什麼蓋達組織。」

這是個大罩門，想當然耳，我順利脫身了。眞是毫不意外。

「先生，我這邊有您全部的客戶資料，但當然，我無法確認現在與我對話的是否爲客戶本人。任何人都可以接起您的電話，所以我需要您卡片上的身分資料。」

又一陣令人煎熬的沉默。

「你說你是我的電信公司，我用的是哪家公司？」

我看向螢幕頂端的收訊指示，我攔截到的是AP&K的訊號。

「AP&K，先生。您還希望我問您穿什麼顏色的褲子嗎？」

「啥——」他停住，呼吸聲從齒間竄出。這招隨時都可能砸鍋，但我在賭這傢伙也許夠好騙。好險，他是聯邦探員，而不是緝毒局的人，警察和聯邦探員成天都在上別人的當。我知道有詐騙集團專門挑警察和聯邦警探下手，因爲他們對自己心目中的機構有更高的信賴。老奶奶和巡邏員警最好騙了。

「持卡人姓名是湯瑪斯．P．列文。」他說。

「感謝您，列文先生。可以請您告訴我信用卡卡別，並確認您地址的第一行嗎？」

維克多敲門了。我已經拿到需要的東西。

我假裝接受付款，然後掛掉電話。

35

維克多跟在我身後，我們摸黑走過光線微弱的樓梯，我忍不住猜想湯瑪斯．P．列文長得是什麼樣。回到法官辦公室後，我一邊用阿圖拉斯的手機打電話，一邊思索著。

「方便讓我跟吉米說話嗎？」我說。

「哪裡找？」一個聲音回應。

「跟他說是他的律師。」

吉米來接過電話。「你知道現在幾點嗎？」他說。

「我艾迪。」我說。

一片沉默。我沒有說話，就只是等待。

「好久沒聯絡啦，打到這支電話來。」吉米說。

我記下一組手機號碼，接著撥過去。

他很快就接起來。「好了，沒人在聽。怎麼了？」

「我準備了四百萬，有份差事要給你，而且很好賺，只是要讓某個人乖乖閉嘴。」我說。

「我們一般還蠻能讓人閉嘴的，你幾點來？」

「我得先去拿錢，不會太久。」

「你六點來，我會弄早餐，那時間有班要交接。這附近有很多人在盯，各式各樣的部門都有，所以你得繞個路。走側門，敲三下，微笑掐張照。待會見，兄弟。」

通話結束。

我改邪歸正後，吉米就跟我分道揚鑣了，我們雙方多少都同意這樣的結果。聯邦探員、紐約警局、司法部、國稅局，天曉得還有哪些人，全都緊盯著黑手黨的一舉一動。要是有人看到我們同進同出，我這條正道會很難走，可能還會讓自己被盯上。以前我們會時不時打電話給對方，但沒持續多久。我都忘了要偷偷和吉米會面有多困難了，要帶著四百萬美金去找他而不被任何執法單位看到，更是不可能的事。就在我以為自己成功脫離險境，突然就面臨了一連串全新的問題，這幾乎是我這輩子最疲累的時刻。我罵了一聲，往地上的行李箱踹了一腳，讓它飛過整個房間來到門口。

「有個麻煩。」我說。

「怎麼？他想要更多錢？」阿圖拉斯說。

「不是。他那邊有人，聯邦調查局、菸酒槍炮及爆裂物管理局、緝毒局，任君挑選。有人在他外面紮營了。我們靠近時得小心，如果有人看到我送了一大袋現金進去，不用幾秒我就會被抓，全紐約大部分的黑手黨也得遭殃。」

「那就算了，風險太大，我們就賭班尼這一把。我去打給奧雷克，跟他說計畫取消。」阿圖拉斯說。

「等等。我說會很麻煩不是不可能，我會想辦法。你覺得我不想在不殺證人的情況下脫困嗎？你覺得我不想要我女兒回來嗎？只要能在不殺小班尼的情況下讓佛切克脫身，我什麼都願意做。我能做到，你老大的事必須這樣處理。」

俄羅斯佬又陷入爭論，不過這次我大概認得出幾個字。「班尼」出現幾次，引起了我的注意。阿圖拉斯整個人氣炸了，他的頸部和胸口漲紅，正對著維克多咆哮，嘴唇上掛著唾沫。我聽到了「班尼」，接著是「nyet, nyet, nyet」，我很確定「nyet」是「不」的意思。然後是「Benedikta」，以及一串我聽不清的話。阿圖拉斯大吼「Moy brat」，最後這聲大吼在屋內迴盪。他們在講小班尼，但我聽不懂內容。

維克多安靜下來，看起來是阿圖拉斯吵贏了。

「好了，我們去拿錢。你也跟著來，我們直接去吉米那裡。」阿圖拉斯說。

現在凌晨四點，還有兩小時的時間去拿錢，趕往餐廳。

36

走出法院比進來容易多了。大廳裡滿滿都是人，爲了他們遭到逮捕、等待保釋的親友而來。一堆警察在樓梯口聽彼此講笑話，一邊吹散咖啡上的熱煙。夜班的警衛我一位也不認識，但這不重要——出法院時不會被搜身。

室外有風，這讓我很高興。我的腎上腺素作用已經開始減退，冷空氣令人振奮。葛雷果留在樓上，只有我、阿圖拉斯和維克多往停在對街的轎車走去。我先進去，維克多跟在後面，並坐到我對面。阿圖拉斯進來時，我傾身撞到他的肩膀，假裝在扯出被腳踩著的大衣下襬。

阿圖拉斯抱怨了一聲。

他沒有察覺到我扒走了東西，放了點別的進去。

我從他外套口袋裡拿到引爆器，眞正的那個；與此同時，我把之前從他那裡偷來的冒牌貨，和哈利幫我跟保羅弄來的那個都放進去。阿圖拉斯身上現在有兩個引爆器，就如稍早一樣，只不過現在兩個都是假的。我在口袋裡掂了掂眞的引爆器，感覺它重了一些，這是我二十年前就練就的功夫，拿在手上就能辨認出假硬幣輕了半公克。阿圖拉斯察覺不出這幾個引爆器的重量差異，至少我是如此希望。我注意到他將眞的引爆器放在左邊口袋，假的放右邊，好確保自己不會搞混。

我注意到車停在我與哈利第一次吃午餐的那間小餐館旁。那次見面，哈利等於是給了我一個工作機會，在那之前，我從沒做過什麼正經的工作。我不需要，也不想要。我媽以爲我是律師助理。跟哈利初次見面的隔天，我去醫院看她。我爸去世後的這幾年，她狀況愈來愈差，我每個星期都會拿錢給她，這樣她就不必工作，但那好像只加速了她的惡化。她鮮少在中午以前起床，也不再跟朋友聚會，甚至不看書了。

那一天，最後那天，她看起來如此疲憊不堪，臉上的肌膚薄得好像隨時會裂開。她的嘴唇乾裂，頭髮扁塌黏在蒼白的皮膚上，醫生無法確定是什麼造成了她體重減輕和疼痛、咳嗽等症狀。他們先是診斷爲多發性硬化症，接著改成癌症，然後又改回去。

內心深處，我很清楚她是被什麼東西奪走生命。

失去。

我爸過世時，她爲了我撐下去，她沒怎麼哭，不想讓我看到她痛苦的樣子。她付出的這些努力我都明白，我明白她早已心死，一直到我開始賺錢，她也相信我做的是份好工作以後，她就差不多停止運作，彷彿責任已了。她已經把我養大，現在她想放下一切，這樣她就能跟我爸在一起。心碎讓她緩緩邁向死亡。

她看到我買了花給她，眼睛隨之發亮，她很愛花。

她握著我的手，看見淚水在她臉頰上閃爍。

「妳感覺好嗎？今天有很痛嗎？」

「沒有，一點也不痛，我很開心。我的好兒子在這裡，而且他有一天會當上律師呢。」

她的笑容讓我感覺自己被揍了一拳。我無法對她據實以告，不管我跟她講了多少次，她都聽不懂，當律師助理不代表未來就會變成律師。她聽不進去，想像著兒子的美好未來，我阻止不了她。如果我跟她說我不是律師助理而是詐欺犯，我為了騙保險公司而冒充律師，她僅剩的一切就會煙消雲散。某種程度上，這個謊言讓我覺得自己該為她的死負責。如果她早知道我不是律師助理而是詐欺犯的話，還會放棄生命嗎？如果我跟她坦白，她會哭出來，哀號著要我停止那樣的生活，說我父親對兒子有更高的期待。但我只能坐在她床邊，看著她逐漸凋零。我決定要忠於她對我的回憶而活，我會給她一個眞實的理由為我感到驕傲。

她的手滑到我手裡，我知道她醒著。心電圖發出了警示聲，過了一會也沒人出現，最後一名護士緩緩地打開門，關掉心電圖，撫摸著我媽的頭說，「她走了。」

我把她和父親葬在一起，遣散了我的手下，打電話給哈利。他幫我安排進一間法學院就讀，一直到阿圖拉斯在泰德小館拿槍抵著我的那一刻，我都沒有走過回頭路，我已經把詐欺犯的生活拋在腦後。現在我很慶幸，慶幸我那些技巧都還在。

哈利給我工作的那天也拯救了我，他親手扭轉我的命運，改寫了我的人生。不知怎地，我感覺哈利認為自己有義務照看著我。

一道刺耳的汽車喇叭聲將我拉回行駛中的車上，過暗的車窗讓我很難看清此時身在何方。

我猜我們在往南，朝布魯克林開去。沒過多久，我們就行經布魯克林——炮台公園隧道的出口。即便這條隧道為了紀念紐約前州長已改名為休斯·凱里隧道，我依舊稱之為炮台隧道。我爸生前常說，凱里是位優秀的基督徒，那想必是眞的——凱里膝下有十四名子女。

「我們要去哪？」我問。

「羊頭灣。」阿圖拉斯說。

我對那個海灣很熟，那離我長大的地方不遠。羊頭灣將布魯克林和康尼島分隔開，一路從沿岸鬧哄哄的蘇聯酒吧，蜿蜒進安靜的社區。我們開了大約三十分鐘，停在一間修車廠後頭，就在格雷夫森德尼克路和東十八街的交叉口上。這塊地位於一間舊倉庫前方。

「跟我來。」阿圖拉斯說。

我們下了車。我望向四周，這一帶公寓大樓和店家混合林立，商家大多五點過後就休息了。早晨這個時段，街道一片寧靜，地面因為結霜而濕滑。我們往鐵門走去，那裡是倉庫的行人出入口，通往一間裝潢過的大辦公室。東面的牆邊擺著兩張沙發，面朝對牆上裝在高處的電視機。電視開著，頻道鎖定在新聞台，一位主播在播報新聞，配圖是哈德遜河。螢幕下方跑過的新聞標題表示，海巡隊已出動打撈那艘貨船的殘骸，就是週六晚間與所有船員一同沉沒的薩加號。跑馬燈字幕跑過他們找到船體和幾名船員的消息，但截至目前為止，都只有屍體。主播聲稱，尋獲沉船對通勤族而言是個好消息，因為沉船的殘骸不會再造成大家困擾，荷蘭隧道也能重新啓用。這位主播好像在乎交通狀況多過死者家屬，他顯然不是個紐約客，我們會關心自己人。

兩名男子從隔壁房間沉默地走進辦公室，手上各提著一只大行李袋，他們把袋子丟在地上後離開。我猜他們可能是我稍早在窗台上看到的廂型車司機，但我認不出來。

「四百萬。拿起來，我們走。」阿圖拉斯說。

「我哪也不去。我要是進去了，萬一那四百萬少了一塊，我就死定了。數過錢以前，我哪都不去。我跟吉米說我會拿四百萬去，我要確定我拿的就是這個數字。」我說。

我跪下來，拉開兩個袋子的拉鍊開始點鈔，每疊都厚達十五公分高，緊緊綑在一起。

我一邊數錢，一邊留意阿圖拉斯和維克多。

幾分鐘後，地上被我擺了一大堆現金。阿圖拉斯示意維克多跟他到大廳去，我跪著挪到能看見他們身影的位置。阿圖拉斯背對我站著，維克多被阿圖拉斯擋住，看不到辦公室裡面。

那個小黑瓶很好藏，要在大口袋裡找到就不容易了。瓶蓋安靜地打開，我按了噴嘴四下，在那堆錢的表層噴上水霧狀的液體後，蓋回瓶蓋，把小黑瓶收回大衣口袋。

四十五分鐘後，我結束假裝數錢的動作，起身扭動發疼的脖子，痛得咒罵出聲，然後叫阿圖拉斯過來。

「我說，維克多這傢伙眞的有在做事嗎？」我問。「讓他來幫我把錢裝回袋子。」

維克多在我旁邊跪下，我確保被標記過的錢都在維克多那側，每當維克多拿起一疊，他就會碰到殘留的噴霧，接觸後會留下痕跡，這是一種獨特的化學印記，讓維克多跟這些錢脫不了關係。

37

轎車從倉庫出發，在車流順暢的紐約街頭開了大約三十五分鐘，來到吉米的餐廳。此行堪稱我這輩子最糟的乘車體驗。我坐在轎車上，腳邊擺著四百萬美金，準備要付給我見過最凶狠的人，請他幫我找到女兒。

車子疾駛過曼哈頓下城，我看見捲餅攤販在街角準備餐車，隨著城市甦醒，迎接新的一天，書報攤也紛紛開始營業，陽光似乎隨時都要從大樓背後溢出。我感覺好累，靠著腎上腺素撐到現在，過去二十四小時完全沒好好睡上一覺。剛意識到這點，我就打了個哈欠。

吉米的餐廳坐落於茂比利街上的小義大利區，是間數一數二優秀的好餐廳。我想到一個辦法，讓我能進入餐廳又不被本市所有的執法單位拍個正著。

「右轉到勿街。」我說。

「爲什麼？」阿圖拉斯問。

「我不能直接拿著錢走進吉米的餐廳，那裡有跟監小組嚴密監視著，要先轉移他們的注意力。勿街上有間魚市場，停在那，我去跟一些人談談，他們能幫忙。」

阿圖拉斯安靜了一會，迅速和維克多交換幾個眼神，然後告訴司機轉進勿街。

「聽好了，律師。你如果打算逃跑，我要你知道，這是沒有意義的。首先，我會殺了你女兒，慢慢地殺，讓她受盡折磨。我也會找到你，把你給殺了。你聽過柯魯齊克這個名字嗎？」

「沒有。我應該聽過嗎？」

「前蘇聯指揮官。蘇聯瓦解後，我跟奧雷克來這裡打拚，柯魯齊克提供我們運輸管道，讓我們運送武器和毒品。前蘇聯被清算的時候他被逮捕，但成功潛逃了，還把我們大部分的錢和貨物一起帶走。」

他在位子上轉動身子，挺起上身，好傾身俯視我。

「我一年後在巴西找到他，先弄死了他太太和兒子，還逼他在旁邊看。我跟你說這些是要你知道，這世界上沒有哪個地方能讓你躲過我，記住這件事。」

這個故事完全不假潤飾。又一次，一段簡單的事實陳述，清楚而不帶感情。

「我不會跑，我不會放棄我女兒。但我需要你明白，我照你的規則，是因爲我希望她回來。她是我的全世界——所以你不用擔心我會落跑。」

轎車緩緩駛進刎街。我告訴阿圖拉斯，我不覺得從餐廳後門溜進去會比較安全，但其實我根本沒概念，我只知道我要讓吉米刮目相看，盡可能討他歡心，因爲這筆錢和我們的友情對他而言的殘餘價值，大概都不值得他爲我冒這個險。我要是偷偷摸摸從後門進去，他不會信任我的。我要他知道，眞正的艾迪．弗林回來了，爲此我需要一個盛大的進場：我得在警察沒看見我的情況下，從大門走進去。

「停在這。」我說。「我需要五百美金，不能從這四百萬裡拿。我知道有幾個人能幫我進餐廳不被跟監小組發現。」

維克多給了我一綑鈔票，我下車進入魚市場。

十分鐘後，我背對著一個離吉米餐廳半個街區遠的街角。轎車還在街上等，我邊走邊掃視周圍，查看是否有人跟監。吉米餐廳開張的前一年，對街已經有兩間餐廳，分別賣普通食物和特色菜。吉米不想搶晚餐的客人，所以他的餐廳開到晚上七點。其他兩間餐廳客人還是不少，不用交保護費，又能從吉米餐廳的營收抽成，收益挺不錯的。弔詭的是，有些月分那兩間餐廳關門還比開店賺。吉米後來把兩家店都買下當倉庫用，這下聯邦調查局、菸酒槍炮及爆裂物管理局，和其他將吉米列爲涉案關係人的情資單位都難辦事了——探員們再也沒有餐廳卡座能棲身，不能點杯咖啡佔著座位從對街監看吉米，必須想些更有創意的跟監手法。

我放慢腳步，不到一分鐘就發現探員了——一輛深色窗戶的棕色廂型車，後座車窗外的地上積滿了菸蒂——那是指揮中心。

這個移動追蹤小組掌控著其他的監視人員。考量到這條街的布局，我猜是三人團隊：一人在車上待命，一人負責確認進出吉米餐廳的人車，還有一人踞守高處，好監視店裡出來的人。我看到路邊停了一台黑色的本田摩托車，這位騎士花了十分長的時間慢慢品嚐外帶咖啡——第一位機動組員。另外兩位成員分開行動，以顧及最大視野範圍。他們會派一個人待在自助洗衣店，那裡能看到廂型車和通往地鐵站的路線——這是第二位機動組員。還有一位會待在高處。我抬頭一望，看見有幾個人站在窗邊，沒什麼特別，其中一名男子身上襯衫縐巴巴的，看起來像穿著它睡過覺一樣，他就是負責制高點的那位。上面那雙眼睛對我來說最不好處理，除非我人在餐廳對面，他的視線死角。我往那個位置前進，抵達之後，一屁股坐在公車亭的椅子上，吹著口哨，等待好戲上演。

大概在兩年前，我第一次幫彼特．圖利西打官司。彼特在勿街的魚市場做全職工作，每到週五，他就會帶著薪水上酒吧，把錢都拿來買伏特加，然後跟人打起來——對彼特來說，週五夜晚一般都是如此。他的犯罪紀錄上列有許多傷害及妨礙治安的罪名，但也僅止於此。法院罰金開始調漲後，彼特就不再繳罰金了。我們最後談了個條件，他沒現金能還的時候，就付我新鮮的魚代替。要是我的客戶會因為付律師費而繳不出罰金，我就絕對不會逼他們，因為他們若缺繳罰金就得坐牢。我先去了一趟勿街，把維克多給我的五百美金拿給彼特，他已經準備好要搬出我要的好戲了。

彼特的好哥們是一位在碼頭送貨的卡車司機，他在吉米的餐廳外停下來綁鞋帶。他面向彼特，後者收到我的訊號後出發，現在剛走過街角。兩個男人互望了一眼，脫下各自的外套和上衣，一秒後，彼特跟他的好哥們捉對廝殺了起來。他們都是很壯的男人：拳頭像戴了棒球手套，還有足球員般的肩膀，體重都超過一百多公斤，而且他們也不是在打好玩的，照我家老爹的說法，就是場貨真價實的拳腳激戰。

沒過多久，他們開始在人行道上翻滾扭打，互相朝對方身上丟垃圾。重頭戲來了，紐約警局的員警出現，但不願上前。他們愈打愈烈，打到了茂比利街上，離開了餐廳那一帶，兩人一路上互相將對方往停在路邊的車上摔，觸動防盜警報，極盡所能地製造更多混亂和噪音。只要他們各自都使盡渾身解數，警察就會待得遠遠的，放他們兩隻瘋狗互咬。警方對上的如果是這麼粗壯的傢伙，很難保證電擊棒能有什麼作用。

如此完美的調虎離山，五百美金不算什麼。

我看了看兩位機動組員，還有制高點的探員——他們看得目不轉睛。轎車在我旁邊停下，後座車門打開了。

「現金一張一張點也花不了半個小時。一個小時後，你如果沒站在這裡，我就會打電話，你女兒的血會染在你手上。」阿圖拉斯說。

「你忘了我得跟東尼簡報他今天在法庭上要說什麼。我需要兩個小時。」我說。

「我給你一小時，就這樣。」

一小時可不容易，我動作得快點。

我的手錶顯示早上六點零一分，距離死線剩不到十個小時。

我提著滿滿兩袋現金往吉米的餐廳走去，在沒有被任何人發現的完美狀態下，推開正門走進去。迎接我的是一把點四五科特手槍的槍口。

38

我一進門就遇上了肌肉棒子。吉米的兩個手下，身穿黑色皮夾克以及訂製長褲，其中身材較瘦小的那位將槍拿在身側對準我胸口。那堆錢的重量讓我肩膀下沉。

「吉米知道我要來，我是艾迪·弗林。」

「手趴在牆上。」持槍的傢伙說。他長得不像他夥伴那樣醜，黯淡的棕色眼睛下方有黑眼圈，但在他濃密雜亂的眉毛下，幾乎看不太出來。另一位比較高，我猜他出生的時候應該是有鼻子的，直到有人決定把它咬下來。他臉部中央有一坨紅色的傷口，底下是兩道砍傷的痕跡，一路延伸到鼻孔去。

我動也不動。

「我管你他媽是誰，沒被我搜身就別想進來。」槍手說。

「不准碰我，也不准碰這些袋子。我這裡有四百萬個理由把你跟你男友給宰了，魯道夫。我要是走出去，吉米會想知道是哪個混帳趕我走的，我會跟他說是那個小鮮肉。現在給我讓開，美人，否則我親你一下，讓你爽到這輩子都醒不來。」

兩個人看了看彼此。

「你敢亂踩一步，我們就把你給斃了。」

他們各自拿槍指著我的後腦杓，跟著我走到用餐區。現在這個時間，餐廳裡只擺了一張桌子：吉米的晨間會議，基本上就是一場小型暴動，只是有附餐而已。

不管電影和媒體是怎麼演給一般民眾看的，黑幫內部並沒有眞正的階級或職稱存在，至少現在沒有了。有參謀、顧問，但沒有幫派領袖，沒有老大中的老大，那是史柯西斯和柯波拉[1]在玩的。

當然，黑道也不是什麼共產主義公社，他們有個老大，就是吉米，但其他家族也全都一同共事，並推派代表加入委員會。這桌十個人，估計每個人都殺過至少一個人。吉米殺人的次數大概比大部分人來得多，通常是關係很近的人，非常親，這就是他的工作。一般來說，不管在哪個領域，他們個人的職務都跟他們的專長相符。以奧比表弟爲例，不管他是哪一家出身的，都是大家的表弟，他一路從中學唸到大學畢業，是一位有證照的會計師。他負責處理金流，業務包括大額現金存提款，還有「地下三十洗錢法」。奧比說有三十種簡單又安全到不行的洗錢方式，但你必須同時把三十種都用上，如果你只用一種就會被抓。三十道手續能降低總額數字的風險，並且讓一切維持在相對保密的狀態。奧比穿得很體面，看起來年輕專業，一點也不像黑道。

奧比表弟正吃著一碗穀片，他坐在吉米左手邊。吉米右邊是一個和奧比表弟完全相反的人——法蘭奇。法蘭奇屬於格鬥型成員，手上的皮膚像是最粗糙的砂紙。我記得一個故事，說

1 法蘭西斯・福特・柯波拉（Francis Ford Coppola, 1939—），美國電影導演，家族為義大利移民。其最著名的作品是《教父》。

法蘭奇怎麼長出新指節：他的中指指節上，有很大一塊粗糙的皮膚，是在毆打一個波蘭線民之後的短短三天內長出來的。他打完之後，那個可憐的傢伙一顆牙也不剩，臉腫成原來的兩倍大，而且鮮血直流。法蘭奇的手傷得很重，一個星期都開不了車，他待在家，把他受傷發紫的手泡在冰塊水裡。他的臉看起來跟手沒差到哪去，五十好幾了，歲月痕跡很容易就能看出來。法蘭奇坐在桌邊，老邁而致命的雙手好好地抓著一個早餐三明治。

餐廳裡的暖氣肯定是開到最強了，我感覺到前額開始噴汗。餐廳裡約有五十張桌子，能容納上百人，地上鋪著一條灰色與淡紫色交織的厚地毯烘托復古裝潢，十二盞大型水晶燈照亮室內，和裝潢風格形成強烈對比，讓人宛如置身在老戲院中。

吉米看起來很普通，一如往常。他通常都穿毛衣配黑褲，無論到哪都帽不離身，故得其名。帽子是六〇年代他祖父在西西里島買的，那是一頂扁平的灰帽，自從吉米的祖父在芝加哥被警察逮捕後，吉米每天都帶著這頂帽子，那是一種敬意，有人說他甚至戴著睡覺。黑色短髮從帽子兩側竄出，吉米個子小，體格像拳擊手：厚實的手臂，胸部和頸部肌肉賁張。我們當年一起在米奇．胡利的健身房訓練，擊打沉甸甸的沙包，在老舊的樓梯跑上跑下。我爸第一次帶我到那裡時，我一個小孩也不認識，他們全是愛爾蘭裔或移民第二代。裡頭有個小孩沒人敢靠近，就是吉米．費里尼。因爲我有一半的義大利血統，吉米跟我挺處得來，我們很快就在米奇的健身房的彩繪水泥地上，一起做伏地挺身做到指節痛得要命。在那十五年裡，吉米確實一直都是我最要好的朋友。跟我最後一次見到他相比，他胖了好幾公斤，而我的體重還是維持在八十三公斤。不算瘦，但也離過重有好一段距離。

看門守衛帶我上前，桌上所有活動戛然而止，全部人都看向我。

「這是他媽的在搞什麼，艾迪？」吉米說。

「我來付錢找幫手。」我說。

「袋子裡是什麼？」

「四百萬美金。奧雷克·佛切克綁架了我女兒，我要請人處理。」

「你確定？好幾年沒見到你了，騙子。我怎麼知道你沒在幫那些俄羅斯人做事？」

「因爲我要是想殺光你們，不用一秒就能辦到。」我從口袋拿出引爆器。「你們想要幹一票大的、賺個幾百萬，還是想要我把這地方翻修一下？」

沉默籠罩著整張桌子，沒人有任何動作，所有人都看向吉米，等待著。只要他一聲令下，這些人就會把我碎屍萬段。

吉米的嘴角露出笑容，看出我是在跟他鬧著玩。

接著他起身，用一條絲質手帕擦拭嘴巴，放聲大笑。

「艾迪阿弗，我眞想你，兄弟。」他給了我一個擁抱。艾迪阿弗，好久沒聽到這名字了。

吉米環在我背上的手拍了拍。這是個表示友好的動作，但同時也在檢查是否有竊聽器和手槍，好險我把炸彈留在法院。回到吉米這裡，彷彿像回到家，那感覺持續不超過一秒，我就意識到來這裡是在賭我女兒的命。我愛我的小女兒，我想要她回來，想到我牙齒都發疼。

我抓住吉米，給了他一個大擁抱，忍住不讓情緒在我的聲音中顯露。

「吉米，他們抓了我的女兒。」

「抓不了多久的。」他說。

39

我飛速交代完昨天發生的事，從泰德小館開始，一直到我來這裡的路程。桌上有些人聽得目瞪口呆，我注意到有幾個人表情狐疑，吉米左右兩邊的人則是面無表情地沉默著。

吉米沒露出任何表情，跟往常一樣。他沒對我訴說的任何事情做出反應，就只是坐在那，偶爾喝口咖啡。但他很警覺，非常仔細地聽著每個字，眼睛有時候會瞥向他的人，審視他們的反應。我講完我的故事，他低頭看著吃到一半的早餐。

「那麼，讓我釐清一下。」他說。「你得在證人席上設置炸彈，殺了告密者班尼。艾米被綁架，正關在某個地方，你不知道在哪，但知道是在曼哈頓。你沒辦法跟警方或聯邦探員求助，而且你不想讓東尼去佛切克的審判上作證。我理解的沒錯吧？」

「完全正確。」我說，「但我漏掉了哈利，就是福特法官。哈利幫我弄來一些東西——比如我打給你的手機。」

吉米在他腦內思量各種可能性。

「我可以丟給你一位收賄的聯邦探員，還有那兩百萬。」

「我對收賄探員沒興趣，他們靠不住，而且幾分鐘前你說的是四百萬。」吉米說。

「抱歉。其中一袋用了紫外線感應ＤＮＡ辨識噴霧，那是一種隱形的液體，帶有特殊的化學標記，在幾個大資料庫裡都有註記。我需要你把那袋暫時收著，事情結束後再交給聯邦調查局。我已經把賄賂的錢做過標記，這樣錢就會直接連到俄羅斯佬身上，幫我裝錢的大個子手上全是那個噴劑。我會跟聯邦探員說賄賂的金額是一百萬，他們會全部拿走，這樣還有剩多的給我們。」

吉米從桌上的菸盒取出一根菸，用奧比表弟給他的火柴點燃。他深吸了一口，菸就燒了一公分，煙霧很快飄散到天花板。吉米再次全神貫注地看向我。

「所以就是三百萬，艾德華。」他說，好像我們還是小孩子一樣。我媽每次罵完我之後，他總會喊我艾德華。我媽叫我艾德華，所以當她在場，或吉米開我玩笑的時候，他都會叫我艾德華。直到我開始管自己的團隊，「艾迪阿弗」這個稱號才問世。

我本來不想現在處理這件事，但好像也沒別的選擇。

「我得借個一百萬，當我欠你的。幫我把艾米找回來，我保證讓你拿到三百萬：現在兩百，剩下的之後我會補上。」

「爲什麼我不能現在就拿三百萬？」

「我有件事得處理。你知道我沒讓你失望過。」

他想了想。身爲一個出色的生意人，他喜歡冒險。我猜他暗地裡很想跟俄羅斯佬開戰，找機會搞垮他們，馬里歐的死不足以成爲理由，這人無足輕重，但現在他有動機了。

「所以我能信任你嗎，吉米？我沒在耍詐，這事關我女兒，我把她的命交到你手裡了。」我說。

吉米看著我，一分鐘過去了。

「我相信你，艾迪。」他說。「我們是家人，你跟我。我們打小一起長大的，所以這代表艾米也是家人。」

我讓看門的把袋子拿到房間後面。

「那你希望我們怎麼做？」他說。

我拉了張椅子坐下，擠在兩個小嘍囉中間。我將手滑進大衣裡，聽到有人在碎唸，轉頭看見槍再度指向我，但只有一下子，吉米立刻揮手趕走他們。我緩緩從口袋取出葛雷果的皮夾。

「我需要你找到艾米，確保她的安全。她在另一組人馬手上。這是葛雷果的皮夾。」我將皮夾擺在桌上。

「裡頭有他的駕照和他最後拜訪的位置。我懷疑她是否還在，但可以從那裡開始找。來這之前，我們在羊頭灣一間倉庫拿錢，那邊有兩個人。如果你逼問地址，他們也許會鬆口，但切記不能讓他們有機會通知佛切克或阿圖拉斯。除此之外，我唯一有的情報是佛切克撥出的電話號碼。艾米有提到一個叫伊蘭雅的女人，我不曉得這是不是她的電話，但我記住號碼了。」

說完後，我仔細觀察吉米，他沒有讓我失望，直直看向奧比，只看了很短暫的一眼，但終究是看了。奧比在工會裡有人脈，要連絡上誰他都有辦法。

我接著說。「我想你可以從那支電話，或是葛雷果這裡查到那個位置。」

「你說這是手機號碼，你知道是哪種手機嗎？」奧比問。

「不知道。阿圖拉斯用的是iPhone，佛切克拿的是黑色的小型手機，照相畫質很好，螢幕很大，我只知道這樣。你能夠用號碼查到地址嗎？」

「如果號碼有註冊的話，當然可以。但這些手機很可能是在黑市買的，代表不會有任何文件。不過，如果是新機種，可能就有辦法追蹤。」

「那些手機看起來挺新的，我不曉得伊蘭雅的是否也一樣。」

「如果是二〇〇五年以後產的手機，就會有內建的GPS追蹤器。在美國生產的新手機都有那個晶片，好像是因爲九一一事件的關係。我們沒辦法找到地址或是監聽通話內容，但能追蹤晶片。我知道有人能辦到，我來打給他。」奧比說。

「好。去處理那支號碼。其他人去聯絡你們底下的人，我們得找出小女孩被藏在哪。我在布魯克林有幾個人，很快就能到海灣那邊。法蘭奇，給我們兄弟打個電話。」吉米吩咐。

我把倉庫地址交給法蘭奇。

一位迷人的女服務生端上熱咖啡，我也欣然接下一杯。她留著一頭黑色長髮，有一雙電眼，是吉米廣大後宮的其中一位佳麗。吉米拿起杯子湊到唇邊，停了下來，好像突然想到什麼事情。

「你昨天幾點和艾米講話的？」吉米問。

「下午大概四、五點左右，怎麼了？」

他把杯子拿得更近，又再度遲疑了一下，蒸氣近得足以溫暖他的臉。

「他們要是帶著她移動呢？」

他說的沒錯，無法確定她沒被換到一個又一個的安全屋，但我覺得不大可能。拉著一個十歲女孩跟他們一起走會太顯眼，他們也許會覺得最好還是待在同一個地方。

「我很懷疑。他們大概會想低調行事，留在原地。如果我們要出手，分頭找也是個好主意，分頭突襲各個嫌疑地。若能追蹤到手機裡的晶片，那艾米有非常大的機率就是被關在那裡了。」我說。

吉米一臉滿意的樣子。

「別忘了東尼。」我說。「他得收回所有提供給警方的證詞，否則俄羅斯佬會覺得他們花了四百萬卻沒買到任何東西，我大概也會沒命。」

「米奇，叫東尼G過來。」吉米說。

吉米的神情軟了下來，我想起我第一次在健身房見到的那個小惡棍。他的眼神彷彿穿過我，乘著我的回憶越過香菸的煙霧，回到我們一起拆了整個社區的美好時光，以及騙到四美金卻沒被抓包後的狂歡。

他笑了，接著停下來皺眉，彷彿這似乎不大得體。

「我聽說了你去年發生的事。我很抱歉。」他說。

我很驚訝，我沒想到他會知道。

「那肯定很不好受，兄弟。」他說。

「確實。我偶爾會夢到她，在我難得睡著的時候。我猜她可能是在跟我說，她原諒我了。也許這是我內心的渴望。」

撇開他的工作性質，吉米仍舊保有一顆溫暖的、充滿父愛的心。

「你對兄弟幫了解有多少？」我問。

「不多。他們是在九〇年代初期、蘇聯垮台後過來的，來了很多人。佛切克和他的手下大概是最頂尖的那一群，畢竟他們也撐了這麼久。有人跟我說他們是退伍軍人，一開始賣些ＡＫ步槍給黑幫，幹得很不錯，後來開始涉獵到毒品、賣淫、人口販運，跟其他常見的東西。販毒集團開始進來以後，切斷很多俄羅斯的供應鏈，直接買斷。販毒集團給的那種油水，你完全沒辦法比。據我所知，他們的競爭壓力很大，非常勉強才能守住現有的版圖。」

「有些競爭對手昨天到法院刺探，佛切克說他們是來看他落魄的樣子。」

「有可能。大多組織因爲自己寡不敵眾，就去跟大集團合作。佛切克撐了這麼久，但還是維持不下去的，遲早會被搞得關門大吉。他們可能是覺得，他若下台他們就能出手了。」

大部分在我聽來挺合理的，佛切克和阿圖拉斯身上有一種狗急跳牆的急迫感。

「我們有多少時間？」吉米問。

「四十九分鐘，得出發了。」

「安東尼，打給老王，跟他說我們需要兩個能在五分鐘內準備好的忍者。還有打給蜥蜴，叫他去曼哈頓，然後一直開，等到我們給他地點。」

安東尼高挑帥氣，年約二十幾歲，是吉米的外甥之一，他開始撥打電話。我忍不住注意到，吉米提及蜥蜴時，法蘭奇臉上出現的嫌惡表情。

「蜥蜴又是哪位？」我說。

「是個朋友。我的人要是想準時到，就得輕裝出發，我們唯一需要的支援就是蜥蜴。」吉米表示。

40

我等著東尼G出來，吉米餐廳裡的眾人切換成像軍隊一般的忙碌生產線，令我爲之嘆服。可能知道兄弟幫任何藏匿地點的毒販和毒蟲，全接到詢問電話。整桌人都拿著手機大吼、撥號、等待接通。女服務生收走早餐，桌布上擺滿了小紙條、筆和菸灰。奧比在處理那支電話號碼，他在工會裡有個線人就是電信公司的員工，正等著他朋友接電話。

吉米的其中一位手下戴上乳膠手套，把錢拿到紫外線光底下，被我標記過的鈔票呈現出發亮的紫色斑點，沒被噴染的錢都被分開來放。要是沒這麼做就太蠢了。

這場早餐派對很快就有所斬獲。

「我的人說他們在港口那裡有一間肉品包裝廠。」

「找到他們在皇后區的一間倉庫。」

「我們找到兩個他們的毒販，他們什麼鬼都不知道，沒有地址，只負責處理車子。」

「我找到兩間妓院、一間賣古柯鹼的，和一間大麻窟。」

「大夥們，找出三個你們覺得可能性最高的地點，你們有五分鐘的時間，決定好之後來找我。安東尼和法蘭奇，無論如何繼續找出手機的地址。你們得一個個確認，撲空就換下一個，直到沒有地址可找爲止。找到她就打給我，無論死活。」吉米說到這頓了一下，意識到自己說了什麼。

那股混雜著恐慌、愧疚和害怕的巨大壓力，再度重擊我的胸口。有那麼一刻，這打擊讓我完全無法呼吸。

他轉頭說：「抱歉兄弟，講習慣了。通常我要找的人，下場都是一具屍體。但她還活著，我很確定。」

奧比聯絡到他在電信公司的線人了，他開始振筆疾書寫下地址，鋼筆發出很大的唰唰聲。

「找到了。」奧比說。

吉米讀了一下地址。

「那裡離法院六個街區遠。打給蜥蜴，叫他在那跟安東尼和法蘭奇會合。」吉米說。

「還有我，我也要去。」我說。

「不，艾迪，你不行。聽著，我知道你能管好自己，但你不是狙擊手。」吉米阻止我。

「打給老王，跟他說你需要三個忍者。我要跟他們去，我得見我女兒。」

吉米嘆了口氣，搖搖頭，叫安東尼打電話給老王。

就在此時，一位身穿亮灰色西裝的男子走了進來，黑髮挺立，好像用了整罐髮膠將每撮頭髮撐直。我記得東尼G，我現在確定他就是東尼·傑拉多，希望他能解答我的許多疑惑。我看向東尼的鞋子，那雙鞋充滿光澤，看起來寬鬆柔軟、無比舒適——他是負責運錢的。

「東尼，你記得艾迪吧？」吉米說。

「當然，艾迪阿弗，那個詐欺犯、律師，還有你們小時候玩棍球，老是把你打得落花流水的傢伙。」東尼邊說，邊開玩笑地戳了戳吉米的肋骨。

「近來如何，艾迪？」東尼在我對面坐下。

「不太好。我時間不多，東尼。告訴我爲什麼奧雷克．佛切克要幹掉你堂弟馬里歐。」

「這麼嚴肅啊。好吧，事情是這樣，馬里歐就是個家族恥辱，他人蠢，年輕時就被抓過幾次，但他是家人，我能怎麼辦？所以我把他收來我這邊，在我底下處理工地的事，我想就算是馬里歐，也不會把這事搞砸。結果他搞得一蹋糊塗，跟一個直男走得太近，讓聯邦探員逮到他，但至少他沒亂講話。他在里克島監獄關了五年，幾年前被放出來。他搞出那些鳥事之後，我就叫他閃邊了。結果呢？他變得蠢上加蠢。」

「他做了什麼？」

「他太自大了。他在里克島監獄上了門攝影課，好像學得很不錯，出來之後，不管去哪都帶著相機。我先說，我一開始不曉得他幹了什麼，我們一群人有天晚上去西洛可俱樂部，馬里歐走去吧檯，等我發現的時候，佛切克的人全都站起來嗆他，他們看見我之後才退下。隔天馬里歐就死了。」

「這些就是你的陳述內容，但你沒提到相片的部分。是什麼挑起與佛切克的爭執？」

東尼抹了抹嘴，看向吉米，後者朝他點點頭。

我猜東尼需要人推一把，所以我講出我的推論。「我看過犯罪現場的照片，地板上有碎掉的相框，水槽裡還有張被燒燬的照片。我的推測是，馬里歐拍了一張佛切克並不想被拍下的照片，還試圖把照片賣回去給佛切克。他如果跟你說的一樣蠢，就可能那樣做。」

「對，他就是那麼蠢。」

「所以，你爲什麼不告訴警方這些？」我問。

「馬里歐因爲想賣那些照片而被殺死，我不想要有人知道我有副本。」

「你有副本？」

「當然。我要一組照片，以防哪天我們要跟那些共匪開戰，這也許會是很好的籌碼。」

「佛切克爲什麼那麼想要那些照片？馬里歐看到什麼？」

「我看過了，看不出來。我不曉得他爲什麼想要。」

「照片現在在哪？」

「藏在我家。我聽說我今天應該閉嘴，問題是，我沒辦法。我得講出跟供述內容一樣的話，懂吧。再多的錢都無法說服我改變心意。」

41

「艾迪，如果你想準時到，現在就該出發了。」吉米說。

我舉起手。「給我一分鐘。你這手下要是不照做，那全都白搭。」

東尼往後靠在椅子上，交叉雙臂，沒有要再吭聲的意思。我猜對他沉默的原因了。

「看看我想的對不對。你被抓了，地方檢察官提了協商條件給你，對嗎？你這種人是不會爲警方作證的，一定有什麼原因讓你答應當證人。告訴我——你被抓到持有多少古柯鹼？」

水晶燈照出的光彷彿被東尼的西裝給吸了進去。他在椅子上前後晃動。

「不多，半公斤。如果我不合作，不像個好公民一樣作證，我就完了。我別無選擇。」

我沒料到這個。四百萬對他來說不重要，在監獄裡當不了有錢人，就算我再多給一倍也改變不了他的心意。我想了想他的處境，得出一個解法。我拿過一張紙來寫了幾句話，轉向推到東尼西裝的閃耀光暈之下。

「不管你被問什麼，只要在法庭上這樣說就不會有事。你的控辯交易協定通常是制式協定，我不用看都知道內容。照著我給你的說法一字不差，你就不會被起訴。」

東尼讀過那幾句話。

「我只需要講這樣？」

「沒錯，而且我跟你保證這行得通。」

吉米的手出現在東尼的肩上。

「照做吧，東尼。艾迪帶來的那些錢，我保證你會分到一大筆。如果真有差錯，我也會照顧你的家人，但這不會發生的。如果艾迪說某件事行得通，那就一定行得通。艾迪就像我兄弟一樣，他的話等於我的話。」

東尼點頭起身。「好，艾迪，但如果這行不通，我會殺了你。你知道，對吧？」

我起身跟東尼握手。「真要那樣，你還要排隊呢。聽著，我真的得看看照片，還有些事不對勁，但我想不透。照片可能會幫上忙。」

「照片在我家，開車要一個半小時。」

「我需要那些照片，但我沒時間等，你得晚點把它們送進法院。」

「我要怎麼拿給你？」

「東尼，你是信教的吧？我倒不是。你何不跟我傳傳教呢？」

東尼明白我的意思。

吉米一臉困惑。「等一下，如果我們及時救出艾米，你就不需要回法院了，艾迪。」

我的肩膀垮了下來。如果能救出艾米，我再來決定吧。

42

我跟著安東尼和法蘭奇走到餐廳後方，穿過一扇雙扉推門來到廚房。廚房看起來大到能處理比吉米的餐廳多上兩倍的點單量。中間有一張長長的不鏽鋼工作台，隔開了通往四口工業型大火爐的走道。我之前見過安東尼，在他還只是個小孩、坐在母親腿上的時候。如果吉米信任他來處理這樣的工作，那這孩子想必很有天分。安東尼打開冷凍室的門，我跟在他們後面走進去，氣溫低到吸進來的空氣都結了霜，呼息雪白而深長。法蘭奇動手把一箱箱裝箱肉從右側最後面的角落移開，沒過多久，一道暗門出現在眼前。裡面是一間小倉庫，房間兩側的層架上有各種尺寸的手槍、一袋袋古柯鹼，還有一疊疊用玻璃紙包起來的現金，直堆到天花板去。

安東尼和法蘭奇各拿了一根鋼製長桿，長桿末端有個鉤子，他們將鉤子卡進房間中央鐵製水溝蓋兩側的凹槽，拉起孔蓋，露出通向下水道的鋼梯。

「你們在跟我開玩笑吧。」我說。

「這是我們唯一的出路。」法蘭奇拿起櫃子上的手電筒。

安東尼從地上拎起一個袋子，遞給我一支手電筒。我們一起爬進陰暗惡臭的地道裡，令我意外的是，裡頭竟然是乾的。我打開手電筒，這光線大概只能照亮方圓十五公尺。

我們往左轉，在接下來的兩個十字路口右轉，沿地道直直走了一分鐘後，安東尼停在另一面牆上的鐵梯旁。法蘭奇爬上去，在孔蓋上敲了敲，幾秒後，一名亞洲男子打開蓋子，拉了法蘭奇一把，上面的光線灑進整個地道。

我們站在另一間廚房的倉庫裡。從印在箱子上的中文字，以及大蒜、薑和檸檬草的味道來判斷，我們應該是在一間亞洲餐廳裡。男子示意我們跟上，穿過一道狹窄的通道，來到卸貨區後方的巷子。吉米請的三個忍者在這等著我們：三輛黑色的川崎忍者六五〇機車，以及催著引擎的騎士。我們各拿到一頂安全帽，安東尼坐上第一輛摩托車後座。

「這是最快的交通方式，艾迪，你的時間不夠開車來回。王山米是我們的快遞，我們有時候會在城市裡這樣移動，安全又快速。」安東尼說。

「不要提到危險。」我說。

「放輕鬆好不好，這些人是專業的，只要照他們說的做，你就會沒事。」

我把安全帽套到頭上，爬上最後一輛摩托車的後座，拍了拍騎士的肩。

「這是我第一次騎摩托車。」我喊道。

「我也是。」騎士說。

除了我以外的所有人都笑了。

「我叫艾迪，別殺了我。」我說。

「我是小陶。這我可沒辦法保證，兄弟。」

我雙手緊抓住小陶的腰，他踩下油門，我們從卸貨區的坡道衝下去，右轉進巷子。巷子約有一百多公尺長，但我們似乎只花了三秒就騎過去。我聽見自己對著安全帽尖叫。安東尼的車子打前鋒，朝巷尾疾駛而去，我暗忖那輛衝向盡頭的車何時會煞住，然而它完全沒降速。那輛機車持續加速，往主要幹道騎去。我根本沒時間想他要做什麼，機車便加速穿過車流，消失在對街、清晨巷內的陰影之中。

「靠。」我說。

街道看起來無比繁忙。汽車和自行車從左向右飛衝過我們眼前的道路，又從右向左竄過去。我們的機車衝出巷子，像一顆四百磅重的導彈直駛向四線道車流中。小陶興奮地叫著，人車從我們兩側湧來，機車又是蛇行，又是煞車，又是加速。

我閉上眼，向上天祈求安然度過這一切。

小陶用力踩煞車，我的胸口撞上他後背，鼻子充斥著車盤因急煞摩擦產生的煙味。我睜開眼，看見一輛黑色的福特金牛座從左側滑向我們，司機驚慌失措地按著喇叭——我們要被攔腰撞上了。

「往後靠。」小陶大吼。我們的安全帽撞在一塊，我使盡全身力氣抵抗這要命的衝擊力道，背部痛得彷彿在燃燒。接著，我意識到小陶要做什麼——他放開後輪煞車，摩托車往前用前輪立起來。小陶身體往右側壓車，摩托車旋轉了九十度，後輪撞上金牛座的側邊藉力停了下來，也讓我們直挺挺地存活下來。

後輪從金牛座車身彈開，落地時已經在猛烈運轉加速，我們往前衝，在一陣輪胎揚起的煙霧中繞過那輛車，很快就被巷弄裡濃重的陰影給吞噬。

43

我們從老王的卸貨區出發，只花上地獄般的九分鐘就開過了法院，機車的時速肯定破百。我們衝過街頭，躲進巷子，避開測速照相和警察。

抵達目的地後，安東尼的機車在我們前面慢下來——這裡是塞文大樓，距離法院只有幾個街區遠的新建公寓。我們停在地下停車場一輛藍色廂型車旁。我肯定是太緊繃了，努力要移動雙腿下車，但感覺好像有人拿火炬在燒我大腿。

距離和俄羅斯佬會合的時間，還有二十七分鐘。

「我們會在轉角等。」小陶說完，三輛機車安靜地駛離停車場。即使是上班日，這停車場看起來還是太過於空蕩，只有零星的十幾輛車子。我用拋棄式手機打給吉米。

「我們到了，確切位置在哪？」

「等等……奧比說，他朋友最多只能找出那支手機目前的位置，在塞文大樓。如果手機在太高處，GPS會不穩。目前推測，那支手機在五樓以上。」

「吉米，這棟樓很高，大概三十層樓，我需要更多資訊。」

「你們得等羊頭灣那邊的人打過來。我一有確切消息就告訴你。」

他掛斷電話。

一名黑衣黑褲的高瘦男子從藍色廂型車裡走出來跟安東尼握手，接著朝法蘭奇伸出手，後者只是點點頭，男子也點頭回應。他留著一頭軍人平頭，結實的雙臂上血管凸起，我猜他應該輕輕鬆鬆就能折斷一根粗壯的脖子。

「你們怎麼這麼慢？蜥蜴在等了。」男子說。

安東尼笑了，並介紹我給他認識。

「艾迪，這位是蜥蜴，現在換他上場了。」

我也跟他握手，他的手握起來像條大蟒蛇。他渾身肌肉，動作卻很優雅，幾乎像個舞者。

「我們能一路通到二十五樓，再上去就難了，樓梯只到二十五樓，之後的樓層要先通過一道鐵門，只能用密碼鎖進出。電梯也得用密碼鎖才能到高樓層。如果你女兒在那上面，沒有密碼我們就無能爲力。我要是把門給炸了，他們會聽到，可能會殺了她。祈禱她在比較低的樓層吧。法蘭奇，對街有一間藝廊，你能上去頂樓幫蜥蜴查看這裡的情況嗎？」蜥蜴再度以第三人稱稱呼自己，這讓我笑出來。

「當然。」法蘭奇說。

蜥蜴遞給法蘭奇一只雙筒望遠鏡，和一支手機。

「多方通話設在手機上了，我會把你加進來。動作快，法蘭奇。」蜥蜴說。法蘭奇跑出停車場，穿過馬路。

安東尼把剛剛拿的袋子丟在地上，拉開拉鍊取出一支拆成兩半的十二口徑獵槍，還有一盒子彈。

「你不需要進去裡面，這裡我們能處理。」他說。

「我要跟你們去。」我說。「給我一把。」

「壞主意。」蜥蜴打開廂型車後門，從座位下一個帶鎖的鐵箱裡拿出一支突擊步槍檢查起來。那把武器又短又黑，彈盒從槍托的位置凸出來。

「這槍看起來很新。」我說。

「喔，它是很新。」蜥蜴點頭微笑說道。

我繞過廂型車，跟安東尼小聲說話。

「這傢伙是誰？」我說。

「他是退役海軍，表親替吉米做事。蜥蜴從伊拉克回來之後開始找工作，他表親就安排他們見面。相信我，我們能信任這傢伙。他是一人軍團。如果說有誰能從公寓裡救出你女兒，就是這位比利了。」

「比利。」我重複。「所以他爲什麼叫蜥蜴？還有法蘭奇爲什麼不肯靠近他？」

安東尼把紅色子彈滑進拆開的步槍中，頭垂著好一會兒。

「事實上，很多人都怕他。比利喜歡蜥蜴，他背上有一個巨大的蜥蜴刺青，還在皇后區的房子裡養了各式各樣的蛇和其他鬼東西，甚至在院子養了一對科摩多巨蜥。但那不是唯一的原因。我們如果想從某人身上挖到什麼，但對方死活不說，我們就打給蜥蜴。你知道有些爬蟲類長大會脫皮吧？嗯，那就是比利的招牌。誰不肯開口，比利就會開始剝對方的皮，活像在剝他媽的香蕉一樣，然後把皮餵給他的寵物吃——簡直嚇壞所有人。但我喜歡他，我只要確保自己離他那間皇后區鬼屋夠遠就好。」

44

蜥蜴的手機傳來震動聲，他接通後調成擴音，但我沒在聽，我正在和吉米通電話。

「我們從倉庫那邊的人身上弄到地址了。」吉米說。「在頂樓的閣樓。你們的位置沒錯，別擔心。羊頭灣的那些人沒有機會聯絡任何人，短期內也打不了電話，我的人會好好善後，專業級的。這樣就算俄羅斯人回到倉庫，也不會發現他們的人在裡面被弄過。你最好快點回來，剩二十分鐘就要跟俄羅斯佬會合了。我會在老王的店外面等你，兄弟。」他說完便掛斷。

我雙腿發軟跪在地上。艾米在頂樓，在我們闖不進去的安全門後。我緊握拳頭咒罵著，感覺手濕漉漉的，掌心的傷口被我抓裂了。

「她人在閣樓。」我說。

「法蘭奇？你有聽到嗎？閣樓。」蜥蜴對著電話說。

法蘭奇的聲音從擴音器傳來：「收到，我正在看那裡。客廳的窗簾是打開的，公寓裡有四個男的，兩個坐在正門右側的沙發上，一個在廚房，還有一個拿報紙躺在椅子上。有一把步槍靠在左側牆邊。廚房裡有個女生，金髮，大概三十幾歲吧，她拿著一把蝴蝶刀扔來扔去。右邊有三個房間，其中兩間門開著，一間被關上。浴室看起來就在廚房旁邊。就這樣，沒有其他人了，我沒看到什麼小女孩。」

我的心沉到谷底，沒有任何事情合我的意，我不過是想確定她還活著。

「她肯定在其中一間房間裡，那裡有步槍，他們幹嘛要在公寓裡擺這種大炮？艾米跟你說有個女人在照顧她，伊蘭雅，一定是拿刀的那個小妞。」安東尼說。

我站起來，同意地點頭。一定就是這裡，我差那麼一點就能把她救回來了，我只想結束一切，然後抱著她，把她關進保險箱裡，這樣就再也沒有人能把她帶走了。

「法蘭奇，我是蜥蜴。公寓裡有沒有能幫我們打開門的東西？有看到什麼地方釘著一張紙條，上面有密碼的嗎？」

「我看看。」

我們沉默地互望。

「沒，沒有東西釘著。」

「你還看到什麼，法蘭奇？」我問。

「牆上有畫——現代藝術之類的。不是我的菜。家具看起來也很有現代感，感覺有點不太舒服，皮革做的，白色的。廚房桌上有一堆披薩紙盒——看來那女的不是愛下廚的類型。電視開著……」

「紙盒上寫什麼，你看得到嗎？」我說。

「當然，是大喬伊披薩，離這裡不遠。我聽說他們的東西不錯吃。」

「所有盒子都是大喬伊的？」我問。

「對，大概有六個。」

「他們肯定都叫外送。」我說。

我拿出手機，「法蘭奇，你看得到大喬伊的電話嗎？」

法蘭奇喊出電話號碼，我同步撥號，對方在響了三聲之後接起來。

「大喬伊披薩，我能幫您點餐嗎？」

「你好，我需要叫外送到塞文大樓頂樓，老樣子。但聽著，我這次半個小時內就要，你們昨天遲到了。」

「真抱歉。請問您是？」

「伊蘭雅的男朋友。你們的人上次送餐好像忘了密碼還是怎樣，搞得我穿著內褲，還得搭電梯下去放他進來。這次就算了，但我要你先重複一次你們提供給送貨員的密碼，我可不要再光著屁股跑下去。」

「我真的很抱歉，先生。請跟伊蘭雅說，我們不會再犯同樣的錯了。請稍等，我確認一下您的資料……好的，我們這邊登記的密碼是4789。正確嗎？」

「沒錯。謝啦，兄弟。」

「費用是三十九點五美金，先生。二十分鐘內送去給您。」

「慢慢來，小夥子。」我說完掛斷。

蜥蜴露出一個大大的笑容，把一個全新的彈匣裝進克拉克手槍，插進褲子裡，並將自動步槍掛到肩膀上。

「蜥蜴喜歡你，弗林先生。」蜥蜴說。

「走吧。」我說。

安東尼拍了拍我的背。「艾迪，你不能跟來，你沒時間了。小陶在轉角等你。」

「我有時間——」

蜥蜴打斷我，「就算你有時間，也不能確定你女兒眞的在上面。如果她不在這，你又趕不回去……我們就搞砸了，他們會殺了她的。再說，蜥蜴用不著你，艾迪。你要是在公寓裡看到她，還動手了，你有可能被流彈打中；更糟的情況，艾米可能會中槍。別擔心，如果她在這，我們會帶她回吉米那裡。」

他伸出一隻手，我握住了。他說的沒錯，我得讓他們自己處理這件事，我必須回去，否則風險太高了。

「別讓她出事。你們找到她之後，叫吉米傳訊息給我。」

我轉身摔上藍色廂型車的車門，衝出停車場找小陶。

45

小陶車停在老王的卸貨區。吉米腳蹬了一下牆，扔掉手上的菸，看了看手機。

「還沒消息。」他說。

只剩六分鐘。

「你收到消息後傳簡訊給我，我得去跟他們碰面了。」

「艾迪，他們會把她帶回來的，我很確定。我會傳訊息給你，收到後你就快跑，我們會照應你的。」

我的肩膀垮下來，閉上眼睛搖頭。「事情沒那麼簡單，吉米。」

「爲什麼不行？我們找回艾米，你離開那鬼地方，打電話給警察。問題在哪？」

「不行。我只相信你和哈利，沒辦法相信警方、聯邦調查局或其他任何人。我現在手上沒有任何證據，就算找到一個正直守法的警察或探員，他們也不會信我。我得了結這件事。」

「爲什麼？你如果想了結，等一下車一轉進街口，就用蜥蜴的步槍打爆他們。讓他們一點勝算都沒有。」

「確實，但那只是他們一部分的人，而且我們這麼做，聯邦調查局、菸酒槍炮及爆裂物管理局、緝毒局和其他停在你門口的人都會看得一清二楚。要是艾米不在那間公寓裡，我們就可能永遠找不到她了。我賭不起。再說，我還沒搞懂整件事，不是很確定他們在計畫什麼，只知道法院裡的人都有生命危險，包括哈利。你想想看，現在已知法院地下室停著兩輛廂型車，車裡有葛雷果的行李箱，還有我從阿圖拉斯那偷來的假引爆器，和法院安檢有內應——這其中一定有鬼，我得搞清楚。東尼G等一下會把馬里歐的照片拿來給我，這算是個起頭。我會想通的，一定要想通。俄羅斯佬知道我住哪裡，也知道我家人住在哪裡、我女兒上哪間學校。他們把我摸得一清二楚。」

阿圖拉斯說他在巴西逮到前蘇聯成員的故事，一次次在我腦中重播。

「吉米，不管我在哪，這些人都找得到。要是我跑了——他們會找到我，並且殺了我的家人。你跟我同樣清楚，我跑不了，我得解決這件事。」

有那麼一刻，我彷彿又回到麥古納格酒吧後面，跟老爸一起坐在高腳椅上，立下我們的小小約定。

「說好了。我教你招數，你要學會如何照顧好自己。我知道你有一天會想試試某一招騙術。記住我跟你說的——陷入困境的時候，冷靜下來。如果行不通，你就跑，照我說的話做。如果你跑不了——那就打，把對方打得頭破血流。」

我父親的聖克里斯多福紀念牌在我脖子上，感覺沉甸甸的。這是他從都柏林搬來美國時，唯一帶在身上的私人物品。我知道他會怎麼做，他會奮戰——不顧一切來保護家人。這無關復仇，而是生存。如果我不把這件事解決，艾米再也不會安全。

「艾迪，別這樣，肯定還有別的方法。」吉米說。

倒數中的一個小時又少了兩分鐘，我開始坐立難安，準備出發。

「我在腦中想過上千次了，沒有別的方法。我會查清事情的真相，一旦掌握到夠多資訊，我就會拿給聯邦探員，不會讓臥底俄羅斯黑幫的人拍拍屁股一走了之。目前的情況是，除非我徹底扳倒他們，不然我唯一的成果就是把自己變成懸賞對象，讓我和我家人下半輩子都被全世界所有頂尖殺手追殺。我只能解決它，或被它解決。你一找到艾米就傳訊息給我。還有，幫我把這個給她。」

我把刻字的鋼筆交給吉米。「告訴她，她在父親節的時候要她媽媽買這個給我。我不想她對你們的人有疑慮，我想要她知道自己跟家人在一起，是我派你們去找她的。」

「沒問題，兄弟。」吉米應允。

我轉身往餐廳狂奔，鞋子在柏油路上打滑，我差點在層層壓力與疲憊下無法呼吸。背部和頸部的痛楚宛如熔化的鉛，將我往下扯，拖慢我的速度。我把痛苦推到一旁，如果沒能及時趕回餐廳，阿圖拉斯會打給伊蘭雅，她沒接的話，他就會去找她。我要佔盡先機，我需要兄弟幫的人相信自己仍掌控全局。我全速奔過轉角，奮力擺動手臂，並祈禱自己能準時趕到。

一輛巡邏警車疾駛而過，我猛地停下，心中警鈴大作。

此時，一輛白色轎車出現在我眼前。

46

後座車門打開，我彎下身，坐到黑色的皮椅上。

「你從哪過來的？」阿圖拉斯說。

我花了點時間穩住呼吸才有辦法回答。

「從後面。我得快速移動，繞過一個街區，好確保我沒被跟蹤。我沒被逮到，但還是不能冒險——就算是聯邦探員，也不會蠢到在一天之內被調虎離山兩次。我知道那是很大一筆錢，但它很值得。東尼・傑拉多現在是我們的人了，而且你們剛剛贏得了義大利人很大的感激。」

「希望如此。」阿圖拉斯說。

「我也是。」佛切克說。

我沒意識到佛切克也在這陰暗的轎車裡，他們想必是在等我的時候先過去接他了。早知道他也在車上，我也許會同意吉米火力全開的提議。

「別擔心，檢察官準備要度過地獄般的一天了。」我說。

而你也是，奧雷克。

「把這個穿上，這應該比較合身。」阿圖拉斯遞給我一件未拆封的白襯衫。我在車裡換衣，乾淨的襯衫感覺眞棒，而且這次領口尺寸十分貼合。我的領帶因汗水濕透，阿圖拉斯給了我另一條領帶，這次是藍色的，和一支電動刮鬍刀。他在這個行動上投入的心思之細膩，一再讓我感到意外。他不希望我走進法庭時是一副徹夜沒換衣服的樣子。

話題停了下來，爲此我很是感激。我的頭往後一靠，閉上雙眼，但沒有絲毫睡意，我的大腦超載了。打從我見到阿圖拉斯的第一眼，就感覺出他是個殺手，是跟佛切克很不一樣的殺手。阿圖拉斯做事很有條理且無情，佛切克則是沉溺於他對施虐折磨的狂熱。我當詐欺犯和律師的日子裡，兩種人都見過：阿圖拉斯這類人非常稀有，佛切克那種比較常見。這麼想來，佛切克和泰德．柏克萊有許多共通點——那個人在將近一年前，徹底終結了我的律師生涯。

某日深夜，柏克萊企圖趁十七歲少女漢娜．塔布羅斯基離開地鐵站時抓走她。她在走到出口前，感覺到一對粗壯的雙臂抓住自己的腰，整個人被抬起來，扛到冰冷幽暗的隧道裡。這一站在夜間時段一個通勤旅客也沒有，男子算準了時機，選在兩台監視器的視野盲區下手。她試圖尖叫，卻被摀住嘴，並遭威脅只要發出任何聲響就殺了她。

一位遊民聽到她的哭喊後按下警報，加害者逃走了。地鐵警察抵達後安撫了這名少女。他們在她被抓走的位置找到一張地鐵月票，其中一位警察認爲這非比尋常，把票卡裝進證物袋裡。事後查實，案發前十分鐘地鐵站空無一人，代表該車票極有可能爲加害者所有。地鐵票是用信用卡購買的——泰德．柏克萊的卡。我在夜間法庭接下柏克萊的案子，因爲他沒有刑事律師，而我甚至成功幫他申請到保釋。

審判時，檢方的立案基礎是那張票卡，以及受害少女對柏克萊的成功指認。紐約警局搜遍柏克萊的辦公室、公寓和避暑別墅，皆無所獲。泰德．柏克萊三十多歲，家境富裕，交往的女友外型亮麗，還在漢普頓有一棟房子，完全不符合大家對綁架犯的刻板印象。他是完美的當事人：爲人禮貌，律師費一次繳清，而且相信我會拯救他。我的想法與他一致，認爲是那女孩搞錯，誤認了身分。柏克萊說他在犯罪發生前二十四小時遺失了錢包，那張地鐵卡也在裡面。

漢娜．塔布羅斯基是一位音樂系的學生，事發當天結束了獨奏會要搭地鐵回家。她是一位極富天分的大提琴手，正在努力爭取獎學金。她留著一頭棕色長髮，皮膚白皙。出庭時，我看見坐在證人席上的她，流露出恐懼之色。在任何案件中出庭作證都是很嚇人的，但皆比不上一位年輕女性在法庭上面對加害者來得更令人崩潰。

我決定維持坐姿，這樣我交互詰問漢娜時，不會顯得那麼有威脅性。我清了清喉嚨，在提出第一個問題前朝她微笑，讓她安心。在我要開口之際，柏克萊悄聲對我說：「給我毀了這婊子。」一直到審理前的每一次會面裡，他都沒有這樣講過話，或對受害者展現出任何敵意。

我無視他，反而決定採取別種策略。陪審團很喜歡這個女孩，我如果攻勢太猛，可能會賠上一切。我用一種慈父姿態來處理，對她的回答開玩笑，並且不經意但成熟地點出她證詞裡的矛盾之處，來顯示她不是騙子，是一樁犯罪的受害者，只是將我的當事人與眞正的加害者給搞混了，雖然錯誤，不過情有可原。

給人們他們想要的。

陪審團喜歡同理受害者，這樣一來——照我的方式——他們會理解她，也理解由我代理、身穿布克兄弟[1]西裝的有爲青年。

---

1 布克兄弟（Brooks Brothers）成立於1818年，是美國歷史最悠久的服裝品牌，以男士商務西裝為主。許多時尚達人、美國歷任總統、好萊塢明星也都是此品牌的愛好者。

即使我處理得很溫和，漢娜還是在我交互詰問完後哭了出來，絕望地看向陪審團。我感覺自己差勁至極，轉頭望向我的當事人，看見柏克萊臉上令人作嘔的表情，其中還摻雜了某種情緒。我誤將之解讀爲恐懼所引發的焦慮，再仔細觀察才看清那種情感的原貌——興奮。看著一位十七歲少女描述被人抓住、拖至暗處的極致惶恐，讓泰德·柏克萊內心感到興奮。陪審團被請出去討論裁決結果。看見柏克萊面對漢娜的反應後，我就知道柏克萊是有罪的。之後的幾個月，我上遍曼哈頓的酒吧，喝得醉醺醺，告訴自己直到裁決出來前，我都無能爲力。

陪審團一致判柏克萊無罪，身爲受害者的漢娜沒有正確指認出加害者。

裁決出來的一個小時後，調查警官打給我，說漢娜失蹤了。他詢問柏克萊是否同意再讓他們搜查一次住處。他同意了，但他們沒找到漢娜的蹤跡。

隔天，星期六，我去了一趟柏克萊家。調查警官把首次搜索柏克萊時查扣的筆電交給我，紐約警局的工程師在筆電上找不到半點證據，現在要物歸原主。我跟警方表示會親自送還，我希望柏克萊能滾出我的生活，滾得愈快愈好，因爲我不相信陪審團做出了正確的裁決。我的直覺告訴我，柏克萊很危險，在他完美的生活背後，他隱藏著某些事。

他不在公寓，我擅自決定要開去他的避暑別墅，他假日時都會過去。

我敲門等候。他的保時捷就停在車道上，我聽到屋內有淋浴聲，過了兩、三分鐘，他打開前門，頭髮和胸口濕漉漉的，腰間圍了一條浴巾，肚臍下方的浴巾沾有新鮮的紅棕色汙漬。

「怎麼了嗎，艾迪？」柏克萊氣喘吁吁地說。

「警察把你的筆電給我，我拿來還你。」

「你不需要大老遠跑來這裡，我可以去你辦公室拿。」

我不想要柏克萊接近我，或我的辦公室。

「這沒什麼，我……」在成功擠出一個爛藉口搪塞他前，我聽見一聲哭喊。

柏克萊笑了，「我電視開著。」

「我什麼都沒問。」我回應，同時把腳卡在門框上。

他試圖甩上門，被我推回去，我用肩膀使勁撞門，直接撞到柏克萊的頭部，讓他眼睛上方裂出一道傷口，倒在地上。

哭喊變成了尖叫。

我衝進大廳，路過柏克萊時，朝他臉上踹了一腳。

尖叫聲在屋內迴盪，樓下空無一人。我看到一樓有間臥房的門未關，床緣有一隻鮮紅色的腳被綁在床柱上。

我推開門。在那之後，我開了那扇門很多次，幾乎每個夜晚，我都會在夢中推開那扇門，然後再次見到她。

漢娜·塔布羅斯基的四肢分別被綁在床柱四角，綁著她的金屬線完全嵌進皮肉裡。口枷從她受傷的下巴滑落，鬆垮地垂在頸部。柏克萊大概在聽到我來時想先敲暈她，但他打得太用力，導致她下巴整個受傷移位，讓口枷鬆脫，她才得以尖叫求救，發青的嘴唇上血跡斑斑。

她全身赤裸。

乾掉的血跡蓋住了她的胯下和腹部。咬痕四散在她的胸口和頸間。每個咬痕周圍都布滿了紫黑色的瘀青，以及被柏克萊用牙齒咬傷皮膚的血跡。她的左眼完全闔上，右眼睜得斗大，無比恐懼。

我沒辦法替她鬆綁，金屬線需要用工具切開。我只能跪在她身邊，告訴她已經安全了，警察馬上就到。

我用廚房的電話報警，猜想這一區的警察反應速度應該很快，可能只需要五分鐘。結果三分鐘後警方就抵達這棟屋子。他們再晚一點趕到，我想柏克萊就會死透了。

他還躺在大廳，不過開始恢復意識。我跨坐在他身上，用膝蓋固定住他的手臂，猛揍他的臉。揍到左手受傷，我就換用手肘，每次攻擊我都用盡全身力量，他的頭骨在我的手肘和磁磚間碎裂。在那當下，我感覺不到手部受傷的疼痛，只意識到每次攻擊後，一道道濺在我臉上的溫熱血液。我不記得警察把我從他身上拉開，不記得自己被抓，但我記得克莉絲汀把我保釋出來時她臉上的表情。地方檢察官沒有起訴我，因爲漢娜能活下來的唯一原因，就是我救了她。但在我心裡，是我害她遭到凌虐、強姦的，我明明有所警覺，卻沒採取行動。

我將當事人打得半死不活，本來都要被州律師協會吊銷執照，並取消律師資格。哈利代表我出席紀律委員會的聽審，他沒有說我是個多優秀的律師，而是對著清單唸出漢娜所遭遇的傷害：她失去了一隻眼睛，下巴即使被重建了好幾次都無法妥善復原，面部永久毀容。她在生理上和精神上都留下了一輩子的疤痕。

柏克萊造成的內傷太過嚴重，讓漢娜永遠無法懷孕生子。

雖然哈利在拯救我，但又一次地，我感覺自己的世界在崩毀。我就跟柏克萊一樣，得對那些傷口負起責任。

柏克萊遭判二十年的刑期，而我被停職六個月。

是我讓他脫罪，他才有辦法那樣對漢娜，我得活著面對這個事實。這是我的錯，再多酒都改變不了這件事。

在陪審團宣判柏克萊無罪以前，我心裡就曉得他有罪，而且還會再犯。我試著讓自己相信，有鑑於他最後一次下手的經驗如此失敗，不太可能抓同一個女孩第二次。但我的直覺不這麼認為，也正是那個直覺，讓我在見血之日去到他的家。

我不會再犯相同的錯誤，像柏克萊、佛切克和阿圖拉斯這種人，必須被阻止，不然他們會繼續殘害別人。

轎車往法院狂飆的同時，我閉上眼睛，清楚自己做了正確的決定：消滅這些俄羅斯佬是確保我家人安全的唯一方法。我已經將手機設成震動，儘管我覺得它沒有動靜，車子的晃動和輪胎在凹凸路面上轉動的聲音，都讓我難以肯定。我張開眼睛，見到佛切克蹺著腿、閉著眼睛，他在想像著即將到來的這天嗎？我不確定。帶疤的那位視線望向窗外，避開他的老大。我的手差點要伸去拿手機，只是想看一下，只是想確定。我調整領帶，清了清喉嚨，強迫自己看向街道，思考我的下一步。阿圖拉斯在計畫什麼？是時候該搞清楚眞相了。

我們愈接近錢伯斯街，我就愈相信我的答案就躺在地下停車場的那兩輛廂型車裡。

47

我們在七點三十分剛過不久抵達錢伯斯街，太陽早已把法院冰冷的階梯照得暖烘烘的。離佛切克潛逃出國的時間還剩不到八小時，我得從佛切克身上盡可能挖出所有訊息，並在下午四點以前找到一位能信任的探員。

佛切克、阿圖拉斯和維克多全都跟著我一起下車走向法院大門。

「你先。」阿圖拉斯說。於是我走在前面，三步併成兩步踏上階梯，往安檢關卡走去。來到較高層階梯便能看見大廳入口，今天這些安檢警衛我全都不認識，對他們毫無印象。我手上沒有公事包或其他律師常見的配備，這次不用擔心安檢人員發現炸彈了，它不在我身上，但我有一罐非法的追蹤辨識噴霧、小黑燈，和一支手機，如果被俄羅斯佬看到其中任何一樣就完蛋了。

我走到距離入口約六公尺處，認出了一位警衛，他留著金髮，年輕又積極——漢克，就是昨天在巴瑞把我帶走前，想搜我身的那個小夥子。

漢克見到我過來，站在探測門前伸展指節。可以的話，他會對我進行全身徹底搜查。就在此時，我聽見一陣急促的腳步聲從身後階梯傳來。我轉身，看到比爾・甘迺迪特別探員朝我跑來，身邊跟著兩位我昨天見過的探員。

「弗林先生，眞高興我追上你了。我想爲昨天的事道歉，但我確實需要跟你私下談談。我們兜個風吧，不會很久，我保證。」

佛切克瞧了瞧探員，又轉向我。

「好吧，弗林先生。你可以跟探員走，我們會在樓上的辦公室等你。」佛切克說。「只要出庭別遲到就好。你不會想逼我不得不打電話，你說是吧？」佛切克靠上前，悄聲說道，「你要是敢耍任何把戲，我就殺了你女兒。」

「別擔心，我去去就回。」我說。

我離開佛切克，感覺到他的目光落在我身上。

其他探員不發一語，身材矮胖的紅髮探員領在最前頭，高挑健美的那位跟在我身後。

「我們要去什麼好玩的地方嗎？」

「去河邊，四十號碼頭。對了，」他指向後面那位高挑優雅的探員介紹，「這位是考森特別探員。」

「幸會。」我們握了握手。

甘迺迪指著前面的紅髮男子說：「這位是湯姆・列文特別探員。」

列文沒有伸手，只是點點頭，我也頷首回應，內心卻對目前的情勢無比清楚。佛切克之所以突然同意讓我跟聯邦探員去兜風，是因爲他的臥底探員也會同行，我說的每一句話都會直接傳回他耳裡。

「我們爲什麼要去四十號碼頭，甘迺迪探員？」我問。

「你等下就知道了，弗林先生……你等下就知道了。」

48

前往橋墩的路上，我們沒說什麼話。列文不發一語地開著車，考森坐在前座，我和甘迺迪窩在後座。

「碼頭那裡有什麼東西這麼重要？」

「你看過今天的《紐約時報》了嗎？」他問。

「還沒有機會看。」

他遞給我一份。我的相片出現在頭版，標題寫著：俄羅斯黑手黨審判持續進行。

「你看看下面的報導。」

我將報紙翻過來，看到我星期天瞥過的那張照片——一艘名為薩加號的貨船停在河岸。就是星期六晚上連同全體船員沉入哈德遜河的那艘船，報導感謝鄰近船隻的船員努力協助定位失蹤的人員與船隻。

「我們找到一名目睹薩加號在四十號碼頭附近沉沒的船員。哈德遜河是一條很大的河，昨晚終於尋獲了船體和部分船員。我們到了，你可以自己看看。」

我們停在一座高聳的對開鐵門外。一名警察揮手讓車通過，我們停在一輛紐約警局巡邏車旁。考森跟列文下了車，在通往碼頭的行人路口處等。越過大門後，太陽在遠處的河面上閃爍，雄偉的哈德遜河看起來波濤洶湧。甘迺迪和我加入兩名探員前，他向我走近，壓低音量對我說。

「你如果有什麼事想告訴我，就趁現在。」

「我沒有什麼要告訴你的。」我越過他的肩膀看向列文，後者正假裝在和考森閒聊，但偷偷留意著我。

「也是啦。」甘迺迪嘆氣。

有個問題一直在我腦海中盤旋，爲什麼我還沒收到吉米的訊息？肯定有什麼地方出了差錯，也許艾米不在那間公寓。要是俄羅斯人幹掉了吉米的手下呢？我抓住口袋裡的手機，握著它，想要用意志力讓它震動。壓力經常對我造成生理上的影響，好像一條巨蟒纏繞在我的脊椎上，一陣痛楚乍現，我呼吸並伸展讓脖子放鬆，試著整理思緒。我累壞了，幾乎沒有睡覺，身體也已經準備好宣告陣亡。

甘迺迪那雙硬底鞋踩在通往四十號碼頭船塢的碎石路上。我一直低著頭，腳步跟隨甘迺迪，聽到他停下腳步時，我抬起頭，恰好即時停在黃色封鎖線前。

隨著一聲低語，我的手機傳來震動。

一則訊息。艾米可能活著，或仍下落不明——或是死了。

血氣湧上我的臉龐令我難以呼吸，我得到答案了，但不能在列文身邊冒險查看。

考森和列文在前頭，背靠在船塢上，甘迺迪則和兩位穿著白色塑膠工作服的鑑識人員交談。我看見一艘海巡隊的船停泊在橋墩，還有幾位潛水夫在水裡。甘迺迪把我叫去一個帳篷，我曉得那是哪種帳篷，也曉得裡面可能會有什麼。世界各地的警察用的都是這種帳篷，避免他們尋獲的屍體受到汙染。

我將帳篷門拉鍊拉到底，裡面擺著兩個屍袋。這裡就只有我、甘迺迪，和兩個屍袋。甘迺迪背對著我，屈膝蹲在屍體旁。

我趁機拿出手機——找到她了。屋內淨空。制伏四男一女。艾米在發抖但沒事。

我兩腿發軟，雙膝跌在碎石地上，手摀著臉。我一次次無聲地感謝，頸部的疼痛似乎緩解了，彷彿有塊漆黑有毒的鉛塊威脅要粉碎我的心臟，卻憑空消失了。我大口深呼吸，突然間感覺自己已經準備好。

準備好幹掉佛切克了。

「他們半小時前把這些人送上運屍車，我要他們拿回這裡好讓你瞧瞧。」甘迺迪說。

「謝了——我最想在吃早餐前看這個了。這到底跟我有什麼鬼關係？」我說。

「你告訴我啊。」

甘迺迪屈著膝，將一隻手放在其中一個袋子上，水從拉鍊滲出。我知道為了要保存所有證物，在湖底或河裡尋獲的屍體通常會跟水一起入袋，有助於釐清死因或死亡時間。

拉鍊襯著死灰沉悶的袋子顯得閃閃發亮，甘迺迪將拉鍊往下拉，金屬鍊牙隨之分開。他先後將兩袋拉開，袋子裡各裝著一具穿海軍藍工作服的男性屍體，都是白人，看起來在水裡泡了超過二十四個小時，顯然皆遭人謀殺。我在第一位受害者胸口看見兩處槍傷，第二位受害者也有同樣的傷口。凶手熟悉槍枝操作，並集中射擊，但兩具屍體上的第三個槍傷強烈暗示了是專業殺手所為，明顯是基於保險起見而做，都是近距離頭部射擊。

「我猜你應該不期待在肺部裡找到泡沫了。」我說。

「不太可能是溺水，這些人是被處決的，下水前就死了，弗林先生。我們這條河最近沒什麼海盜出沒，當然也不曾看過這樣的事情。」
「你找到貨物了嗎？」我說。
「什麼都沒找到。」
「薩加號本來是在運什麼？」
甘迺迪沒有回應，反而抓住離他最近的那具屍體，將它胸口朝地翻過去，露出工作服背後的公司商標——麥勞夫林拆除工程。
「那麼，我們總結一下，弗林先生——案子開審前幾天的晚上，薩加號的船員遭人謀殺，貨物下落不明。昨天我得到可能有炸彈威脅的消息。兩者也許有關，也許沒有。我想要你來是因爲我不相信巧合，也不覺得你相信，我想讓你親眼看看你代理的是什麼樣的人……」
我無法將甘迺迪的話聽進去，我已經徹底分神了，有個畫面擠開一切在我腦海中浮現——開進法院地下停車場的廂型車。
「他們弄到多少？」我說。
「足夠把紐約市大部分的建築物搞得半死不活了。」
甘迺迪往前靠近一些看我，等我從實招來。
我最終什麼也沒說。我聽見身後的帳篷塑膠帳布外傳來一陣窸窣聲，早晨陽光勾勒出一道剪影，是列文，偷偷摸摸地抽著菸。
「聽著，我跟你老實說吧，弗林先生。我們昨天接獲情報，你跟你的當事人討論到一顆炸彈。今天我們發現有一大堆爆裂物遭竊，船員被處決。我不覺得是你殺了這些人，但我肯定你知道的比你肯告訴我的多。然後還有那個血。」

「什麼血？」我問。

「我昨天在你袖口上看到的血，也許那血是這邊其中一位的？」

我早忘記那塊血漬了——從我自己手上流出來的。昨晚我爲了嚇跑甘迺迪，最後放手一搏伸出雙手讓他上銬，印象中他瞥了我的手一眼。

「那是我自己弄傷的，玻璃杯在手裡裂開，是我的血。傷口在這。」我說。

甘迺迪檢查我的手。「我想這大概是你第一次跟我說實話。」他繼續勸說，「那就廢話少說，全部招來。」

「沒什麼好招的。」

「聽著，我知道你只是很緊張，你在保護你的當事人，諸如此類的。但現在需要被保護的人是你，我想要把你排除掉，才能把心力集中在你的當事人身上。所以，我希望你能同意我們搜索你的公寓。」

他從外套口袋裡掏出一張紙攤在我面前，是一張自願受搜索同意書。我想起昨晚站在被油漆封死的窗框前翻找鑰匙的畫面，鑰匙若不是昨天早上在車裡被打暈時從口袋掉出來……一個可怕的想法浮現，我感覺像被揍了一拳——阿圖拉斯要栽贓我，讓我看起來像個炸彈客。他拿了我的鑰匙，在我公寓裡布置某些足以定罪的證據，某些讓我跟炸彈連結在一起的東西。我沒辦法跟甘迺迪說，至少現在還不能，列文在旁邊偷聽，必須等蒐集到能扳倒俄羅斯人的證據，而且必須有力到足以推翻任何他們可能栽贓在我公寓裡的鬼東西。

列文肯定是感覺到我在看他，他走到帳篷前，拉開門簾。

「我們如果想準時回去，最好要出發了。」列文微笑說。

甘洒迪拉上屍袋拉鍊後站起身，從外套右手邊的暗袋裡拿出手機。

「簽下同意書，我們就能把你排除在調查外，集中火力在眞正的壞人身上。最後機會。」

他高舉手機。

「我對你無話可說。」我說。

他按開手機，撥下號碼。

「我是甘洒迪，我跟弗林在一起，他不肯簽搜索同意書。把宣誓書最後一段修改成以下內容：法庭成員兼律師艾迪．弗林，拒絕配合聯邦執法部門，因未排除他確有參與被懷疑之犯罪活動，對其住處進行搜索之合理請求。」他停了一下，讓電話那頭的人有時間寫，講話的同時眼神一直對著我。「他的拒絕缺乏合理性，且很可能妨礙並干預聯邦調查之進行。我們誠心請求法庭重新裁量搜索票的許可，以取得並保存重要事證。記下來了？很好，拿去給吉曼尼茲，愈快愈好。」

甘洒迪掛斷電話，難以克制臉上沾沾自喜的笑容。我思考著他的通話內容，這段話告訴了我很多事：聯邦探員已經嘗試過申請我公寓的搜索票但失敗了——因爲甘洒迪在請求重新裁量。如果探員急需一份搜索票，他們可以透過電話向執勤中的聯邦法官申請。我猜甘洒迪昨晚試過，但可想而知失敗了。首先，他的合理根據聽來很薄弱，用唇語讀出來的「炸彈」一詞、遭受生命威脅的聯邦證人，以及與我無關的爆破物竊盜案；再者，國會對特定職業有特殊保護的待遇——律師就是最被保護的那一群。

考量到搜索小組可能不小心找到受秘匿特權所保護的資料，搜索律師的公司或住處是很危險的。聯邦法官應該很樂意終止我受憲法第四條修正案所保障的權利，但由於這有可能侵害我當事人的權利，他們不太可能在沒舉行聽審的情況下，就核發搜索票。大部分的搜索票都是在沒有聽審的情況下，以紙本而非電話申請來的。探員會擬一份宣誓書，列出搜索事由與目標，十之八九都會獲准。如果牽扯到爭議事項，好比說搜索一名律師的住處，聯邦檢察官就得在聽審中爲其申請做出爭辯，那會花上一點時間。有些搜索票一天就下來了，如果該位探員走運的話，只要半天；但也有申請搜索票前，先花上好幾個星期準備的案例。

甘迺迪任由他的微笑轉變爲明目張膽、志得意滿的笑臉。

他知道搜索申請會被批准，我幫了他一把。身爲律師，我有義務要配合法院，這樣拒絕搜索，等同是親自將搜索票交給了甘迺迪。沒有一位法官會冒險拒絕搜索票的申請，因爲不想讓人以爲他們在保護手腳不乾淨的律師。

「是哪位法官負責審理這份申請？」我問。

「波特。我們時間訂在中午。」

現在是早上八點五分。

我的排程全毀了，中午一到，聯邦助理檢察官吉曼尼茲會替聯邦調查局弄到搜索票。他們大概早已派人站在我公寓門口，準備進行封鎖，確保沒人能拿走證物，並耐心地等待波特法官簽名過的文件。波特法官核准申請後，拿去給庭務員簽名蓋章，這個步驟大概會花個十分鐘，也許十五分鐘，接著要花四十分鐘的時間將原始文件送到我的公寓，才能開始合法搜索。我以爲在下午四點以前，我都還有時間把事情想清楚，現在我最多只剩不到五個小時。

我們往帳篷外走去，甘迺迪抓住我的手臂，另一隻手拿著自己的名片。「這是我的聯絡資料，認眞思考一下，你現在麻煩可不小。」

我看到列文拿出手機。

「不用了，謝謝。名片你留著吧。」我說。

甘迺迪把名片放回外套裡。

在我看來，比爾·甘迺迪是一位緊張兮兮但認眞勤奮的探員，他眞的在乎自己的工作，這很難假裝。在那當下，我很確定甘迺迪是一片眞心。我終究會跟他坦承一切，但得先掌握事情的全貌才能去找他。我不想讓俄羅斯佬知道我拿了他的名片，我得另外設法來聯絡他。

一個俄羅斯佬意想不到的方法。

49

聯邦探員開車送我回法院，一路上我們沒再交談，對此我很感激，這讓我有點時間思考。

我告訴自己，扳倒俄羅斯佬所需要的東西全在那個行李箱裡，擺在其中一輛廂型車後座的那個箱子裡，塞了薩加號上滿滿的爆裂物。

回程途中，列文一直透過後照鏡瞧著我，甘迺迪和另一位探員考森似乎完全不曉得列文有收賄。甘迺迪不會隨隨便便就懷疑自己人，不過我有個疑問：既然列文在調查局內部，他怎麼會不曉得聯邦探員將班尼藏在哪？

「所以你們今天早上要把證人X帶來法庭？」我說。

此話一出，考森和列文彷彿都豎起耳朵，興致勃勃地等著甘迺迪的回應。

「那是僅知原則下的問題，你們說是吧？」甘迺迪說。

「是。」列文和考森齊聲答道。

「事實上，他今天會到法院。我派了一個外地來的特別小組負責看管證人X，是證人保護計畫的人。就連我都不曉得他們把人關在哪，那樣比較好。直到證人保護小組將他帶至法庭前，責任歸屬都在他們身上，之後就由我負責維安。」

這完美解釋了一切，列文絕對是佛切克的人，這輛車上沒人曉得班尼被安置在哪。我覺得這挺聰明的，甘迺迪在我心中的評價瞬間提升。

「弗林先生，我今天會緊盯著你。」甘迺迪說。「如果我們在你家裡找到什麼東西，我會親自逮捕你。」

我搖搖頭，擠出一陣假笑，我的自信沒能成功說服甘迺迪。

「不是非如此不可，假若你知道有炸彈要被送去法院，得告訴我。」他說。

「你怎麼知道它不會已經在裡面了？」

「我們上上下下搜過了一遍，沒有找到。」甘迺迪說。

在我自問聯邦探員怎麼會漏掉廂型車以前，答案就出來了。如果有車子停在地下停車場，且該車輛出現在門衛的授權紀錄上，聯邦調查局便無權合法搜索這輛車，憲法第四條修正案杜絕了這一點。阿圖拉斯把整件事計畫得滴水不漏，我敢用我的衣服打賭，那兩輛廂型車一定在安檢的授權名單上。停車場是在七〇年代建成的，行刑室拆除以後，把地下室的天花板挑高了一層，偌大的地下室現能容納約兩百輛車，若要逐一搜查，探員大概得花上一個星期的時間來查出每輛車的車主，而且他們不得不查，因爲搜索票申請書要求他們通知登記過的所有權人。合法搜查每輛車太花時間，搜查小組只會大略從車外部檢查。破窗而入的風險太大，車子有可能是某位律師或法官的。

聯邦調查局的車子停在法院外，甘迺迪放我下車。

「記得我們講過的話。」甘迺迪說。

我不理甘迺迪，迅速步上台階。負責修復法院外牆的工人已經出現在他們高聳的移動式平台上了，粗實的鋼鐵纜線將平台從屋頂垂下來，停在離建築物頂端好幾層的位置，上頭的工人用電鑽鑿開石牆，清除沉積百年的汙垢，讓一陣細碎的棕色雪花落在排隊等安檢的人們肩上。

蓄鬍的胖警衛站在漢克身後，確定我有回來。俄羅斯人不擔心我進來時的問題，因爲炸彈已經在樓上了。然而，我身上有手機、噴霧、小黑燈，以及眞正的引爆器，我不想讓胖警衛看到任何一樣，於是直接插隊越過所有人，直直走向他。這次沒那麼緊張，因爲我想到一個低調許多的方法進去。

安檢掃描器在我經過時發出嗶聲，我忽視漢克的呼喚，走向阿圖拉斯的內應悄聲說：「甩開你兄弟漢克，我身上有錢，不想被他們發現。錢是要給你的——阿圖拉斯說我應該現在拿點額外的獎金給你。」

「沒事，漢克。這人我認識。」胖警衛說。他名牌上寫著艾爾汶·馬汀。

漢克二度無法搜我的身，還來不及抗議，我就向艾爾汶點頭，示意他跟我走。「我們去安靜點的地方，大廳裡有攝影機。我知道地下室有個好地方。」

地下室有個小儲藏空間——一間密室，前安檢主任艾德加在裡面偷釀私酒販售，供貨給熟客，例如我和其他幾個律師朋友，甚至還有法官。我記得哈利特別喜歡艾德加的「樹根汁」。

艾爾汶和我穿過大廳西側通往樓梯及地下室的雙開門。

我們下到停車場後左轉，進入一條昏暗無光的長廊，長廊深處有一道暗門，迎接我們來到艾德加的釀酒室。好險門還是開著的，裡頭的私釀設備都沒了，這裡以前是鍋爐室，但現在只剩一堆灰塵、摺疊椅和幾張桌子。艾德加被抓包，但沒被關，我記得哈利在他的懲戒聽證會上爲他說了好話，艾德加有法官撐腰，於是沒被開除。他被降職，少了一大堆職責，但保住了工作。哈利拿走他剩下的庫存作爲報酬。

我撐著門讓艾爾汶進來。

「我應該要現在付錢給你，但我想先確定你明白接下來會面臨什麼事。」我說。

艾爾汶看起來有些錯愕且困惑，儘管如此，在金錢的驅使下，他還是走進了漆黑的房間。我打開燈，趁他經過我的時候，右手伸向他的槍，俐落地解開壓釦，摸走貝瑞塔手槍。他聽到壓釦開啓時的喀啦聲，以及金屬物件摩擦皮套的聲音，反手抓住我的前臂。我左手往艾爾汶後頸一砍，便讓他鬆手跪倒在地。

「放輕鬆點，你搞不好還能活著出去。」我用他的槍指向他的後腦杓。「坐下。」

對一位身陷如此險境的人來說，他顯得相當冷靜。

他從角落的鐵椅堆中搬出一張，在我面前一點五公尺處坐下。我關上門。

「你讓俄羅斯黑手黨開那兩輛廂型車進法院。爲什麼這樣做，艾爾汶？」

「跟你一樣——錢啊。這工作薪水有夠低，我還有贍養費要付。別白費唇舌跟我說什麼你不只是爲了那點錢。」

「也許不是，但我不想爲了賺錢而殺人。廂型車裡有什麼？」

「他們說要用廂型車退場。如果佛切克被定罪，他就要開始逃亡。要是我事後被問話，也就只是放了幾輛車進來，把它們加到名單上——我怎麼會曉得是誰的車？就算我丟掉工作，家裡還有十萬美金，我做這煩人的屎缺可賺不了那麼多。」

「佛切克現在在哪？」

「他們在十九樓等你。」

「你有車鑰匙嗎？」

「沒有。聽著，我全都告訴你了。放我走，我就當這一切沒發生過。」

「我不能冒險，你有手銬嗎？」我說。

「當然有。」

「去角落那台暖氣機旁邊待著。」

艾爾汶起身，往右瞥了暖氣機一眼，旋即轉過身暴衝向我，同時抓起鐵椅往我頭上扔。我雙手護前，感覺到椅腳扎進手肘和手腕，撞飛了手中的槍。艾爾汶撲上前搶奪在地上旋轉的貝瑞塔，伸手抓住槍柄。我以左腳爲支點，右腿彎到身後蓄力，接著重重踹在艾爾汶的臉上。這射門肯定踢了三十五公尺——他的臉猛地向後仰，隨後撞向水泥地，癱軟的身體毫無生氣。

我撿回手槍，手指按在艾爾汶的喉嚨，發現還有很強的脈搏。他失去意識，不過還活著。我把他拖到暖氣機邊，將他銬在管線上，謹慎地拿下他腰間的無線對講機、手機，以及貝瑞塔備用彈匣，再把對講機和手機砸在牆上。在沒有光線且門被關上的情況下，短時間內應該不會有人發現他。我將槍和備用彈匣收進大衣裡。

我在停車場西北邊的角落找到第一輛廂型車，它之前直接開往這個方位。副駕駛座那側離牆約莫一公尺，一道外加的鐵製密碼鎖守著後門。這輛廂型車的底盤異常低，車上似乎裝滿東西，但深色玻璃窗讓我看不到內部。如果這幾輛廂型車配有警報器和防盜裝置，儀表板上應該會有紅色的燈光持續閃爍，就算是暗色窗也還是看得到。我仔細觀察一分鐘，沒見到任何閃光，這讓我很是滿意，能用老方法開門了。我下手前再次確認過停車場，一個人影也沒有。這個位置看不到警衛室，如果裡面有警衛，他們八成忙著做警衛的拿手絕活——看電視，放著監視器不管。我回到副駕駛側，用貝瑞塔槍托敲了兩下車窗，玻璃在第二次撞擊時碎裂。除非有警察或警衛特地走到停車場最深處檢查這輛車的副駕駛座，否則不會知道這輛車已遭人入侵。

我又等了一分鐘，確認是否有人聽到。

停車場裡毫無動靜。廂型車後座堆得滿滿的，一塊防水布蓋在上面。我拉下防水布，看見一堆貌似槍管的東西，包在亮藍色塑膠袋裡。起初我不曉得自己看到了什麼，但槍管堆左側竄出的電線讓我屏住呼吸。我循著電線找到一個黑色的塑膠大盒子，許多條電線匯集於此，電路板上裝著一個電子計時器，上面顯示00：20：00：00。我猜這代表二十分鐘，其他數值則是小時、秒和毫秒。這裡看起來沒有任何像是無線電接收器的物品，他們或許得手動啓動計時器，但這我不敢肯定，我只確定一件事——這絕對不是用來逃亡的車子。

另一輛廂型車停在反方向，位於東南邊的角落。兩輛車都停在法院兩側的承重牆下，副駕駛那側貼著牆面。第二輛車的窗戶沒那麼暗，我能看得到後座同樣被塞滿。它的底盤也很低，兩輛車應該裝著一樣的東西。我前一晚瞧見葛雷果搬進車裡的那只行李箱，就擺在副駕駛座上——銀色硬殼的新秀麗牌，跟阿圖拉斯昨天早上用來裝案件資料進法庭、放在樓上的那個一模一樣。我強行破窗開門，拿起行李箱要放在地上時，發現它出乎意料地輕。那個大塊頭葛雷果，昨晚可是用雙手扛起這個箱子的。

感覺不大對勁。

在打開箱子前，我閃過一個念頭，想衝上樓把甘迺迪抓來這裡。兩件事阻止了我：第一，警衛艾爾汶身上到處是都我的DNA，臉上還印著我的鞋印；第二，兩輛車都被我打開過，門把有我的指紋，我卻沒證據將俄羅斯人跟車子連結在一起。

一切取決於箱子裡的東西。我拇指劃過釦鎖，把蓋子掀開，以爲會在裡頭找到另一個引爆器，或阿圖拉斯在用廂型車策劃什麼的線索，也可能是某個能讓我搞清楚狀況的東西。但當我看清楚箱子內部的那一刻，忍不住把臉埋進手掌心。我閉上雙眼，賞了自己兩巴掌。二十四小時之內，我第二次感覺自己蠢到不行。

箱子是空的。

一個想法浮現腦中，箱子是空的——就跟我從阿圖拉斯身上偷到的第一個引爆器一樣，只有一個解釋說得通，一個稍能說明這一切的解釋。我找到電梯，按下按鈕，準備通往十九樓。在這之前，我花了幾秒鐘將貝瑞塔手槍藏進垃圾桶裡才進入電梯，上去頂樓和佛切克碰面。

50

佛切克、阿圖拉斯、維克多和葛雷果在十九樓的會客室裡，吃著外帶的早餐。

「有我的份嗎？」我問。

葛雷果遞給我一個外帶餐盒，裡面是一堆吃剩的鬆餅。

「聯邦探員想做什麼？」佛切克問。

「想說服我說出你對他們的證人造成威脅，如果我知道是什麼威脅，就該爲自己著想，向他們據實以告。我跟他們說你清白無辜，是美德的典範，能代表你出庭是我的榮幸。」

佛切克笑了。

會客室角落有個敞開的行李箱，跟我在廂型車裡找到的空箱一樣，是硬殼的新秀麗。如同它在地下室的雙胞胎，裡面空無一物。

或至少看起來空無一物。

鬆餅很油膩，但給了我精力，讓我的肚子不再崩潰地提醒自己已經二十四小時未進食了。

我趁用餐時間把事情再順過一次。

地下室的那個行李箱看起來大概長一百二十公分，寬六十公分，深四十五公分。地板上的那個箱子雖然外觀尺寸相同，但掀開之後可見深度只有三十公分。這說明了一件事：另外那十五公分的空間還在，只是被假的底板遮住了。跟我想的一樣。上電梯前，我仔細檢查過地下室的那個箱子，裡頭沒有隱藏隔層。

打從禁酒時代[1]初期，美國就是走私界先驅，底部作假的箱子當屬經典。這手法最棒的地方在於，無論誰來搜你的箱子，都只會對那鬼東西裡頭的物品感興趣，沒人會注意到箱子外部，而那是識破箱底有無造假的唯一方法。布料內襯的花紋經常會形成某種視錯覺，讓眼睛以爲這就是箱子的全部了。我之所以能辨認出差異，是因爲我才剛看過一個同款的新秀麗，對箱子實際容量有很強的視覺參考。

底部作假的箱子唯一的壞處是，只要你知道自己在找什麼，它通常藏不了多久。我決定來驗證目前爲止的推論。

我丟下空的外帶餐盒，跪在行李箱旁邊，闔上蓋子，將它舉起來掂了掂重量，跟樓下的箱子相比較，並在測試完後，準備帶著它走進辦公室。

「你在做什麼？」阿圖拉斯問。

「我要裝文件，出庭要用到它們。」

「把箱子放下，維克多會幫你處理。」

「沒關係，我可以——」

「把箱子放下！」

阿圖拉斯情緒失控了，他不想讓我對那個行李箱動手動腳，擔心我會找到隱藏的隔層。佛切克看上去有些困惑。

「阿圖拉斯，冷靜點。律師很努力了，他搞不好能成功，我們就不用……嗯，你曉得。暫時放過他吧。」佛切克說。

我放下行李箱，坐在沙發上，注意力停在會客桌上方的《蒙娜麗莎》畫像，霎時間，一個理論在我腦中成形。

假引爆器、胖警衛艾爾汶和底部作假的行李箱：這一切人事物所扮演的角色和功能，在我盯著這幅肖像的同時變得明朗。

搞懂這一切的關鍵就是《蒙娜麗莎》。從詐欺犯的角度來看，《蒙娜麗莎》自有其趣味，它是世界上最多贗品的畫作，那些贗品就掛在世界各地知名的藝廊與美術館中。每隔幾年，我就會在報紙上看到某種新的科學發現，聲稱某幅贗品實際上是大師眞跡。我對此一直很感興趣，仿造任何東西的唯一理由就是要調包，讓人誤以爲正版還在原處；事實上，他們眼前的其實才是贗品。詐欺犯最好的朋友就是僞造者。

阿圖拉斯昨天早上拿著通過安檢、裝有案件卷宗的行李箱，應該是我剛才在地下室看到的那個。葛雷果整夜留守法院，阿圖拉斯與維克多則和我一起拿錢去買通吉米。葛雷果晚上肯定去地下停車場調包箱子了，阿圖拉斯昨天用來裝資料帶去法庭的那個箱子，現在才會在地下室的車裡；而葛雷果昨晚放進廂型車裡的箱子，則躺在我面前的地板上。這就代表，眼前的箱子裡無論裝了什麼，如果阿圖拉斯昨天早上帶著它通過安檢，都會觸發警鈴，X光機也能看穿假的底部。

1 禁酒時期（Prohibition），是指從1920年至1933年期間在美國推行的全國性禁酒，禁止釀造、運輸和銷售含酒精飲料。

佛切克對箱子一點也不感興趣，他根本不曉得箱子被調包了。如果他對此事一無所知，我很肯定他也不知道廂型車、艾爾汶或阿圖拉斯帶了一眞一假兩個引爆器的事。

爲何要有一個假的引爆器和一個眞的引爆器？爲何要有兩個一模一樣的行李箱？爲何要僞造《蒙娜麗莎》？

都是爲了讓你在目標無所察覺的情況下調包。

我一直都以爲是我在騙俄羅斯佬。

其實是阿圖拉斯騙了我，但更重要的是，他也在騙佛切克。我有察覺到他們之間的關係緊張，也有看到阿圖拉斯摸著臉上那道疤。

佛切克站到我旁邊說：「五分鐘後開庭，弗林先生。爲了你好，我希望錢花得値得。要是東尼·傑拉多今天說出任何讓我捲進馬里歐謀殺案的證詞，我就會讓阿圖拉斯打給他女友，你女兒就能一邊娛樂我的人，一邊責怪你了。」

「東尼會閉嘴的。」我說。

阿圖拉斯從椅背上拿起西裝外套。

「穿上它，我們會趁中午休庭時放炸彈。」他說。

我再度感覺到裝置在我背上的重量，以及如此致命的東西貼在我皮膚上的駭人恐懼。既然聯邦調查局準備好要申請我住處的搜索令，我曉得自己大概撐不到中午休庭時間。

如果我想的沒錯，阿圖拉斯在對他老大使詐，但眞正的目標我仍然毫無概念。我依舊相信答案就躺在那只行李箱的夾層裡，我必須在阿圖拉斯不注意的情況下查看，而我完全不曉得該如何做到。

「給你。」阿圖拉斯遞給佛切克某個東西，後者檢查了一下，放進口袋。阿圖拉斯剛才給了佛切克一個引爆器。

一個假的引爆器。

51

除去乾淨的襯衫和領帶，我與昨天穿的是同一套西裝。不過無所謂，那點微小差異也是我平常會有的作風。一般而言，案件審理的第二天，我會穿同一套西裝，換上乾淨的襯衫和另一條領帶，進行到第三天才會穿別套西裝，第七天再換一套不同的。但任何案子都不會換超過三套，除非它持續超過一個月——那就會有五套，但絕對是我的極限了。我公寓裡有十五套做工極佳的西裝，每天穿一套新的不是問題，我也曾經這麼做過，然而這會讓陪審團注意到我，我發現了這件事，那可不好。

陪審員一旦對我的西裝竊竊私語，就代表他們沒認眞聽證詞，只是在想能每天穿不同西裝的工作有多爽，想著那些西裝有多貴，想著律師多賺錢，以及那罪人會花多少錢讓自己免於牢獄之災。辯護律師可能會遊走在證詞之間盡力取悅陪審團，卻依舊在彈指間讓他的當事人因爲各種理由被定罪。就算是最優秀的辯護律師也會毀於一套上好的西裝。我要是穿亞曼尼出庭，我的當事人不如直接開除我，找公設辯護人算了。

我平常出庭的服裝是一套樸素的褐色西裝，和一套海軍藍的西裝做交換，整套輪替，這樣陪審團就不會對我的銀行帳戶想東想西，繼續認爲我是個普通人，乾淨、專業、值得信賴。

陪審團耐心地等待法官。派克吩咐先帶他們進來，她馬上就會出席。陪審團很安靜，大多數人低著頭，其中一、兩人偶爾朝我看來。我沒看見阿諾，他大概跟蜜莉安說他被辯方擺了一道，身分曝光了。

陪審團沒有人看向蜜莉安，我昨天可把她給整慘了。即使如此，她還是有充足的時間重整旗鼓。官司有起有落、時好時壞，你可能前一秒勝券在握，下一秒便萬劫不復，這就是作證的過程：直接訊問、交互詰問、覆問和覆反問。大部分律師如果沒被阻止，會花上好幾天交互詰問證人，挑出證詞裡所有的枝微末節與細微差異，激動地點出證人稍不連貫之處，彷彿他們剛剛承認了自己在甘迺迪總統遇刺時，人就在草丘後面一樣。就我看來，那麼做大錯特錯，言詞交鋒的時間愈長，證人看起來就愈佔上風。

祕訣在於出手快速且正中要害，這樣才讓人印象深刻。

我把卷宗攤在桌上才意識到自己忘了某樣東西——筆。我拍了拍口袋，嘖了一聲，跟佛切克說我肯定把筆丟在哪了，得去跟法官助理借一枝。他點頭同意。琴恩給了我一枝備用筆，還附上一個可愛的笑容。

今天可能得應付四個證人，我必須減少數量。甘迺迪會拿到那張該死的搜索票，天曉得阿圖拉斯在我的公寓裡栽贓了什麼，八成是很糟的東西，會讓我跟他的計畫扯上關係，讓我被關到死。

「全體起立！」

所有人起立，阿圖拉斯大聲咒罵，我轉過頭去看。他掛斷電話，跟佛切克低聲說了幾句，帶著葛雷果離開法庭，留佛切克和我坐在辯方席，維克多坐在我們後面虎視眈眈。我不曉得發生了什麼事，希望那是因爲他們沒辦法連絡上艾爾汶，他大概已經清醒，很高機率還牢牢被銬在暖氣機上。我的直覺告訴我另一個可能——阿圖拉斯試圖聯繫伊蘭雅，但聯絡不上。如果他去檢查離這裡不遠的塞文大樓公寓，發現他們死了，而艾米不知去向，那一切就完了。阿圖拉斯會逃走，躲起來等待機會向我家人復仇。我現在不能想這個，艾米正安全地窩在一個黑手黨據點，外頭還有至少一整間執法機構在監視，所以她人很安全，暫時而言。

我回頭面向法官席，滿心期待會見到哈利坐在派克法官旁邊，但他不在。我需要哈利在場，以免我遇上麻煩。

蜜莉安站起身，她今天很小心，一個字也沒和我說。沒有紙條、沒有笑容，為了幫自己增加點優勢，她穿的裙子看起來比昨天那件還要短。

「檢方傳喚東尼·傑拉多。」

蜜莉安還沒發覺這是個錯誤的選擇。她想替受害者博取同情，但做得太早了，應該先讓那女孩的證詞出來才對。妮琪·布倫德將指出受害者遭人殺害的前一晚曾與佛切克發生衝突，她沒聽到爭執的內容，只是看到有人扭打，這會挑起陪審團的好奇心，到底爭執的內容是什麼？此時蜜莉安再傳喚東尼來說明一切，陪審團會把兩件事聯想在一起，他們最愛這麼做了。

我環顧法庭，看見東尼從容地走上證人席。我從他臉上的笑容大概猜到，為何蜜莉安要先傳喚他。她肯定意識到東尼沒打算要合作，只好切換成止血模式：從最壞的開始，早點解決掉，然後好好收尾。

佛切克緊盯著東尼，他大概在想自己的四百萬美金花在哪裡。他手中拿著引爆器，我能看到，在他手掌間露餡了。不過，真正的引爆器還好好待在我這。

東尼閃亮的銀色西裝實在很引人注目，配上舒適的乳白色鞋子、烏黑的絲質襯衫以及白色領帶——看起來活像個廉價皮條客。陪審團不大可能同情他。東尼的鞋子發出響亮的金屬喀啦聲，隨著他趾高氣昂的每一步在牆上彈跳迴盪。

他站上證人席，法官助理琴恩走上前。東尼的上下顎嚼得很吵，琴恩看見他在嚼口香糖時，露出一臉嫌惡的表情。琴恩對宣誓這個程序非常認真，認真到不行。她拿出一張紙巾遞到東尼嘴前，他配合地將口香糖吐在紙巾上。

「妳可以留著喔，寶貝。」他說。

他一手擺在《聖經》上，成功宣讀完卡片上的誓詞，在法官允許以前就坐下了。

「傑拉多先生。」蜜莉安開口，「請你向陪審團解釋，你與本案受害者馬里歐·傑拉多的關係。」

沒有回應。

「傑拉多先生？」蜜莉安問。

沒有回應，東尼就只是坐在那。陪審團往前靠了過去。

我低著頭，能感覺到蜜莉安的眼神好像兩道平行的雷射光，直往我衝來。

「傑拉多先生，請陳述你的出生日期以供記錄。」她說。

我聽到回答時，忍不住把頭壓得更低：我在吉米的餐廳裡預先準備好的答案，那個東尼銘記在心的回答。

「基於我可能危害到自身權益，我拒絕回答此問題。」

陪審團看向蜜莉安，又轉向我。蜜莉安的重心移至臀部其中一邊，嘴巴微張。她看上去很受傷，而且準備好要還以廣島核彈級的報復。陪審團永遠能發現事有蹊蹺，而當情況不對勁到這種程度，就好像有地鐵車廂在你面前脫軌一樣顯而易見，且慘不忍睹。

「容我提醒你，傑拉多先生，你和我的辦公室簽了免罪協議。你今天要是拒絕在此作證而破壞協商，就得入監服刑。」

東尼沒有說話。事實上，他犯了個錯，他開始笑。

蜜莉安的臉龐漲紅，一時間啞口無言。她本來想說什麼，但及時忍住。法官幫了她一把。

「蘇利文女士，妳可以提出請求，將這位證人視爲敵意證人，但在妳這麼做以前，我是否能提議休庭五分鐘，讓妳衡量該方案呢？」

就這樣，派克法官離開了法庭。

我起身坐在辯護人席的桌子邊緣，雙臂交叉，準備好面對蜜莉安不可避免的長篇大論。她果然沒讓我等太久。

「你這混帳，艾迪。你到底懂不懂自己在做什麼？干預檢方證人？你瘋了嗎？」

「沒有。我是他的律師，我恰巧在東尼．傑拉多涉案的那幾起毒品案件裡代表他。我只能說我非常晚才接到委託。」

「多晚？」

「我今天早上和他講過話。」

「我希望他能把你開除，找個更好的律師，因爲他即將被控持有且意圖供應、運送、經銷毒品，和其他任何我能想到的罪名。你跟我一樣清楚這是怎麼運作的，艾迪。互惠原則——沒有證詞，就沒有協議。你何不跟他說這個？」

「哇，等等。我能看一下他的協議嗎？」

蜜莉安一副我剛剛向她求歡的樣子。趁她還沒把我大卸八塊，她的一位助理把協議書影本遞給我。我對這協議再熟悉不過了，這是檢方的制式免刑協議，落到對的律師手上，它就有漏洞可鑽了。好多明顯到不行的漏洞。

「這是你們的制式免刑協議，上面寫明，我的當事人只要在本次審判中提供證詞，就不會面臨任何指控。協議中沒有詳述他必須提供什麼證詞，也不該如此。對證人下指導棋會害妳被取消律師資格。」我說。

她一聽到「下指導棋」，眼睛便睜得斗大。律師能幫證人準備出庭，但嚴格禁止教導證人在證詞中如何回答，證詞不能由律師決定。

「你覺得我在對證人下指導棋？他從哪學來第五修正案那段跳針回應的，艾迪？是你教他那樣說的嗎？你還好意思說我對證人下指導棋？他不會就這樣安全下莊的，你也不會。」

「他會。妳知道他會。沒有哪個法官會讓美國境內的任何人，因為行使憲法賦予的權利而遭到審判，不自證己罪特權是極其重要且不容退讓的。他是否因行使憲法權利而破壞協議並不重要，憲法的位階高於所有協議及從屬立法。換作是我就不會認他為敵意證人，他什麼都不會說，那只會繼續傷害妳的案子，陪審團會覺得妳在亂找證據，因為妳的論據弱到不行。就讓它過去。妳被黑手黨擺了一道，那又如何？再優秀的人都可能碰上這種事。傳妳的下一個證人吧，蜜莉安。」

若不夠聰明、強硬與殘忍，是爬不到蜜莉安的位置的。她曉得東尼・傑拉多沒救了，但她沒打算就這樣放過我。

「昨天那齣是怎麼回事？你提到炸彈？」她環臂抱胸。

「妳的陪審團顧問是個爛貨，這可能是他自己瞎掰出來的，否則就是他誤讀，或把我的話斷章取義。妳不能仰賴他。說到底，妳幹嘛找個像阿諾那樣的人？我一直以爲妳作風正派。」

「我不曉得他會讀陪審員的唇語，只知道他能判斷結果。他跟你一樣，艾迪。你不在乎自己如何得到你要的結果，你只想贏。我認爲你確實有提到炸彈，不是眞的炸彈，想像中的。我認爲你想搞無效審理。」

「鬼扯。我只是在盡我的本分。」

蜜莉安在我轉身要離開時，抓住我的手臂。

「你才是爛貨，艾迪。在法庭上代表那種人渣就是你的本分。」她說，還朝東尼點了一下頭。

最後一位陪審員依序走出法庭，東尼在證人席上起身。

「嘿，小姐，別把我講得好像犯了什麼罪一樣，我是個虔誠的基督徒呢。」他說。

蜜莉安對東尼露出凶惡的表情。

「好了東尼，別踐個二五八萬的，畢竟你確實犯了罪，否則也不會被捲進這種鳥事裡。《聖經》對此又有什麼好說的？」我說。

東尼抓過《聖經》，衝出證人席。警衛跑向前，但我舉起一隻手，朝他們搖了搖頭，讓他們曉得這不要緊。東尼把《聖經》用力塞進我手裡說，「你應該讀讀這本經典，弗林先生。你也許會學到些什麼。」

東尼坐回他的位子，我回到辯護人席，將《聖經》放在桌上。就像我們稍早在吉米那裡講好的，東尼對我傳了教，這突發舉動似乎也娛樂了佛切克。我深深嘆了口氣，維持著面向左側的站姿，好讓我能背對佛切克。我打開案件卷宗，從資料裡拿出馬里歐的醫療檢查報告，用雙手將其擺在《聖經》上，好遮掩接下來的動作。我把右手小指卡進去翻書，找到夾在內頁的東西，以兩隻手指推出，藏於《聖經》和醫療報告之間。接著，我拿起報告，墊在底下的手指順勢帶上信封。我將報告連同藏在其下的信封擺在桌上，並將《聖經》交還給庭務員。

這招叫乞丐騙術。這門藝術最頂尖的大師，大多住在巴塞隆納，全球詐欺犯的首都，我就是在那偉大的城市親眼見識了這門騙術。當時我和克莉絲汀帶著艾米去那渡假幾天，我們坐在一家咖啡廳外享受著陽光，我注意到一個流浪漢晃來晃去，手裡拿著一張護貝過的卡片，和雜誌差不多大小。他靠近我們隔壁桌的一對中年英國夫妻，那位丈夫對太太的態度奇差，說她穿夏季洋裝看起來很肥。說眞的，這招遇到好一點的人還沒用。那位流浪漢把護貝卡放在桌上，同時拍手禱告：「拜託看一看，拜託看一看。我沒有英文。」

那位英國丈夫讀了卡片，內容想必是跟流浪漢的家人有關，精闢而賺人熱淚的故事，文末請求讀者給帶著這張卡片的男子一點錢。英國丈夫讀完後，揮手要他離開：「不要、不要、不要。滾開，你這髒東西。」那位髒東西於是謝過英國丈夫，從桌上拿走他的護貝卡，用那張卡擋住他的順手牽羊，順走了英國佬的手機和錢包。他一開始就刻意將卡片擺在那些物品上方，好掩飾他的行騙手法。

同一個人來到我們這桌，我在他把卡片放到克莉絲汀錢包上之前，就拿出一些現金，朝他眨眼。他收下錢，也眨眼回應。我當時已經收山了，但看到人才時還是會欣賞。

蜜莉安伏案工作，我翻過案件卷宗，取出所有的犯罪現場照片，飛速拂過那份醫療檢查報告，用摺起來的幾頁遮住信封，同時手指翻弄著——打開信封，把相片混進犯罪現場的照片裡。我把報告放在一邊，瞧著桌上的一堆照片，不仔細看不會發現這堆照片裡有哪些格格不入。佛切克的注意力不在我身上，但爲了防範他突然看過來，我把照片疊成一堆拿在面前。

這些照片就是一切麻煩的罪魁禍首，害馬里歐慘遭殺害。有兩張照片，第一張拍的是佛切克、阿圖拉斯，還有第三名男子入座要用餐。照片是在一間昏暗的餐廳拍的，大概是在西洛可俱樂部。佛切克肯定發現馬里歐在拍照，立刻威脅他。夜店舞者妮琪．布倫德見到的就是這一幕。

照片中的第三名男子身穿海軍藍西裝和一件白襯衫，留有一頭整齊紅髮、細心照料的小鬍子，還有大大的笑容——湯姆．列文。佛切克跟聯邦探員共餐時被偷拍了，馬里歐肯定認識列文，我記得東尼早上在餐廳跟我說，馬里歐被聯邦探員抓到過，還因此在里克島監獄關了五年。他也許在那裡遇上列文，或者更有可能的是，列文正是當時抓他的探員。佛切克一定花了很多時間跟金錢來收買列文，不想因爲馬里歐這種白癡，就失去如此重要的資產。重點是，會想勒索俄羅斯黑幫的人，肯定是個白癡。

第二張照片是在不同地方拍攝的。夜晚的停車場中有阿圖拉斯、列文還有另外三名男子。一開始我認不出他們，接著我轉頭，發現他們就坐在法庭裡。一位日本人——山口組，另外兩位是其他幫派的代表。昨天早上佛切克走進法庭時，就是同一夥人起身鼓掌。吉米跟我說過，佛切克和其他人關係不好，抗拒跟其他犯罪集團合作，此舉讓他的生意蒙受損失。想必是列文安排了阿圖拉斯和三位幫派首腦的會面。我還不知道他的目的，但我敢確定，這張照片能說明阿圖拉斯要矇騙他老大的一部分原因。

我好想朝東尼親下去。列文和佛切克在一起的照片能讓我說服甘迺迪，或許也能救我一命。我在法庭裡四處張望，看見甘迺迪坐在蜜莉安身後幾排的位子。我沒見到列文或考森在他旁邊，這讓我更方便行事，但還是得設法私下與他交談。

我快沒時間了，必須先下手爲強。我本希望能先看一下行李箱再去跟甘迺迪講話，但時間緊迫。

維克多發現我在看行李箱。剛剛若有機會看一眼，所有謎團都能被解開，但現在這麼做風險太大了：周圍人很多，維克多也不會隨隨便便讓我靠近那鬼東西。

我的手錶顯示爲上午十點五分，距離搜索票申請剩兩小時。我轉過去看向甘迺迪，他正在看錶。一種恐怖的情緒淹沒了我，甘迺迪可能在說謊。助理檢察官吉曼尼茲也許已經在和波特法官會面了，如此一來，在他們破門闖進我家以前，我只剩不到一個小時。我愈來愈相信俄羅斯人在我家栽贓了能讓聯邦探員將我定罪的鐵證，直指我試圖炸死小班尼。我祈禱自己想錯了，想錯甘迺迪，想錯俄羅斯佬。我內心深處很清楚，兩個揣測裡至少有一個會成眞。

52

派克法官和陪審團回到法庭。蜜莉安讓東尼．傑拉多離開了。哈利依然不見蹤影。我沒有問題要問東尼，於是他自信滿滿地從證人席走出來，彷彿自己是法蘭克．辛納屈[1]。

「檢方傳喚拉菲爾．馬丁尼茲警官。」蜜莉安說。

蜜莉安會在詢問馬丁尼茲時捲土重來，他的陳述裡沒有多餘的細節或推論，只是重述事實。這個案子不需要加油添醋，他在死者家中將班尼逮個正著，之後班尼供出俄羅斯黑幫的老大涉嫌謀殺。

馬丁尼茲是一名帥氣、年近四十的西裔男子，身穿合身的西裝。他胸有成竹地走向證人席，但沒有太自以爲是。他手中的那疊文件貼滿便利貼，標記出重要部分，讓陪審團看見他做了充足準備。馬丁尼茲抬著頭，雙眼直視陪審員，他沒什麼好怕的。

「馬丁尼茲警官，你能和陪審團成員說明你的職級和工作經歷嗎？」

蜜莉安又失誤了，一次問兩個問題。她應該更專業的，我想她是被緊張情緒給影響。差一點的律師可能到這裡就投降了，但蜜莉安強勢回歸，不到十分鐘就抓回節奏，馬丁尼茲於是在接下來的三十分鐘，對班尼的自白和控辯交易侃侃而談。

堅不可摧。

她得到最後一個回應後，轉身背對證人，在走回檢察官席前先朝我走來。

她微笑說道，「證人交給你。」

我若試圖讓馬丁尼茲動搖，絕對毫無勝算。有時候，有些證人你動不了，馬丁尼茲肯定就屬於這類人。我決定速戰速決，問他那些蜜莉安在直接訊問裡沒碰到的部分。

「馬丁尼茲警官，請打開卷宗到卷三、表三、第三頁。」我在交互詰問裡不會使用「請你？」或「你能否？」這種說法，一切都應該是陳述而非提問。人們都說好的律師從不提問，除非他們早就知道答案。此言爲眞，但這不是因爲律師知道的比其他人多，是因爲我們在題目裡，就在引導你說出我們想要的答案了。

馬丁尼茲找到那一頁，上頭用了一張黃色便利貼來標註。

「警官，這是一張照片，上頭是一個在公寓裡找到的破相框？」

「是。」

這個回應深得我心。我轉向陪審團一笑，頓了一下，才重新面對證人。

「這張照片底下的描述是『破相框』，但沒告訴我們裡頭有幾張照片，對嗎？」

他眯起眼睛，看起來有些困惑。「是的，並沒有。」

我露出滿意且理解的笑容，再度轉向陪審團，緩慢且愉快地重述了一次馬丁尼茲的回應：「是的，並沒有。」將之展示給陪審團，好像這是一番苦戰後贏回的獎品。陪審團點點頭，他

1 法蘭克．辛納屈（Francis Sinatra, 1915—1998），綽號瘦皮猴，著名美國男歌手和奧斯卡得獎演員。被公認為二十世紀最優秀的美國流行男歌手之一。

們還不確定我贏了什麼，但看上去很感興趣。蜜莉安沒有反應，一臉無趣至極的表情。所有優秀的律師，在認爲對手拋出震撼彈時，都是如此反應，一臉不在乎，期待陪審團因此產生動搖。事實上，那些問題不是要給陪審團聽的，是給甘迺迪——我想要他思考相框的事。

「法官大人，請問我能和我的當事人商討一下嗎？」

「可以，弗林先生。」

我傾身跟佛切克低聲交談。「你早餐吃什麼？」我問。

「你的最愛，鬆餅。怎麼了？」

「只是在耍檢察官，讓她以爲我在籌劃什麼大計，就是要她緊張。我覺得我們快要被判無罪了，你也不需要用到炸彈，但有些事我得知道，我必須先知道小班尼會跟陪審團說什麼。檢方只缺動機了，我猜小班尼會提供動機，所以我得搞清楚你爲什麼下令殺馬里歐．傑拉多。相框裡藏了什麼讓你這麼想要？」

阿圖拉斯不在場，無法給他建議，維克多看起來頭腦不太好使。

「弗林先生，你還有任何問題嗎？」我假裝沒聽到法官的詢問。

「快點，告訴我。我可以毀掉小班尼，但如果不知道他在證人席上會說什麼，我便會束手無策。相框裡放的是什麼？」

佛切克雙手在大腿上來回撫平他的褲子，再次陷入沉思。

「馬里歐拍了一張我跟某人的照片，那個人私下爲我工作，一個很接近執法機關的人。他是我最重要的資產，我不能冒險失去他，但馬里歐想要用那張照片換錢。我派小班尼去殺了他，並毀掉證據。」

「他拍了幾張？」

「一張，沒有副本，阿圖拉斯跟我說的。我想付錢了事，阿圖拉斯卻想表明態度。」

「然後阿圖拉斯告訴你相片只有一張，就是馬里歐在西洛可俱樂部拍的那張？」

「對。」佛切克點頭。他的眼神自然，面部肌肉放鬆，雙手打開擺在大腿上。他講的是實話，我只需要知道這樣就好。

阿圖拉斯對馬里歐下手，是因爲他知道馬里歐還拍了另一張照片——他跟其他幫派以及山口組會面的證據。這事若被佛切克知道了，阿圖拉斯大概會看到自己的名字出現在撕去一半的一元盧布上。所以他讓小班尼殺了馬里歐，並毀掉照片以煙滅證據。

沒能檢查行李箱的情況下，我能查出的也就這麼多了。

上午十點四十分。

我不能冒險花更多時間，我得在甘迺迪拿到搜索票以前和他說話。

53

「弗林先生，你還有問題要問這位證人嗎？」派克法官句尾帶著不耐的咬牙嘶聲。

「法官大人，能容我再跟我的當事人談幾分鐘嗎？」

「休庭十五分鐘。」派克法官宣布。

她起身時點了點頭，這對我來說是好事，我大步跨上走道。

「我去上個廁所。」我對佛切克說，並聽見維克多起身的動靜，他跟著我走向法庭大門。我朝甘迺迪靠近時刻意放慢腳步，維克多低沉的腳步聲迴盪身後，在我有意朝探員走去時愈發接近。

離甘迺迪只剩一點五公尺。

我加快腳步，拉開我跟維克多的距離，眼神緊盯在聯邦探員身上。甘迺迪見我盯著他，準備要起身。我猛地伸出左手抓住他的領帶，將他扯起來與我面對面、鼻子貼鼻子、胸口貼胸口，於此同時，我的手不著痕跡地伸進他外套裡。

維克多過來以前，我有足夠時間簡短說一句話，就三個字。

「相信我。」

甘迺迪當我瘋子一樣推開我。我踢開法庭大門，通過大廳人潮，把自己關進無障礙廁所裡。十分鐘後我聽見敲門聲，以及低沉的斯拉夫嗓音。

「哪也別想去，律師，我在等你。」維克多站在外頭守著。因爲休庭的關係，法庭裡的人都走了出來，背景音愈來愈吵雜。我伸手進口袋，拿出甘迺迪的手機，打給我加密手機的號碼。響了四聲後，甘迺迪接了起來。

「這什麼鬼？」他說。

「我是艾迪·弗林，你大概已經猜到了，我拿了你的手機，你想必在來電顯示上認出了自己的號碼。你手上那支電話是我的，抱歉我早上沒辦法拿你的名片，我得打電話給你，但沒有你的號碼，只好調包手機了。事情是這樣的，我被俄羅斯黑幫綁架了，需要你的協助。你的朋友湯姆·列文在爲他們工作，他們綁走我的女兒，我身上還有他們的炸彈。看來你今天要很不好過了。」

54

我將手機緊貼耳朵，盡可能用最低音量說清楚。「我推測最有可能的是阿圖拉斯在計畫篡奪兄弟幫。他在設計自己的老大，但我不曉得他要怎麼做。」

「你瘋了，弗林先生。」甘迺迪說得快又簡短。

「可能吧，但我說的這件事情是眞的。馬里歐・傑拉多被殺，是因爲他看見湯姆・列文和佛切克一起用餐，還拍了照片。班尼從沒說他爲何殺馬里歐，那是因爲馬里歐試圖拿照片來勒索佛切克。還有，阿圖拉斯背著佛切克在跟其他幫派領袖碰面，跟對手搞在一起這是禁忌，除非你打算跳槽，或拿下自己所屬的幫派。你那裡有列文的照片，就在外套右手邊口袋裡。」

這就是我的計畫，我把一切都押在甘迺迪身上，賭他會相信我，並逮捕俄羅斯佬。但我不敢告訴他全部，包括我外套裡的炸彈、樓下的廂型車，我都沒有證據能將它們跟兄弟幫連起來，廂型車和炸彈上還有我的指紋。我得先確定他信任我，才能告訴他一切。我等了幾秒。

「看到了？」

「這能證明什麼。」

我的背垮在廁所牆上，靠著磁磚往下滑。一陣空虛自胸口蔓延至喉頭。

「什、什麼？」

「這跟你無關就是了，但列文探員當臥底好幾年了，他的任務是滲透進黑幫。他要是跟佛切克吃過不只一頓晚餐，我也不驚訝。」

「但我在葛雷果的皮夾裡找到一張聯邦探員的卡片，後面手寫了一支號碼，那是列文的號碼。如果他多年前開始臥底，那就是在某個時間點跳槽過去了，他正在為俄羅斯黑幫工作。我早先沒辦法和你說這些就是因為他在聽，並直接回報給佛切克。」

「湯姆．列文是受動探員。我需要更多證據才行。我得說，弗林先生，你的故事有點扯。我們知道你戒酒一段時間，剛剛才回來執業，你狀態還好嗎？」

我抹了抹臉，拚命想辦法。

「看一下你找到我手機的那個口袋，有一支手電筒，那不眞的是手電筒，是黑光燈。佛切克給了我一百萬來買通東尼．傑拉多，我標記了從俄羅斯人那裡拿來的錢。去檢查維克多的右手，你會看到化學痕跡。我有一百萬現金在朋友那，這兩組痕跡會對上，可以直接追回到兄弟幫。我在法庭對面的廁所裡，維克多在外面等，去看他的手，我再打給你。」

「跟你說一聲，我們跟波特的聽審被提前了，吉曼尼茲正在波特的辦公室外面等。聽審不會太久，順利的話，一個小時內就會讓探員們進到你公寓裡。」

我的後腦杓撞了一下磁磚。

「你們沒被提前，聽審一直都會在十一點舉行，你只是沒有先跟我說。」

甘迺迪掛斷電話。

他要我，第二次了。第一次是用同意書來確保他能拿到搜索票，這次是搜索票聽審的時間。但更糟的是，甘迺迪對我的故事不買帳。我再度考慮是否要叫他去地下停車場搜那兩輛廂型車，但這太冒險了，廂型車上沒有任何證據能指向兄弟幫，只會狠狠燒回我自己身上。我打給哈利，但他沒接，也有可能他不認識這個號碼，所以沒接起來。

甘迺迪的手機震動了，來電者顯示爲安迪．考森，我早上見過的另一位聯邦探員。

「是。」我盡可能模仿嚴謹正直的甘迺迪。

「有狀況了——槍擊事件。」考森說。

「哪裡？」我試著讓聲音聽起來很關心。安東尼和蜥蜴爲了救出艾米，留下一堆俄羅斯人屍體，我知道聯邦探員介入只是遲早的事。

「小義大利區。菸酒槍炮及爆裂物管理局請求我們的援助。」

手機滑落，我迅速撿起。

「你在聽嗎，老大？」考森說。

「有，我在聽。小義大利哪邊？」

「你聲音怪怪的，這邊的收訊肯定不太好。總之，是在茂比利街，吉米．費里尼那裡，有七人死亡，大約二十分鐘前發生的。你覺得這跟佛切克的人今天早上被殺有關嗎？我覺得也許有。要在帽子吉米的餐廳裡開槍，武力也得很驚人才行。我猜是俄羅斯人爲今早塞文大樓的事報仇。我們要是不小心點，可能會引起幫派大戰。」

我把拳頭硬塞進嘴裡，低聲尖叫，全身因驚嚇而動彈不得。

「你還在嗎，比爾？」

我腦中出現一個問題，像子彈一樣灼燒、刺穿我的頭骨。我雙手抓著手機，張口想說話，但吐不出半個字。我要是不問出來，頭會自己裂開，但我曉得，要是我得到那個令我恐懼的答案，我會活不下去。

「有……有……？」

「你聲音斷斷續續的，老大。」

我把頭靠在牆上，把話說出口。

「有一個小……一個金髮小女孩死在那裡嗎？」

「我手機裡有菸酒槍炮及爆裂物管理局傳來的信。我看看。」

維克多敲了敲廁所門，我按下馬桶沖水鈕，手因爲指甲刺進掌心而開始流血。

「沒有，沒有任何小女孩的資料。他們說門口有兩個人，還有一位女服務生和三位正式成員，其中一位是安東尼．費里尼。幾個人拿著機關槍進去，從後面的暗道離開。我去調查一下再跟你說。」

考森掛上電話。我撥給吉米。

他立刻接起，我能聽見背景有汽車引擎和喇叭的隆隆聲響，吉米在移動中。

「吉米……我艾迪……俄羅斯人突擊你那裡，安東尼死了。我猜艾米在他們那邊。」

「我知道，我聽說了。我接到電話的時候，蜥蜴和我在藏你給我們的錢。你等著——這事還沒完。要是他們想殺她，他們就會朝她開槍，把她留在餐廳裡。她還活著，這點我很肯定。我要親自處理這件事，安東尼是個好孩子，我姊姊知道以後要鬧自殺的。艾迪，我不可能讓隨便哪個人覺得，他們能走進我的地盤，幹掉我的人後離開。大家必須看到我親自處理這件事，你明白的。那些混帳死定了。」

「吉米，你不能開戰。艾米在他們手上。」

「我不能放著不管。我們會在法院外等，一看到佛切克和他的人就會開火。」

他掛斷。

我衝去水槽往臉上和頭髮潑冷水。阿圖拉斯肯定是跑去公寓確認艾米的狀況，不用動腦也知道是誰背叛他，以及他們帶艾米去哪。我好蠢，我不該讓安東尼帶艾米回餐廳的，我更沒料到阿圖拉斯會對吉米全面宣戰。他的行爲逼吉米親自出馬，若不狠狠宰掉這些人，這一帶所有不入流的皮條客都會以爲能對吉米爲所欲爲了。

甘迺迪的手機再度響起，來電顯示是我拋棄式手機的號碼。

「我看到維克多手上的標記了，不太容易，他差點看到手電筒。我還是不認爲這能證明什麼。我打去我的辦公室，請一位探員打給你太太。我不曉得你給我的手機是怎樣，但我辦公室的人花了好大一番工夫才回電給我。總之，你太太說你的女兒在長島校外教學，她沒有申報你女兒走失，你也沒有。別騙我了，我知道你想要求助，但你得跟我說實話。我們有你的資料，很清楚你的過去，你當過詐欺犯，但你騙不了我。幫個忙，告訴我眞相。」

我吐氣，緩慢而輕柔地說話。

「甘迺迪，我跟你講的就是眞相，你要是不相信我，那你可以去死了。我會自己了結這件事。」

55

我回到法庭時，佛切克轉頭看我。我坐回椅子上，感覺到他靠過來想對我講話。

「你處理完警察後，下一個是舞者，對嗎？」他說。

「對。他們會把班尼留到最後。」

「舞者上場之後，你得計畫放外套的事了。當然，你也可以選擇自己穿著站到班尼旁邊，讓我炸了你。你自己決定。」我轉頭面向他，看見他手裡的引爆器。

「你其他手下呢？」我說。

「去確認你女兒。別忘了你在這裡的任務，弗林先生。你幹得很好，但我不能冒險，不能把這個案子交給陪審團。我們午餐時間就來放炸彈。」

我別開視線，閉上眼睛把所有事情再想過一遍。我轉著琴恩的筆，輕柔的旋轉聲彷彿吸走人群的噪音。甘迺迪那邊我搞砸了，哈利人不在，我手上沒有任何有力證據，把俄羅斯佬跟艾米的綁架、我外套裡的炸彈或廂型車扯上關係。我也沒辦法冒險宣稱有炸彈威脅，法庭警衛會清空整棟大樓，佛切克會逃走。不行，我要是讓警察知道任何一個炸彈，艾米就死定了。

只剩一個選項。

我朝派克的庭務員示意。

「琴恩，幫我個忙，跟庭上說有事情發生，我跟當事人需要再多十分鐘的時間。眞的就十分鐘。」

「現在十一點五分了，艾迪。她今天想讓案子有進展，要是她回到法庭而你不在，你每遲到一分鐘就會被罰五十美金。我見她兩個星期前對可憐的老朗崔先生這樣做，你知道他有前列腺問題，他姊姊跟我說——」

「抱歉，琴恩。我得去跟我的當事人開會，很快就回來。可以的話請幫我拖住她。」

佛切克一臉困惑。

「我想到某件事，但我們不能在這談，去大廳找間會議室。」我說。

「是什麼事？」

「跟你說了，不能在這裡。有人在聽、在看。相信我，值得的。」我邊說邊把文件塞進箱中，拖著新秀麗行李箱往法庭大門走去。

「把文件留在這。」維克多說。

我沒理他，轉頭確認佛切克有跟上。一秒過後他起身，扣上他的西裝外套，跟著我一起走出去。維克多再度要抗議，但佛切克讓他閉嘴。

最近的會議室顯示有人使用。

我沒敲門便直接推開，將箱子抬到房間角落。一位年輕律師和他的當事人正在交談，桌上堆滿文件。

「抱歉，我需要用這間。」

「搞什麼鬼？我們正在討論案情。你們不能就——」

「現在出去，不然你會被揍。」

年輕律師站起身來。他體格良好、態度積極，不願和律師前輩在當事人面前把事情鬧大。

「怎樣？你要揍我？」他說。

「一般來說，是這樣沒錯，但不是今天。不過你要是現在不滾，他會揍你。」我指向站在門框下的佛切克。

年輕律師的當事人見到俄羅斯黑手黨老大，拖著他的律師出去了，連文件和律師公事包都丟下不管。維克多一腳踏進會議室，被我推出門。

「就我跟當事人，寶貝。」

維克多推回來。

「確保我們不會被打擾。」佛切克說。

維克多不情願地關門離開。牆上一整排厚重的隔音物，讓屋內的隔音效果稍微好些。所有的會議室都有相同的配備，因爲在那些房間裡交談的內容都是機密，且受秘匿特權保護。只要我們不吼不叫，維克多不會有辦法從厚重門板的另一頭聽到對話。

佛切克坐下，手指交扣擺在腹部上，不疾不徐地將注意力轉到我身上。我雙手靠在椅背上，傾身湊向佛切克，小聲說話。

「我接下來要說的事會很嚇人，別嚷嚷，這場會議只能有你跟我。跟你攤牌吧，奧雷克，我試圖要背叛你，但失敗了。不過現在這些都不重要，因爲我是唯一能讓你活下去的人。」

56

佛切克手擺在桌上，準備要朝我撲來。

「你很清楚叛徒的下場是什麼——」

「我說我失敗了，吉米的人找到艾米並帶走她，而且沒錯，殺了公寓裡的所有人。換作是你女兒，你也會做同樣的事。阿圖拉斯剛闖進吉米的餐廳，殺了幾個吉米家的人，並且把艾米搶回去。但情況有變，那已經不是重點了。聽著，你有比我更重要的問題要解決。」我把馬里歐在停車場拍到阿圖拉斯的那張照片扔給佛切克。

他稍微起身看照片，又坐回去，脖子上浮出一道青筋，唇齒間發出低沉的嘶嘶聲。

「這是小班尼殺了馬里歐以後，燒燬的其中一張相片副本，我從東尼那拿到的。不用我說你也曉得照片裡是什麼，你的小弟阿圖拉斯跟你的競爭對手碰頭了。相片裡的人就是昨天你走進法庭時，對你拍手的那群人。幾分鐘前我問你馬里歐拿幾張相片勒索你，你說『一張』，所以我猜你不曉得有這張相片的存在。我的推測是，這是阿圖拉斯想要馬里歐死的眞正原因。是阿圖拉斯建議你殺掉馬里歐的，對吧？」

他的視線和我對上，點了點頭，眼神轉回去盯著相片，嘴角開始顫抖，接著緊閉雙唇。

「阿圖拉斯早在你殺馬里歐前，就計畫要加入敵對陣營了。有人告訴你，馬里歐想要用錢換你跟聯邦探員線人的照片，而我明白你若失去這一大助力會很痛苦，但因爲馬里歐威脅到聯邦探員線人而下殺手，並不是和義大利黑手黨開戰的好理由，我不認爲值得爲這冒險，我猜你當時也不認同。阿圖拉斯說服你下令殺人，他需要一位親信來殺馬里歐，並摧毀相片，那就是他要你用小班尼的原因。阿圖拉斯相信班尼能殺了馬里歐，替他收拾爛攤子，但班尼被逮著。現在阿圖拉斯有了別的計畫，而我有種預感，無論這行李箱裡是什麼，都會告訴我們事情的眞相。」

佛切克揉爛那張相片。他的手臂在晃動，但我分辨不出他是不是在壓抑自己的憤怒。

「什麼？什麼行李箱？」他說。

「這個。」我將行李箱抬到桌上。「昨晚我看見兩輛廂型車開進這間法院的地下停車場。是你的人開進來的，車上裝滿了爆裂物。」

佛切克的肩膀塌了下來，嘴巴張開，他的憤怒似乎被震驚取而代之。「我不相信你。」他說。

「阿圖拉斯看著廂型車進來，而我發現葛雷果將一個很重的行李箱放到其中一輛車上，跟這個長得一模一樣。我今天早上確認過那個箱子，裡面是空的，它昨晚可不是空的。這讓我思考，爲何阿圖拉斯有兩個一模一樣的行李箱。我猜我今天早上看到的那個箱子，是阿圖拉斯昨天用來裝卷宗的，而他們昨晚帶來的其實是這個。我在樓上辦公室看到它攤開在地上，察覺這個行李箱有個假箱底。」

我打開箱子，拿出裡頭的文件擺在地上，手指戳著假底座，找到了接合處：用了魔鬼氈，方便拆卸。我掀開蓋子。

「你不需要相信我說的任何一個字，自己來看看。」我說。

我不確定箱子裡藏了什麼，某種很重要的東西，阿圖拉斯計畫裡的某項關鍵物品。無論我的想像力如何奔馳，都遠不及我實際發現的東西。

57

在箱子隱藏的隔層裡，我看見兩疊摺疊整齊的衣服，灰色厚重的工作服，配有某種背帶之類的東西，好像是安全配備，裝在腰間。一條細而堅硬的電線自工作服的腰帶上穿出，電線末端有個釦環。看起來像是設計來用於繩索垂降的。四件工作服分別在衣領標籤標註尺寸，第一件是5XL，第二件是3XL，第三件是大號，最後一件是小號。

在工作服底下，我找到四把小巧的自動步槍，看起來像MP5。這種武器對短程作戰來說很理想，能近距離在幾秒內做掉一個重達一百八十公斤的男子。每支槍管上都用一塊布膠綑上彈匣。袋子裡的最後一樣東西讓我很困惑，看起來是模型飛機的遙控器，我猜是鋼鐵和塑膠的複合材質，大概30X30公分。上頭有個伸縮式天線，兩個控制桿和兩個按鈕——一綠一紅。我把控制器放回箱子裡的武器底下。

佛切克繞到我身後，好看清楚隱藏隔層的內部。

「你之前對此毫不知情，是嗎？」

他疑惑的表情給了我答案。

「這是什麼？」佛切克指了指槍和工作服。

「這是阿圖拉斯一直在耍我們的證據。他說我是唯一能將炸彈偷渡進法院的人，但他大可自己把炸彈弄進來，隨時都行。」

佛切克搖著頭，嘴唇無聲地動作，這看起來對他衝擊過大。他一生都建立在手下對他的忠誠上，他的存在確實仰賴著絕對的服從、榮譽和忠誠。他見過其他兄弟幫毀於愚蠢的嫉妒，所以用實際作爲來確保自己對手下有完全的控制力。此刻，他一生的根基正在崩塌。

我往後站，打量了一下佛切克。

「你跟我的尺寸應該差不多，你覺得這件你穿得進去嗎？」我拿起大號的工作服。

「不能。」佛切克說。

我們兩個都比阿圖拉斯重了少說十幾公斤。

「我想這是阿圖拉斯的尺寸，再大的是給葛雷果和維克多，小的是……」

「班尼。」佛切克說。

佛切克只說了兩個字，我的思緒感覺就像被插入鑰匙解鎖了一樣，所有的疑問、箱裡的不合邏輯之處，以及阿圖拉斯的每一步，全都化爲一個無可辯駁的想法：殺掉小班尼從來不是計畫的一部分。

「阿圖拉斯要幫小班尼逃離監管，這是他一直以來的計畫。想想看，小班尼大可供出他媽的整個兄弟幫，進證人保護計畫，但他沒有。他只有在馬里歐的謀殺案上指認你，其他都沒說，那是因爲他希望阿圖拉斯能把組織奪走。阿圖拉斯不能在班尼被捕之後殺你，他需要你。他要你爲本案出庭，好讓檢察官放班尼到證人席上。記得昨天早上你和我說的話嗎？就連我的人脈都找不到小班尼。阿圖拉斯在此之前救不出班尼，他找不到人，連你的聯邦探員列文都不曉得人被藏在哪。阿圖拉斯說服你出庭，並宣稱他會用偷渡進法庭的炸彈來殺掉班尼。整件事說到底都是他的計畫，但目的只是要讓你來這裡出庭，這樣班尼才會從藏身之處出來。假如阿圖拉斯不需要計畫做掉班尼，你也根本不需要來出庭——你會直接飛走。等班尼站上證人席，阿圖拉斯就要殺你了，掃射整個法庭，帶著班尼逃之夭夭。」

「不對，這沒道理。他要怎麼逃走？」

「他打算炸掉整棟建築物，這就是廂型車的用途。他想讓所有人相信他、班尼、葛雷果和維克多全死於爆炸，工作服想必是用來偽裝的。我不曉得他實際上要怎麼做，但這是唯一行得通的辦法。聯邦調查局不會追查死人。」

「這太扯了。」佛切克往後退了一步，眼睛環顧室內。

我渾身繃緊，佛切克能看出來。

我突然意識到，佛切克所知曉或深信的一切都在緩緩瓦解，使他瀕臨崩潰，變得危險。

他朝我衝來，但我已有所準備。

58

我的腳踹中他胸口，踢得他往後跌，撞上鋪了軟墊的牆壁。我抓住其中一支MP5步槍，撕掉布膠，裝上彈匣，舉槍指向佛切克。

他舉起雙手。

外面傳來兩次敲門聲，我們聽見維克多用俄語叫喊著。我猜他聽到了一點騷動，想知道情況是否還好。

「跟他說沒事，用英文說。」

佛切克想了想，最後出聲喊道：「下去吧，沒事。」

我們各自按兵不動，等了一會。佛切克的視線沒有從槍上移開過。

「我可以現在就殺了你，去外面等阿圖拉斯，把他帶去隨便哪個安靜的地方，讓吉米的手下刑求他，直到他說出我女兒的下落為止。但我不會這樣做，如果沒有必要，我不會殺人。阿圖拉斯擺了我一道，聯邦探員正要去搜查我的公寓，我想阿圖拉斯已經在那裡放了點東西，要把整件事栽贓到我頭上。所以，我們要談個新的條件：你要去找出艾米在哪，釋放她、把她交給我的朋友。我們現在就要這樣做。」

佛切克搖搖頭。

「弗林，你哪裡都去不成。這整棟樓到處都有警察和保全，我認為你還是打算當雙面間諜背叛我。」

「你是傻了嗎？如果你還是不相信我，就把阿圖拉斯給你的那個引爆器拿出來。」

他緩緩伸手進大衣口袋，拿出那個裝置。

「啓動它。」

「什麼？要是你外套裡的炸彈在這裡引爆了，我們兩個都會死。」

「啓動就是了，快按。」

他按下按鈕，啓動我背上的炸彈。什麼也沒發生，沒有震動、引爆器上沒有亮燈。佛切克從MP5步槍上移開目光，開始檢查引爆器，一邊搓著眉毛，用俄文喃喃自語。

「丟過來。」我說。

我單手接住引爆器，把它往桌角用力一敲，槍口仍指著佛切克的胸膛。塑膠碎裂的細碎聲響傳來，馬上被牆上的軟墊吸收了。

我把裂成兩半的空塑膠殼丟到桌上，看著佛切克的表情從困惑不已變成恍然大悟。解體的不只是引爆器，佛切克的整個世界也支離破碎了。

他跪到地上，雙手抱頭，手指抓過頭髮，口中咒罵著。

「我跟你說，你被設計了。在我看來，阿圖拉斯準備要幹掉我們兩個好救出班尼。他不能冒險給你眞正的引爆器，免得你啓動了炸彈，害死小班尼。證據就在這裡，在你面前。他騙了你，也騙了我。我搞不懂的是爲什麼，爲什麼阿圖拉斯會爲一個人冒這麼大的風險？」

佛切克發出一陣低沉的笑，接著咬牙切齒。他盯著我看的樣子，好像我是個白癡。

「你以爲小班尼出賣我的時候，我爲什麼要去割阿圖拉斯的臉？」他使勁拉著臉頰，模仿阿圖拉斯臉上的傷疤。

「阿圖拉斯得負責任，爲了他那個小brat。」他啐出最後一個字，彷彿那個字令他作嘔。

Brat，又是這個字，但這次我懂了。阿圖拉斯之前在對話中提到班尼時說過「moy brat」。如果Bravta的意思是「兄弟幫」，brat就是……

「兄弟，他們是兄弟。」我說。

佛切克勉強擠出一副假笑，攤開雙手，彷彿這一切都太簡單了。我花了一秒做出評價，認爲佛切克總算是看清了眞相。

「阿圖拉斯說服你不要跑路，叫你出庭，讓他可以殺掉你，救出弟弟。你想讓他拍拍屁股就走？」

「不，但我不能相信你。」

「你必須相信。放艾米走，我會幫你脫身。」

「你的方法是去找警察或是聯邦探員嗎？不要。」

「我們不能那樣做，甘迺迪不相信我，而且阿圖拉斯跟你說的話，你一個字都不能信。我打賭，根本沒有什麼飛機在等你，你的麻煩跟我一樣大。你被阿圖拉斯設計，還有謀殺案官司纏身，逃去哪都不成。我們同病相憐，佛切克。沒別的招數了，我們要設局讓阿圖拉斯擔起所有的責任。放艾米走，我就幫你。」

他咬了拇指一秒，撐著身子站起來。他對情勢不再有疑問，他已經走過這個階段了，他此刻在思考脫身之道。他拉了拉褲腰帶，坐下來。

「我不能放她走，除非我知道我可以信任你。」

我把槍放低，從頭想了一遍。

「我沒什麼說法能讓你信任我，我當然也不信任你。現在我們有的是共同的敵人，僅此而已。你表示一點誠意吧。帶她來見我，我得要知道她還活著。我安排了人，可以帶她去安全的地方。」

佛切克緩慢地搖了搖頭。

「不，你要幫我擺脫謀殺罪名，然後我會釋放她。」

「沒有時間了。」

「那我們就沒什麼好商量的。」

不論我是不是拿槍指著他，或我是唯一能保他不被手下陷害的人，這些都不重要。重要的是，我女兒還在他手上，籌碼全在他手裡。

他也知道這一點。

「你的團隊裡面，有你確定還可以信任的人嗎？」

「有，我的司機尤里。他是我姪子，寧死也不會背叛我，是我的血親。阿圖拉斯不讓他參與庭審的事，上禮拜他安排了另一個司機給我。阿圖拉斯會把你女兒帶去我的辦公室，就在附近，開車可到的距離內沒有其他安全的地方了。尤里會在那裡，他是我唯一能信任的人。我不知道阿圖拉斯還收買了誰——也許每個人都被收買了——但他不會策動尤里背叛我，連試都不會試。弗林，殺掉你女兒對我已經沒有好處了，我們現在有新的犧牲品。讓我擺脫這樁謀殺罪，你就可以把女兒帶回去，我向你保證。」

這個瘋子是我最後的希望，艾米最後的希望。

除此之外我一無所有。

我卸下步槍的彈匣，看著那個被年輕律師留在地上的敞開公事包，一個點子逐漸成形。我微笑說，「好，我們時間不多了。我會讓檢方立的案翻盤，你要把艾米帶來給我，然後我們再去找阿圖拉斯算帳。計畫是這樣……」

59

我小跑步回到辯方席時，行李箱底的輪子喀喀作響。我把卷宗從箱子裡拿出來，聽到門口傳來一陣騷動——臉上帶疤的阿圖拉斯回來了，在法庭外叫住佛切克。他們站在入口竊竊私語，佛切克愈說愈激動。

琴恩對著我敲敲手錶，用嘴型說對不起。她一定已經跟法官說過話，我請求庭上給我更多時間和當事人討論，得到的是冷冰冰的回應。派克法官即將出場，並召回陪審團。證人馬丁尼茲警官依然坐在證人席上。

我站起來，朝那兩個爭執不下的俄羅斯佬走去。

「她在哪裡？」佛切克說。

阿圖拉斯悄聲回答。

「我現在就要跟她說話。律師會幫我脫身，我要讓他有點動力。讓她跟尤里一起上車，給她接電話，立刻去辦。」佛切克命令。

「他之前還想要我們，奧雷克。我們不能——」

「現在就辦，不然我就去搭飛機了。」

佛切克恰如其分地扮演了他的角色。阿圖拉斯一定跟他說了塞文大樓公寓遇襲的事，以及他的報復行動：在吉米的餐廳裡掃射、二度綁架艾米。阿圖拉斯不能冒險任由佛切克逃跑，他要看著弟弟坐上證人席，否則一切計畫就灰飛煙滅了。

阿圖拉斯從大衣裡拿出手機撥號，遞給佛切克，兩人都往外走向大廳。我跟過去，留意著一旁狐疑地注視著我的維克多，巨人葛雷果已經入席。

我在大廳一處安靜的角落加入佛切克和阿圖拉斯。

「尤里，我是奧雷克。把那個小女孩——只有你出動，別帶上其他人——帶到法庭來，開那輛賓士。到了以後傳簡訊給我，我會再給你後續指令。讓她接電話……」他為了我用英語說，一如我們先前的協議。

一記重拳打中我的肋骨，讓我痛得彎腰，這拳來得迅速又謹慎。大廳空無一人，大家都在法庭裡等待庭審重新開始。阿圖拉斯的臉上滿溢憎恨之情，他試圖再度出擊，但我抓住他的拳頭。

「就算你女兒活得下來，你今天還是得死，我跟你保證。」阿圖拉斯說。

我一言不發。他鬆開拳頭，把大衣拉直，在地上唾了一口。

佛切克按下擴音鍵。

艾米根本沒法說話，我聽見的淨是她驚恐而難以控制的哭泣聲。我的胃好像在試著爬出身體，嘴裡也嚐到膽汁的味道。一旁的尤里試圖安撫她，艾米大聲尖叫。阿圖拉斯臉上還是掛著我前一天早上第一次看見、令人作嘔的微笑。我努力專注在佛切克和艾米身上，免得一心想撕開阿圖拉斯的喉嚨。

「她有受傷嗎？」我問。

佛切克還來不及回答，尤里就說：「沒有，她只是在哭。我要拿糖果給她嗎？」尤里聽起來不太靈光。

「好，拿糖給她。安撫好她，尤里。去吧。」

佛切克對我輕點一下頭，沒讓阿圖拉斯看見。他要我看到他演好了自己的角色。

我也頷首回應，輪到我履行約定了。

60

佛切克已經在辯護人席就座，我正要走過去，被阿圖拉斯半道攔截。

他冰冷低沉的聲音依舊令我發毛。

「別以爲你耍那套律師把戲有什麼用。你也許騙得過奧雷克，但你可騙不了我，你贏不了這場官司，你啥也不懂。這棟樓裡不只有你背上那顆炸彈，地下室還有兩組，都是威力驚人的炸彈。你要想女兒活下來，就趕快讓小班尼上證人席，一個字都不准對奧雷克說，不然我們立刻就幹掉她。」

列文大概已經跟他透露我公寓搜索令的進度了。不管阿圖拉斯栽贓了什麼，都不能在爆炸的煙霧和瓦礫散去之前被找出來，他可不想我在這一切結束前就遭逮捕。現在每個人都要配合聯邦調查局的時間表了。

上午十一點二十分。

還有四十分鐘讓班尼出席作證、讓佛切克的審判得到結果。

「全體起立！重新開庭！」

本大樓內動作最敏捷的法官擺動著兩條小短腿通過門口，坐了下來。我知道，我很可能根本沒有四十分鐘，甘洒迪的人馬隨時會闖進我的公寓，但我得相信自己還有時間，一定要有。

我調整一下手錶，設定倒數到中午。

「你會需要這個。」阿圖拉斯用力把某樣東西朝我腹部塞過來，我在東西掉下去前及時抓住。看都不用看就知道那是什麼，是艾米送我的鋼筆。我把這枝筆給了吉米，好讓他可以對艾米證明他是友軍。筆上濕濕的，我發現筆蓋上有半乾的血跡。

我還來不及問，阿圖拉斯就低聲說，「律師，這不是她的血。我射中她旁邊的人時，她正拿著筆。快點讓班尼上去。」

「辯方律師，你們講完了嗎？」派克法官在阿圖拉斯回座時問道。

「庭審結束後，我們再來處理你遲到的問題。那麼，已經如你所願休息過了，弗林先生，你對這位證人還有其他提問嗎？」

佛切克點點頭。

我把搜索令和廂型車從腦海中揮開，這一切都不重要，爲了艾米，我要幫佛切克拿到審判的結果，我要爲了我女兒的性命玩這場司法遊戲。

「只有幾個問題，法官大人。」我說。

馬丁尼茲露出笑容，他原本預期現在就該結束了。

「馬丁尼茲警官，傑拉多先生的謀殺案，調查工作由你全權負責，對嗎？」

「對。」

「化名爲『證人X』的證人，就是開槍射死傑拉多先生的人，我說的正確嗎？」

「正確，但他供稱他是在你的當事人命令之下行動。」

「而且，他在死者的公寓裡連同凶器一起被警方發現，事後也坦承他殺死傑拉多先生？」

「是的。」

「我知道你不是律師，但你調查過許多凶殺案，也看過不少次謀殺案審判。如果嫌犯在死者的公寓裡被發現，凶器還在嫌犯腳邊，而且這次可貨真價實是一把剛開火的槍呢，那麼他就沒什麼辯護的立場了，對吧？」

馬丁尼茲擠出一個微笑回應：「如果是由你幫他辯護，或許還是有。」

陪審團偷笑了，他們喜歡這個警察。我下手得輕一點。

「根據你參與謀殺案審判的經驗，一個人若是處在這種境地，爲了獲得輕判，是不是什麼事都能做、什麼話都能說。」

「有可能。」

「而且，犯罪現場也沒有發現任何鑑識證據，能將這起謀殺案與被告連結起來？」

「沒有。只有證人X持有的一張一元盧布紙鈔。」

「那張紙鈔上並沒有被告的指紋，對嗎？」

「唯一可清楚辨識的指紋是來自證人X，和負責收押他的警員。其他指紋都被這兩人抹糊了。」

「不好意思，馬丁尼茲警官，你的意思其實是：『不，那張一元盧布鈔票上沒有發現被告的指紋。』對嗎？」

「沒有發現被告的指紋。」

「警官，紐約警局曾經靠局部掌紋證據成功定罪，是嗎？」

「我想是的。」

「紙鈔上也沒有發現被告的掌紋。」

「是的，並沒有。」

「所以，甚至沒有鑑識證據指出奧雷克．佛切克碰過那張紙鈔？」

馬丁尼茲看向蜜莉安，她完全無法對他伸出援手。

「沒錯。」

「沒有其他問題了。」

「沒有」代表這是一場殺手級的交互詰問，我已經盡全力了。如果有一個鐘頭的時間，我也許能表現得更好，但我沒時間了。

「不做直接訊問。」蜜莉安表示。

我悄聲對佛切克說，「尤里開的是哪一款賓士？」

「白色的，S-Class。」

警察向法官道謝，起身讓出證人席。在這種時刻，當前一位證人退場、下一位證人正被傳喚進來，法官、律師和旁聽群眾會小小休息一下——就像新打擊手上本壘板的時候。阿圖拉斯站在我右後方，我稍微往左靠，用手掌遮住甘迺迪的手機，傳了一則簡訊給吉米。

我跟佛切克談了條件，艾米會坐在一輛白色賓士S-Class上，停在法院大樓附近某處。在我指示前不要有動作，但是要準備好一接到我的訊號就帶她走。

61

「蘇利文女士，我們要請妳的下一位證人出來了嗎？」派克法官問。

「是的，法官大人。檢方傳喚妮琪·布倫德。」

一名膚色白皙、年輕漂亮的女子從旁聽席起身，朝證人席走去。她穿著飄逸的黑色長寬褲和奶油色上衣，紅褐色的頭髮盤成髮髻，身材高挑勻稱，動作俐落優雅。蜜莉安應該會在她身上花個三十分鐘。這位夜店舞者打開證人席外的腰門時，我跑去找蜜莉安。

「我們何不省了這些工夫？別管那個舞者了，傳喚證人X就好，我們速戰速決。」

「她是我名單上的下一位，艾迪。你得好好等我的巨星出場。」

「妳就引導她的證詞吧，我不會提反對，有進度就好。」我說。

一般來說，檢方不能對己方證人提出任何引導性的問題，但我需要程序快速進行，蜜莉安也會欣然把握機會，引導證人講出效果最好的重點，確保妮琪每句話都正中紅心。

站在蜜莉安身邊時，我感覺到手機震動了，我背對阿圖拉斯查看訊息——吉米回覆了。

我會等著。我派了蜥蜴照應你。

那位夜店舞者在進行證人宣誓，我謹慎地回了一則訊息。

地下室電梯旁邊的垃圾桶裡有一把槍。

蜜莉安單刀直入。

「布倫德女士，妳是在東七街的西洛可俱樂部擔任舞者嗎？」

「是的。」

妮琪．布倫德外表優雅，講起話來沒什麼口音，我想蜜莉安一定花了好些時間幫這位證人挑選服裝，讓她看起來具有專業氣質，一點也不像典型的夜店舞者。

「那麼，妳不在西洛可俱樂部工作時，都在做什麼？」

「我是哥倫比亞大學法學院的學生。」

我本來預期妮琪．布倫德是個臉蛋漂亮、也許有點頹廢的年輕女孩，這樣我能輕鬆應付。我怎麼也想不到，妮琪．布倫德突然就成了陪審員最愛的那種半專業證人。

「目前為止，妳已經在西洛可俱樂部工作兩年了，是嗎？」

「沒錯。」

「這好像有點不尋常——法學院學生兼職跳豔舞？」

這段正投觀眾所好，陪審團有點難為情的樣子，但是他們面露微笑，往前傾身等著聽她的回答。

「這個嘛，我是跳鋼管舞。老實說呢，偏向異國情調，但不色情，很有品味。」她講到最後一部分時轉向陪審團，「其實，我是在我們教會隔壁的社區中心夜間課程學會鋼管舞的。現在很多女生都學來健身，是很棒的運動，又能賺到豐厚的小費。我是自食其力唸法學院的，在餐廳當服務生賺不了那麼多錢。我爸——他是我們教會的牧師——也覺得沒問題，所以我就想，何樂而不為呢？」

陪審團對彼此點頭，幾位佩戴十字架的婦女甚至都微笑著聳聳肩。我能夠針對妮琪．布倫德職業攻擊的疑點全都付諸流水，一去不回頭。

「布倫德女士，我要請妳回想事發當晚，距今大約兩年前的四月四日。那晚妳在俱樂部工作，看到了一些狀況？」

「是的，我剛值完班，看到觀眾席有相機閃光燈，這引起了我的注意。俱樂部裡禁止攝影——這是經理的規定，所以閃光燈這種事非同小可，我想看是誰在拍照。」

「妳看到了什麼？」

「噢，我看到被告，坐在那邊的那位。」她指向佛切克，「我清楚看到他，跟另一個男的在打架——拍照的一定就是那個人。很多人在推擠，然後他們就分開了。」

「妳有多確定當時看到的其中一名男子就是被告？」

妮琪看著陪審團點了點頭，然後說：「我可以拿命發誓，那個人百分之百就是被告。先出手打架的就是他，他看起來像是要殺了另外那個男的。就是他，毫無疑問。」

棒到極點的回答。蜜莉安停頓一下，給陪審團幾秒的時間消化。有幾位陪審員互相交換眼色，事實證明妮琪大受陪審團歡迎。

「當時妳離被告和另一名男子距離多遠？」

「我想大概有二十公尺。」

「妳目擊鬥毆的同時，有認出那個拿相機的人嗎？」

我在筆記裡把「相機」兩字畫了底線。我有了個點子，可以讓我處理小班尼，並且換到一點點跟佛切克獨處的時間。

「那次沒有，但是大約一個禮拜之後，我在報紙上看到他的照片。報導中指出那人叫馬里歐·傑拉多，而且他在我目睹俱樂部衝突的隔天慘遭殺害。我覺得很恐怖，於是報警了。」

「然後妳去了分局，看了一些照片，照片上的人可能是妳那天目睹攻擊馬里歐·傑拉多的人，也可能不是。妳記得嗎？」

「記得，我看了好幾張，最後才看到攻擊死者的人。」

蜜莉安舉起一張佛切克的照片，紐約警局有全市各幫派領袖的照片。

「這就是妳指出的照片？」

「是的，就是這個人襲擊了拿相機的男人。」

「法庭筆錄中請載明證人指認出被告奧雷克·佛切克的照片。」

蜜莉安再度停頓，等待效果發散。

「布倫德女士，被告可能會主張，當時夜店裡十分擁擠，妳是如何能這麼清楚地看到事發經過？」

「因爲我在舞台上，能俯瞰整個俱樂部。那個位置其實是視野最佳處，可以說是佔了高位。」

「布倫德女士，妳說這場鬥毆是發生在四月四日晚上，也就是本案的死者馬里歐·傑拉多遇害的二十四小時前。妳爲何如此確定事件發生在這個特定的日期？」

「噢，這很簡單。因爲隔天就是我奶奶的生日，我下班之後回家熬夜到凌晨五點，替她烤了生日蛋糕。」

蜜莉安轉身背對證人，朝我眨了眨眼，然後跟檢方團隊其他成員一起坐下。我檢視了一下我的筆記。

「該死，她眞厲害。」佛切克說。

「在十二個問題之內，她就要沒戲了。」我說。

62

「布倫德小姐，四月四日晚上，妳喝了多少酒？」

我想把棘手的問題擺在前頭。

她回答時往陪審團的方向靠，彷彿是在聊他們之間的私事。

「上台之前，經理拿了一瓶香檳來更衣室給大夥兒喝，所以我喝了大概，一杯吧？」

「妳說妳跟鬥毆中的兩人相隔約莫二十公尺，實際上的距離有可能是二十四、二十七或三十公尺嗎？」

「不，沒有那麼遠。我會說最多就是二十四公尺。」

「西洛可俱樂部是不是跟城裡那區大部分的夜店一樣——燈光明亮、照明充足呢？」

她笑出聲來，用手掩著嘴，對陪審團眨動睫毛。

「不，當然不是，那邊很暗。」

「但妳身上的打光很亮。妳是他們的明星之一，身上可能有兩、三盞聚光燈吧？」

「其實是四盞。不，等等——對，我想是四盞。」

「西洛可俱樂部可以容納多少人，兩、三千人？」

「四月四日是週五晚上，所以店裡擠滿了人。對，我想可能輕輕鬆鬆就有兩千人吧，但也只能就我看到的說。我剛剛講了，是相機的閃光燈引起我注意，讓我看到那個人，也就是被告，在攻擊傑拉多先生。我清楚看到他。」

她受過很好的訓練，知道要如何利用每個可能的機會明確強調她認出被告。

「那麼，讓我整理一下。妳攝取了酒精，上完班後想必相當疲勞，又有四盞明亮的大聚光燈打在妳臉上；此時的妳，隔著二十四公尺的距離，在兩千個人當中，清楚地看見了被告？」

妮琪．布倫德鬆開交疊的雙腿，又疊了起來，在幾秒之間迅速眨了幾下眼，看著陪審團說：「是的。」

幾位陪審員往後靠，雙臂環胸。他們開始懷疑自己對妮琪．布倫德的第一印象了。

「妳在第一時間對那場鬥毆沒有多想，是在報上刊出傑拉多先生的照片、妳讀到報導之後才聯絡警方。妳的證詞是這樣說的，對嗎？」

「沒錯。」

「是這篇文章嗎？」我舉起一張《紐約時報》報導的影本，是我前一晚在其中一份卷宗裡讀到的。影本對摺成兩半，我讓證人和陪審團看到上半部，有馬里歐的照片和新聞標題：「幫派捲入謀殺案。」

「對，就是這篇文章。」

「妳在剛剛的直接訊問中表示，妳在分局指認出一張被告的照片，辨識出他就是先前和死者發生鬥毆的人。但除了四月四日在夜店裡所見的記憶之外，妳沒有其他理由指認出他，對不對？」

「對。」

「妳在此之前未曾看過被告的照片？」

「不，當然沒有。我之前從沒有看過他的照片。」

我翻開整張紙，讓證人和陪審團看到摺線以下的照片：是佛切克因謀殺罪被傳訊後走出法院的照片。

「法庭筆錄請載明，證人聲稱在聯繫警方前讀到的報導中，有刊載了被告奧雷克・佛切克的照片。」我小心避免直接對證人提問，防止她有機會解釋。

我手中拿著一張犯罪現場的照片問道：「妳在黑暗中的大批群眾裡，隔著二十四公尺的距離和正對妳的四盞聚光燈看到被告時，他是像今天一樣蓄著鬍子，還是刮過臉？」

這又是我爸的老把戲。她看著我手中的照片背面，咬了咬嘴唇。就她所知，我握有佛切克當晚離開夜店的監視錄影畫面，她不知道他有沒有刮鬍子，但誰能怪她呢？大部分的目擊證人都不會注意到這些細節，即使是誠實無欺的證人也一樣。她得小心翼翼，我已經用報紙文章逮到她一次了。

「我不知道，我距離太遠了。」

我傾身向前，在筆記本上記下她的回答，邊寫邊大聲而緩慢地唸出來給陪審團聽。「我—不—知—道—我—距—離—太—遠—了。我只剩一個問題，布倫德女士。法學院畢業之後，妳會去地檢署找工作嗎？」

「我還沒有考慮過。」她說。

即使她說的是實話，也無法讓陪審團不去想這個問題。

「謝謝妳，布倫德女士。」

陪審團中有些人冷眼瞧著蜜莉安，好像她剛才是在浪費大家的時間。

「交互詰問？」派克法官說。

蜜莉安搖頭。妮琪離開證人席時，對蜜莉安露出一點笑容，對方沒有回應她。

「法官大人，檢方傳喚證人X。」蜜莉安說。

63

法警打開一扇位於證人席後方約二公尺處右牆上的側門。一名頭戴黑色扁帽的維安人員在門外等候，他領著一個身穿稱頭西裝的男人進來，並將證人腕上的手銬解鎖取下。

佛切克手中握著引爆器，確保阿圖拉斯看見了。證人X是一名身材矮小、外表體面的男子。他登上證人席時，我仔細地看了他一眼，審視他的眼睛和嘴巴。雖然比起阿圖拉斯，他個頭比較小，也比較年輕，但他也有哥哥那副嚴峻的五官。我的視線往後看到阿圖拉斯在對弟弟微笑，那笑容與他平常臉上掛著的冰冷獰笑不一樣，我感覺那是一種心照不宣的微笑。

班尼也知道他的計畫。

庭務員讓證人選擇：持《聖經》宣誓或採取非宗教式宣誓。班尼選擇了《聖經》，用右手拿著，開始唸誓詞卡。班尼唸完誓詞，在法官的允許下入座。

我看看手錶：離中午還有二十分鐘。

如果我讓蜜莉安先走完直接訊問程序，還沒輪到我詰問，時間就不夠了。對於這個問題該如何處理，我有一、兩個點子，但妮琪．布倫德在直接訊問中提到的字眼——「相機」——給了我最棒的靈感。

我只需要蜜莉安讓我有見縫插針的空間。幸運的話，她也許會在用來定調的第一個問題就給我機會，並幫我完成剩下的任務。

蜜莉安站起來，問了第一個問題，是個單純無害、屬於「哈囉歡迎蒞臨法庭」那類的問題。我屏住氣息。她放下筆記看著證人，開口提問。

「我方便稱呼你爲X先生嗎？」

我迅速一躍而起，手高舉在空中。「法官大人，反對。」

蜜莉安困惑地縮了一下，憤怒的表情迅速取而代之。她的聲音帶著渾厚的斷音節奏，每個音節都將她對我的鄙夷表現得清清楚楚。

「法官大人，我一直忍受弗林先生的行爲，但他現在眞是太不可理喻了。他絕對不能夠反對我問這個問題。」

在檢方突然發難前，派克法官一直盯著我，好像我剛剛隨地小便一樣，但她現在突然無聲地對蜜莉安丟出一個一閃而逝的訓斥眼神。她把眼鏡推到鼻尖，從鏡框上方凝視蜜莉安，彷彿在說：在這個法庭上，這個混蛋由我來管，謝謝妳了，蘇利文女士。

「弗林先生，你在做什麼？你不能反對這個問題。反對無效。請坐下，保持安靜，除非你有確切的反對理由。」派克法官說。

我還沒完呢。

「法官大人，我可以反對這個問題，如果庭上允許的話，我想要解釋一下緣由。」我需要一點時間讓法官了解。她還來不及再次反對，我就直接切入正題。

「法官大人，在美國的法庭裡，遭到起訴的男男女女，都有權利知道是誰指控他們，並且與指控者正面相對，這個神聖的原則寫在憲法第六條修正案中。針對這個爭點，我要當庭提出動議。」

一種純然難以置信的表情在嘉布瑞拉．派克的臉上擴散開來。她轉向蜜莉安，彷彿在求救，徵求哪個還有一點點常識的人說句話。

「我不懂弗林先生為何到現在才提出這個問題，法官大人。這位證人好幾個月前就列在名單上了，弗林先生有很充裕的時間提出辯證以表達反對。我請求庭上駁回這項動議。」

她愈來愈得心應手了，說的是「請求」而不是「要求」。

「弗林先生，我認為你應該早些提出。但是，既然你在這個關鍵的時機提起這一點，我必須離席，請庭務員查閱相關的判例法，我五分鐘後會重新入席。陪審團毋需聆聽辯證過程，我們準備好繼續聽取證詞時，再召回陪審團。蘇利文女士，有鑑於這個爭點的核心在於證人X是否可維持匿名，我相信妳希望弗林先生的動議採取不公開處理？」

「是的，法官大人。」蜜莉安說。

她們必須不公開處理。這個古老的法律名詞指的是私下進行審理，沒有陪審團和旁聽群眾在場。

法官起身說：「旁聽人員退出法庭。」然後進到法官辦公室去。

我聽見佛切克在我背後笑了。

「我就知道你有兩把刷子。」他說。

法警引導眾人離開法庭，只留下兩造律師和被告。

阿圖拉斯提起行李箱。

「嘿，我需要卷宗。」我說。

他遲疑了一下，又拖著行李箱起步要走。

「阿圖拉斯，等等，他說他需要那些東西。」佛切克說。

就阿圖拉斯所知，佛切克和我渾然不覺行李箱裡眞正的內容物爲何。他用手指敲敲錶面瞪視著我，然後放下行李箱，離開法庭。

短暫的休庭打斷了我詢問班尼的時間，但我必須在佛切克這邊再試一下。

我確定自己周遭無人，檢方也聽不到我們的對話，便將甘迺迪的手機放在桌上。我告訴過佛切克，會找點時間獨處好安排交易。我暗自希望他這時候已經願意讓艾米重獲自由了。

「小班尼這招我試成功了。來吧，打電話給你的屬下，叫他放艾米走。」

「不，我們照著計畫來，我要先得到判決結果。我們照原本的協議，現在來安排交易。」

他撥了個號碼，等待接通。我也做了一樣的動作。

吉米先接了電話。

「是我，你看到那輛車了嗎？」

「看到了，離我大概十公尺，司機在車外靠著後車門。你不能相信佛切克，他會擺你一道，然後殺掉艾米。」吉米說。

我用手圈成杯狀掩著話筒，壓低聲音說：「我不這麼覺得，我是他現在唯一能相信的人。我會救他，所以他需要我。但如果情況不妙，我需要你不擇手段……艾米她……」

「你不用說了。我現在可能就有機會帶她走。等等，那個司機在接電話。」吉米說。

佛切克開始用俄語和對方說話。

「講英文。」我對他說。

「尤里，等我給你信號。可能是打電話或傳簡訊，看是放那個女孩走，或是……嗯，你知道該怎麼做。」佛切克交代。

「艾迪，司機有武裝，他剛剛對我現了一下大衣口袋裡的手槍。我不可能及時趕到她身邊，他就站在車門邊，如果艾米在後座，他只要一秒就完事了。」吉米說。

「等我安排，我會打給你。如果我沒打電話……如果我出了事，答應我，你會救她出來。告訴她……說爸爸很抱歉。告訴她我愛……」

想到可能會失去寶貝女兒，我的喉嚨像是被掐住一般，再也撐不下去了。

「她知道。我會去找她。祝你好運，兄弟。蜥蜴出發去跟你會合了。」

法官辦公室的門打開了，派克法官再度現身。

佛切克和我各自掛斷電話、收起手機。

我才將手機收進口袋，就感覺到它傳來震動。派克盯著我看，我不能檢查訊息。還不能。

64

「弗林先生，你的動議爲何？」

「法官大人，您肯定讀過人民控訴史坦納一案，以及其他相關判例。」這條判例規範了檢方將證人身分保密時必須證明的要件。如果你是個還過得去的刑事律師，那你一定碰過這個問題。我處理過兩件牽涉到此爭點的案子，都是警察釣魚：臥底警察假裝成顧客買毒品，拍下買賣過程。當案件進入審理時，臥底警察通常維持身分保密，在法庭上只以員警編號作爲識別。

「若證人保持匿名，將使我當事人的辯護理由受到偏頗待遇，對我方提出有效辯護的能力造成不利影響。法官大人，在這一點上，我請求您同意我對證人進行交互詰問。我不會試圖揭露他的身分，只希望針對他爲何感到生命危險這個問題，測試他證詞的可靠程度。如果您判定此項證據不充分，那麼也就不需要保護他的眞實身分，可以揭露他的姓名。」

「尚可同意，我方可迅速進行直接訊問。」蜜莉安說，「條件是陪審團必須聽取證詞。」

蜜莉安強勢且聰明地反擊了我。她要我在陪審團面前把小班尼折磨得死去活來，這樣他們就會同情他，並且覺得我眞是個鐵石心腸的混蛋。

「同意。」我需要讓班尼坐上證人席，愈快愈好。

「很好。我們來召回證人和陪審團吧。如果陪審團要聽取這段證詞，雙方對於公開進行審理是否有任何反對意見？」

蜜莉安和我都搖頭。

「我會先離席，等待陪審團入座。」派克說著，回到法官辦公室去了。這樣再度幫我爭取到一點時間。法院維安人員消失在側門後，去帶證人X出來。

法警打開門，旁聽席再度擠滿了人。阿圖拉斯、維克多和葛雷果回到法庭。在前往座位的途中，阿圖拉斯對著手機按來按去輸入指令，舉起手機靠在耳邊，然後「呿」了一聲，再將手機拿回眼前，重複一次剛剛的動作。抵達最前排座位時，他收起手機以免被法官看到，依依不捨地朝法庭大門看了一眼，之後坐下來，雙臂交抱。我想他是在嘗試打電話給某人，某個他正等著、隨時可能走進這道門的人。不管他等的是誰，那個人都沒有出現。

我感覺到甘迺迪的手機又震動了。阿圖拉斯選了個更靠近我的座位，使我無法在不被他發現的情況下拿出手機。我大聲地自言自語，音量足以讓佛切克和阿圖拉斯聽見。「我得跟檢察官談談，看她有沒有想引用哪些判決。」

佛切克只考慮了一秒，然後說：「好。」

我走近蜜莉安那桌時，她對我皺起眉頭。我還是站著，彎身越過桌面推開紙張，背對著佛切克。手機的震動停了。

「妳會想要看看這個。」我對蜜莉安說，拿起她那份犯罪現場的照片副本。

「什麼？你要給我看一張不存在的照片……才不。你跟我說說看，為什麼陪審團要在乎一張消失的照片。」她說。

「過來。」我說。她起身站到我左邊，給了我不錯的掩護擋住那些俄羅斯佬的視線。我跟她小小討論了一下那個摔破的相框。手機又震動了，短暫地震了兩下就沒有動靜。有電話和簡訊不斷交替進來。

一說服蜜莉安重新檢視照片，我就將手機拿出來。

甘迺迪的手機有兩則新簡訊、四通未接來電。

我查看未接來電，前兩通是一個叫「斐拉」的人打的，另外兩通則來自「溫斯坦」，我猜這兩人都是聯邦探員。我接著檢查簡訊。

第一則簡訊是斐拉在五分鐘前傳的。

我們到那個律師的公寓了。情況還好嗎？如果你沒有其他命令，我們會在六十秒內進去。

我打開最新一則簡訊，是兩分鐘前傳的。我低估了阿圖拉斯，大大低估了。

找到艾迪．弗林的遺書。他要炸掉整棟大樓。我們找到一份薩加號貨輪的艙單，還有法院的平面圖。抓住他，搜查整棟樓。

手機在我手中震動——斐拉又打來了。蜜莉安忙著看照片，沒留意我，我越過她的肩膀望向遠處，甘迺迪獨自一人坐在四排座椅後，旁邊沒有其他探員，他們也聯絡不上甘迺迪，因為他的手機在我這裡。斐拉和溫斯坦正拚命從我的公寓趕來這裡，我估計大該需要半個小時，最多四十五分鐘。如果斐拉找不到甘迺迪，他應該會嘗試打給其他幾個探員。

雙扇門被人用力推開，考森探員走向甘迺迪，對他老闆低聲說了些話後，甘迺迪起身走向我。我從蜜莉安身邊移開，站在法庭中央，律師都把這個位置稱作「井」。他邊走邊拔出武器大喊：「不准動，弗林。你被逮捕了。」

我搞砸了。

65

佛切克一發現甘迺迪朝我移動，右手拇指立刻放到手機上。

這一次，我無話可說。

甘迺迪停在我面前，克拉克手槍槍管瞄準我頭部。考森也掏出槍，守在背後掩護他老闆。

「你抓錯人了。」我舉高雙手的同時對甘迺迪說。

「慢慢趴到地上，臉朝下。」甘迺迪命令。

「他是我的律師，這是騷擾行爲。」佛切克說。

我的手繼續高舉，先單邊下跪，然後雙膝跪下，接著趴下將手緩緩放在地面。大理石地板抵著我的臉頰，感覺很冰冷。我張開雙手呈十字狀，耳中能聽見脈搏重重跳動的聲音。

我的手被拉到背後上手銬，一隻強壯的手臂把我拉起來。

「你們到底在幹嘛？」蜜莉安說：「我警告過你們不要上他的當。你們看不出來艾迪在使詐嗎？他想要被逮捕，他想造成無效審理。趁陪審團回來以前，快把他該死的手銬拿掉。」

那名探員對蜜莉安置之不理。

我勉強用耳語對甘迺迪說：「相信我，別這麼做。他們抓了我女兒，阿圖拉斯打算要救他弟弟，他的自動武器在行李箱裡。」

甘迺迪向前一步，好讓視線越過萬頭攢動的旁聽席。行李箱敞開著，假的箱底上放了一份卷宗。

「你是說那個空行李箱嗎？太遲了，弗林。我們在你的公寓找到遺書，還有薩加號的艙單和法院平面圖。一切都結束了。」

這一刻，我唯一能做的只有祈禱吉米會去找艾米，設法把她帶回家，帶回媽媽身邊。我很久沒有禱告了，我合起雙掌，求上帝幫助吉米救出我女兒。痛楚在我四肢燃起，我全身感覺沉重又遲緩，最後一點腎上腺素在挫敗中耗盡，疲憊感終於襲來。

甘迺迪帶著我出法庭，但他沒發現自己無意間製造了一場小型暴動，記者爭相擠出法庭，好拍到我被上了手銬的照片。

我背後傳來一道聲音，讓甘迺迪猛然停住。

「警官！那邊那一位！轉過來，天殺的！」

我認得那個聲音。

甘迺迪和我雙雙轉頭往後看。派克法官站在椅子前，資深法官哈利·福特站在她旁邊，他六十幾年的風霜似乎消失無蹤，看起來不再像個老邁的法官。他的背脊挺直，下巴傲然抬高。

「你是哪位？」哈利瞪視的目光讓甘迺迪活生生被定在原地。

「我是特別探員比爾·甘迺迪，我正在帶嫌犯去訊問。」他說著就要再度轉身離開。

「甘迺迪特別探員，你要是帶著那個人踏出這道門一步，不出一個小時，你就會變回甘迺迪先生了。轉過來，解開手銬，然後給我坐下。」哈利喝道。比起法官，他更像越戰時期的上校。甘迺迪是停下來了，也轉頭回去，但他沒有解開手銬。

「法警。」哈利對著剛把班尼帶回法庭的法警喊道，「如果甘迺迪特別探員不肯釋放弗林先生，你就要逮捕這位探員。如果他拒捕，那就開槍。」哈利咆哮著。

甘迺迪當庭抗議，「這個人是……」他想解釋，卻犯了個大錯。

「那副手銬在五秒內沒有拿下來，你就要在法院大牢裡待上很長一段時間了。」哈利說。

我看到甘迺迪的視線在我和哈利之間迅速游移。法庭裡似乎籠罩著一股寂靜，跟我過去聽過的靜默截然不同。我聽到法警上前拔出佩槍，哈利身上散發出如磁鐵般的力量顯然打醒了這位法警，他十分認眞地用槍指著甘迺迪。甘迺迪往前靠近我，用只有我能聽到的聲音低語。

「你要把這裡給炸了嗎，艾迪？把一切都了結了？」甘迺迪說。

「我被設計了。爲了救我女兒，我會不顧一切。」

「炸彈在哪裡？」

「我跟你說過了，列文收了賄。」

我不能告訴他地下室停的那幾輛廂型車，如果我說了，甘迺迪會淨空整棟樓，但我還需要一點點時間，只要再一點點時間就好。

「我不相信你，列文是受動探員。保全人員正在搜索整棟建築物。我不相信你，一點也不相信。」

「甘迺迪，放開他。」蜜莉安說。

「不行，而且順帶一提，這是聯邦層級事務，妳沒有管轄權，蘇利文女士。」他說。

「你可以放開他，而且你也會這樣做。你所在的是一間由州法管轄的法庭，你將會讓俄羅斯黑手黨的領袖得到無效審判的結果。如果他的律師被逮捕，審判就沒得進行，他會大搖大擺走出這裡。這就是艾迪想要的，你看不出來嗎？」

我感覺到甘迺迪的遲疑，他的眼神在地板上亂掃，頭腦超載。

「時間到。」哈利說。

「我還需要一點點時間，拜託。留下來好好看著，會很有趣的。我哪裡都不會去。我外套的左口袋裡有一張名片，你看一下。」

我背對著阿圖拉斯，他看不到甘迺迪拿名片。這位聯邦探員把名片夾在指間，翻到背面。

「這就是我跟你說過的聯邦探員名片。你是列文的主管，看過他的工作日誌，告訴我這不是他的筆跡。」

甘迺迪手裡拿著那東西，停頓了一會。我應該早點給他的，他的表情軟化了，額頭上的皺紋消失不見，嘴巴微微張開，讓我聞到他的口氣中帶有早餐咖啡的餘味。他認出了筆跡。

「這張名片是從葛雷果的皮夾裡拿的。你在搜查這棟樓，也好，你搜查的同時，請給我一點時間，三十分鐘就好。如果半小時後你還是不相信我，你可以逮捕我的屍體。」

哈利受夠了，「甘迺迪探員，你的五秒鐘已經用完了。」

我聽到群眾中傳來尖叫，有人爬到我們背後的座椅上，爲了避開法警朝甘迺迪逼近時的射擊範圍。

蜜莉安拿著手機。

「我要打給紐約市調處。你的長官一定很想知道，他手下的探員爲什麼搞砸了十五年來最大的黑幫審判。」

甘迺迪遲疑了。他垂著頭，焦躁地摳著拇指，抓破皮膚，血冒了出來。

「你今天早上是怎麼告訴我的，甘迺迪探員？你還記得嗎？你跟我說艾迪．弗林以前是個詐欺犯，他在詐騙你，甘迺迪。他想讓自己被逮捕，毀掉這場審判。法律程序拖延愈久，就愈難保護證人不受前雇主傷害。拜託想一想啊！你不能這樣毀掉我職業生涯中的重大案件。門都沒有。」蜜莉安說。

隨著一聲沉重的呼吸，甘迺迪抬起頭。

「你有二十分鐘，我會看著你，弗林。要是敢輕舉妄動，你就會先送命。」甘迺迪解開手銬，對法官點點頭，然後走回座位，全程都沒有讓我離開他的視線範圍。

法警把槍收回去。哈利和嘉布瑞拉互看一眼，然後坐下。

「甘迺迪探員，在這間法庭裡，我就是法律，別忘了。」哈利說。

我回到辯方席的座位坐下。觀眾間傳來的噪音不像在看謀殺案審判，更像在觀賞重量級的拳擊冠軍賽。佛切克抓住我的手臂，把我拉近。

「剛剛那是怎樣？」佛切克說。

「就是運氣，完完全全、如假包換的運氣。」

派克法官似乎已經準備好繼續進行審判。在庭審事務方面，她自認是個現代改革派，拒絕在法庭裡放上法槌。她伸手拍拍面前的紅木桌大喝，要全場安靜。

「接下來的審理過程中，福特法官會在旁觀審。」她說，「考慮到某些成員的行爲，我很高興有他在這裡。」

派克法官按了一下原子筆，筆尖放在記事簿上，準備聆聽證人說詞。陪審團的最後幾名成員也進來了，小班尼重新入座證人席。蜜莉安只會問幾個關於班尼受到生命威脅的問題，然後他就歸我了。

甘迺迪的目光片刻不離我身上。

蜜莉安站起來，調整一下外套，讓自己在舒適的狀態下開始簡短的直接訊問。

「X先生，你是如何在這個案件中成爲證人？」

班尼對這個問題顯得很意外，但他迅速回答了，這通常能代表證人的回覆出於誠實。

「我在一樁謀殺案的現場被警察逮捕。」

「謀殺案的死者是誰？」

「馬里歐．傑拉多。」

「謀殺傑拉多先生的是誰？」

班尼頓了一下，抹抹嘴巴。

「是我。」他實事求是地說，語氣彷彿在跟別人說澳洲的首都在哪裡。

「是你？」蜜莉安問。證人漏掉了一小段證詞，她在給他機會補救。我應該要提出反對，但是我沒那麼做。

「是的。奧雷克．佛切克送了一條訊息給我，被害人的名字寫在半張一元盧布紙鈔上，而我擁有另外半張，這是前蘇聯人雇殺手的暗號。」

我起立反對。我需要蜜莉安加快速度，我才能接近班尼。

「法官大人，這根本沒有講到重點。」

「要講到了嗎？」派克法官問。

「是的，法官大人，現在就要講到了。」蜜莉安回答，「你因爲這樁謀殺遭逮捕後，發生了什麼事？」她問。

「我接受了協商，向警方透露誰派我殺人的，因此獲得減刑。」

「這段期間，你都待在監獄裡嗎？」

「不。達成協商之後，我就接受聯邦調查局的保護。」

「爲什麼聯邦調查局對你採取保護性監管？」

該死，又得反對了。「反對。證人並不知道聯邦調查局的動機。」

派克法官用筆對蜜莉安做了個繞圈的手勢，要她倒回去換個說法。

「你沒有在監獄服刑，而是接受保護性監管，你認爲原因是什麼？」

班尼什麼也沒有說，看著蜜莉安，又看看法官，最後視線停在佛切克身上，那是一種充滿純粹恨意的眼神。

「很簡單。」他開始解釋，「奧雷克叫其他人來殺我。如果我在監獄裡，他會找人要了我的命，聯邦調查局保護我遠離佛切克的可觸及範圍，因爲他只需要說一個字——我就死定了。他知道我要作證指控他，所以他要我死。」

蜜莉安知道局勢不會再更好了，便抓住最佳時機鞠躬退場，「沒有別的問題了。」

法官看向我，等待我交互詰問。法警、聯邦探員，或許還有紐約警局，此時此刻正在翻天覆地搜索這棟樓，找尋任何看起來像爆裂物的東西。廂型車的窗戶一一被敲破之後，搜索的隊伍這次一定會找到炸彈，時間早晚的問題，也許只要再幾分鐘。觀眾一片安靜，等著殺人犯接受辯方詰問。

「我只有幾個問題。」我站的地方離班尼有五公尺遠，在爆炸範圍之外。我四肢上如鉛般的重量逐漸消失，同時心跳加快。

過去一天半以來發生的種種，全都歸結到最後這幾分鐘，即將迎來終極的答案。我想起了我父親，感覺到他的紀念牌冷冰冰地觸碰著我的皮膚。

「佛切克先生可能會如何殺害你？」我問。

這個問題似乎逗樂了班尼，他笑出來，環顧一下法庭，在座位上動了動，並且用手在臉上抹了好幾下。

「你代表的那個人不在乎用什麼手法殺人。」

「你怎麼知道？」我問。

「我知道——我替他工作了二十年。他想要某個人死，那人就會死，死法不重要。」

「那麼，舉個例子給我聽吧。」

班尼這會不再笑了。

「這個嘛，馬里歐．傑拉多——佛切克把寫了馬里歐名字的半張盧布送來給我，於是我就射死馬里歐。他沒有說要射死他、捅死他或是淹死他。只要名字被寫在那張盧布紙鈔上，就代表他得死。」

「我只是想聽幾個其他的例子，比如說，他最後殺的三個人，他們是怎麼死的？」

「我怎麼會知道？」

「你說你擔心自己的性命安危，你說我的客戶是殺人凶手，那就跟我說說他的手法，跟我說他是怎麼殺人的。」

「我告訴你了——他把他們的名字寫在……」

「那就告訴我他最後殺的三個人叫什麼名字。」

我看到班尼臉上一閃而過的憤怒，在一秒之內出現又消失了。我要助長班尼心中的這股怒氣，要保住艾米的命就靠這個了。

「告訴我啊！」

小班尼傾身向前，雙拳緊握。「我不會說，我只講這件謀殺案的事。」

「你接受了協商，卻還有十二年的刑期。明明有那麼多內幕能告訴地方檢察官和聯邦調查局，你卻什麼也沒說。是因爲你仍忠於組織裡的某個人嗎？還是因爲這件案子有更多隱情？」

小班尼在座位上躁動不安，拉拉襯衫領子，他一定覺得衣領突然把他的喉嚨勒得好緊。他的手指在脖子上摸了一圈，然後伸出去拿水杯。

「我不知道你在說什麼鬼話。」他說。

「噢，你當然知道，X先生。你在謀殺案現場被逮個正著，你接受了協商，你對聯邦調查局供出我的客戶奧雷克·佛切克，說他是這件謀殺案的主使，對嗎？」

「對。」

「但你今天在明確的死亡威脅下來到這裡，卻不肯針對這個人的其他謀殺犯行提出證詞，不管是親自犯下或是指使他人下手，你都從沒對警方和聯邦調查局提過，直到今天也沒有透露，對嗎？」

「對。」

「你沒有對聯邦調查局說，我客戶據傳掌有毒品帝國？」

佛切克沒有反應，我已經透露過我會用這一招。

「你的當事人沒有遭到毒品罪的指控，弗林先生。你這是在指明你的當事人有個毒品帝國嗎？」派克法官問。

「不是，法官大人。檢方指稱我的當事人掌管俄羅斯黑手黨，可以合理假設他們的生意並不是挨家挨戶賣餅乾。」

蜜莉安對陪審團做開場陳述時，指稱佛切克是俄羅斯黑幫首腦，當時我沒有提反對。但我現在心裡想的不是這部分陳述，是她對陪審團所說的其他內容給了我機會，一個渺茫的機會。

「X先生，你沒有對聯邦調查局說，我客戶據傳掌有毒品帝國，對嗎？」

如果警鈴在這個時候響起，我的整個計畫就要在眼前灰飛煙滅了。我逼迫班尼，試圖用他回答的一次次「對」建立起重複的節奏，不斷丟球給他，使他煩躁，這樣他就會在憤怒之下不假思索地答覆。

「對……我——」

我打斷他，「沒錯。你沒有對聯邦調查局說，據傳由我客戶主使的販毒行動，也沒有提到據傳由我客戶組織的賣淫集團，對嗎？」

「對。」他答得很快，甚至搶在快如閃電的派克法官之前——她問我是否打算在法庭筆錄上指明，我的當事人開設了小奧德薩區最受好評的妓院。我繞著辯方桌打轉，視線緊盯著班尼。他轉開目光。

「你也沒有對聯邦調查局說，我客戶據傳進行的洗錢行為，對嗎？」我一面說，一面慢慢逼近，縮短我們之間的距離，營造對峙的氣氛，一步步走進爆炸範圍。

「對。」他眼神在室內四處飄移。

我靠得更近，我們四目相對。班尼向前傾，眉頭緊蹙。

「你也沒有對聯邦調查局說，我客戶據傳組織的人口販運網絡，對嗎？」

「對。」

我們之間只隔著一公尺。我愈接近，班尼愈是明顯地緊繃起來，彷彿他準備好跳過證人席的隔柵來掐死我。

「你也沒有對聯邦調查局說，據傳在我客戶名下的非法武器交易，對嗎？」

「對。」

「你沒有對他們提到這些行爲，因爲被告所管理的如果是犯罪組織，就會遭到聯邦調查局查緝，於是……」

我抓著證人席的隔柵，身體湊到小班尼面前，正對著他的臉，一手揭穿他的骯髒祕密。

「這樣一來，審判結束之後，你和你哥哥就沒辦法奪取他的事業版圖了，對嗎？」

「對。」

話才說出口，他就醒悟過來、猛搖著頭。派克的筆掉了，哈利倒抽一口氣。

「不。我是說，我不知道你在說什麼，你這下賤的律師雜種！」班尼極力辯解。

我悄聲對他說：「佛切克知道實情。」他倏地站了起來。我轉身背對旁聽席，班尼把我推開，但在他抓住我的肩膀前，我的手已經伸向他，動作迅速但力道很輕。我踉蹌後退，硬是穩住腳步。

法警伸手壓在班尼身上，強迫他坐回座位。派克斥責班尼對我動手動腳，蜜莉安抗議我威脅她的證人，但我舉起一隻手，讓她們兩人都住口了。結束交互詰問之前，我瞄了甘迺迪一眼，他正全神貫注。

「是我不對，我道歉。我剩下最後一個問題。自從被逮捕之後，你就待在警方和聯邦調查局的保護性監管下，沒有進過一般的拘留所。那麼，你是從哪聽說被告對你下了格殺令？」

他遲疑了。這個問題對他而言很陌生，一輩子身爲幫派成員，他就是知道背叛了老闆會有什麼下場。

「我沒有聽說。」班尼臉上依然掛著困惑的表情。

「所以你也沒有接到死亡威脅？」

這個問題懸在空中。班尼往後一靠，哼了聲氣，然後對我搖搖頭，好像我是個白癡。

「沒有，我沒有接到死亡威脅。他辦事的方法不是這樣，我們知道背叛了老大會有什麼結果——下場就是死。」

「被告還下令殺掉過哪些背叛他的人？」

「我不能說。」班尼說。

就是這句話。

這就是一切的關鍵。

「法官大人，考慮到證人最後作答的內容，我必須聲請停止審判。」我說。

旁聽席的群眾馬上開始交頭接耳、說悄悄話，或大聲抗議。我聽到法庭的後門關上，列文探員正穿過一排繁忙的人潮，前往右側的一個空座位。他坐下以前，朝座位離我只有幾公尺遠的阿圖拉斯點了一下頭。那是個快速的信號，只有幾億分之一秒，只要那麼一會兒就會錯過。

甘迺迪就錯過了。

阿圖拉斯在座位上動了一下，背對法官打了通電話。我聽不見通話內容，但他撥的號碼在iPhone的螢幕上顯示得非常清楚。

他打了九一一。

66

派克命令陪審團離席。和大多數陪審員一樣，他們逐漸習慣審判過程中的頻繁中斷。等待陪審團離開時，我思考著阿圖拉斯報警的事。我的猜測是他剛剛跟警方爆料這棟建築物內有炸彈，而我敢打賭他跟他們說了廂型車的確切位置，以及裝有多少爆破物。災難應變中心每天都要應付一堆惡作劇通報，不用多久他們就會有所警覺，並將資訊拼湊起來——俄羅斯黑幫老大的謀殺審判、受聯邦調查局保護的重要證人、我公寓的搜索票、薩加號失竊的爆破物。最好的情況，我在法警開始疏散大樓前還有三分鐘，也許四分鐘。阿圖拉斯大可早點打那通電話，但他等到列文對他點頭，那個信號透露的只可能是一件事：列文肯定啓動了地下室炸彈的計時器。計畫的下一步要靠紐約警局夠機警，聯絡這棟樓的緊急疏散單位，一旦緊急疏散通知響起，眾人奔逃，就會爲阿圖拉斯和同夥提供最好的掩護，讓他們探進行李箱，拿出自動機槍，並救出班尼。

派克法官清了清喉嚨——無疑是在爲自己做準備，以處理辯方又一個毫無必要的干擾。她緩緩拿下眼鏡放在她的筆記上，雙手交疊於下巴下方。最後一位陪審員走出去後，我朝佛切克眨眼，他將手機放在桌上，準備好要撥出去。

「弗林先生，我希望你能好好講清楚你在要求什麼。我猜想你要提出動議，廢止證人X的匿名處理？」

「我不是要主張這個動議，此處爭點並非匿名性，爭點是無效審理。」我說。

派克挑起眉毛。我把甘迺迪的手機放到手裡，準備打給吉米。群眾感覺到好戲上演，細碎耳語開始聚積成此起彼落的興奮交談。蜜莉安往前坐，準備迎擊，兩位法官憂慮地對看一眼。

「你想要主張動議，宣布無效審理？」派克法官說。

「不，法官大人。」我轉向蜜莉安。「檢方會替我做這件事。」

蜜莉安起身，滿臉的驚愕與噁心。她的頸部瞬間泛紅，氣得把筆摔出去，任其彈到地上。

「法官大人。」我開口，「您剛才聽到證人X的證詞——他宣誓過的證詞說明，他一個死亡威脅都沒收到。一個都沒有。陪審團已遭檢方誤導。」我拿起我的筆記。「在蘇利文女士的開場陳述裡，她告訴陪審團，我的當事人是俄羅斯黑幫首腦，且她的證人遭受威脅。我引述她的說詞：『他的生命安全正遭受威脅』。就在我的筆記裡，我畫了底線——畫了兩次。如果陪審團相信證人X，相信他因爲在被告據傳爲俄羅斯黑手黨老大的審判中擔任檢方證人，所以遭受死亡威脅，那麼就很明顯地暗示我的當事人威脅了他。我們現在曉得，沒有這樣的威脅，不論是來自我的當事人或其他人。我直接訊問證人他是否收到死亡威脅，而他說『沒有』。問題是，檢方對陪審團陳述了與眞實相差甚遠的說法。」

我聽見蜜莉安拍桌時「砰」的一聲巨響。「法官大人，證人會陳述他曾參與大型犯罪組織，擔任俄羅斯黑幫的殺手。在這種組織裡告密會發生什麼事，是再明顯不過的。」

「不，法官大人，並非如此。證人尚未提供任何關於該組織的證詞，我確定有在我的交互詰問中談到這部分，我也給他所有坦露實情的機會——毒品、賣淫、洗錢、謀殺。證人什麼也沒告訴我們。他拒絕提供任何關於該組織的證詞，陪審團沒有聽到任何關於死亡威脅的證詞，證人也否認遭受威脅。檢方誤導了陪審團和法官。法官大人，我們沒有要主張檢調單位刻意誤導陪審團，然而檢方的虛假陳述，明顯讓陪審團對我的當事人產生偏見。」我轉向蜜莉安。「我們相信這是無心的虛假陳述，假如檢方能做出正確的決定，申請無效審理，我就會鼓勵我的當事人，不要起訴檢方的不當行爲。」

蜜莉安踹開椅子朝我衝來，無視法官要她回座位坐好的要求。她曉得我說的沒錯，正是這點要了她的命。身爲一名經驗老到的檢察官，她知道派克不會冒險，在有如此致命的上訴理由任人攻擊時，讓案子進入裁斷。

「你這混蛋，你在搞什麼？」她說。

「我是爲妳好，妳要輸掉這場官司了，蜜莉安。撤銷審判，去找另一個字跡專家重新來過。我本來可以申請無效審理，但若由妳來，妳想怎麼包裝都行，讓它看起來好像是很聰明的一步，因爲妳的專家被拆檯了。」

她搖頭。「你沒戲唱了，艾迪。我會確保你的客戶下次必死無疑。希望你玩得開心，因爲你正式被列入檢方的終身黑名單了。」

如果這步棋下對，我就不必回答替當事人爭取無效審理的原因了。由檢方提出動議，我便能跟接下來的風風雨雨拉開距離。

蜜莉安調整襯衫，沒有多說什麼，她回到她的桌子，咬牙切齒地向法官說：「法官大人，鑑於弗林先生的建議，我別無選擇，請求庭上宣布無效審理。」

她沉重地坐下，交叉雙臂。

班尼焦慮地坐在證人席上，手指在欄杆上敲打。阿圖拉斯在長椅上往前傾，準備要探頭進行李箱。

佛切克將他的手機轉向我，給我看他輸入的簡訊。放她走。

「送出去。」我邊說邊打給吉米，將手機藏於桌子底下，等著通話接通的圖示跳出。沒人在看我——所有目光都集中在法官身上。

派克法官閉眼片刻，倒回椅子上，我十歲女兒的性命全仰賴在她的決定上，而她對此事毫無所知。

她深深嘆氣說：「我不覺得我有其他選擇，麻煩請陪審團回來，我來讓他們離開。我宣布無效審理。」她跟哈利竊竊私語起來。

群眾譁然。

佛切克按下送出。

吉米接起電話。「吉米，他放她走了。去找她。」

「我出發了……」

「吉米，等他看到訊息……」

電話斷了，我立刻按下重撥。派克正和哈利激烈爭論著，沒注意到我的動作，這對她來說也不重要了。於她而言，這個案子已死，因此這些都是私下行爲。

陪審員紛紛回到法庭，與此同時，屋內充斥著警報的怒吼。

後門砰地打開，一名警衛衝進法庭，用大過警報的音量咆哮。「我們現在得疏散，這是防爆小組的命令。」

警衛彎腰咳嗽，接著被群眾給淹沒。尖叫四起，旁聽群眾在恐慌中散場，人們互相推擠攻擊以求越過他人，每個人都爭著湧向大門。蜜莉安的團隊丟下資料跑了，但蜜莉安沒有動作，而是僵在原位看著我，嘴巴張開，表情混雜著懼怕與驚愕。她其中一位助理跑回來，一把抓起她的手臂往出口去。

甘迺迪跑向喘氣中的警衛，試圖想找他，但對方已經帶著第一批記者衝向大廳。

阿圖拉斯探頭進行李箱。

這是俄羅斯佬的完美障眼法，整棟大樓就在方才陷入混亂，人們爬過彼此身上爭相逃生。我看見哈利護送派克法官穿過她辦公室的門。

在一陣恐慌之中，佛切克登場演出，他爬上座位，指著小班尼大叫，「引爆器在他身上。在他口袋裡！」

片刻間，尖叫變得更激烈，警報聲的節奏彷彿慢成心跳，所有目光都轉到小班尼身上。阿圖拉斯猛然抬頭，錯愕地望向弟弟。

班尼搖頭，拍了拍口袋。負責護送的法警拔槍對準小班尼。甘迺迪朝班尼舉起自己的武器高聲指示：「趴下！趴在地上！」

小班尼目瞪口呆地站著，他拍了拍口袋，接著在外套左邊口袋摸到某個不該出現在那的東西。他的手停在那陌生的突起物上，表情跟著轉爲驚恐，並開始顫抖。他舉起一手投降，同時忍不住檢查口袋裡的東西，在他拿出假引爆器時，他和我對上眼，剎那間想通了。他拿著佛切克在會議室給我的假引爆器，那個被我砸開、用步槍彈匣上一小塊布膠黏回去的引爆器，也是我幾分鐘前，趁班尼把我從證人席推開時，塞到他身上的那個引爆器。

班尼的震驚與頓悟，讓他整個人僵硬得好像在用液態氮沖澡一般。警報聲緊迫而深入骨髓的節奏，似乎在那震驚與致命的猶疑瞬間再次加速。佛切克跟我一樣清楚執法機關的規定——一旦嫌犯手持引爆器，立刻用致命武力擊倒對方。

甘迺迪開火，警衛半秒後跟進，小班尼睜著眼睛、一臉困惑地死了。

任何讓佛切克的謀殺罪名得以重審的機會，都跟著證人X一同死去，這形同判決無罪；而我唯一能和佛切克談的條件，就是換回我女兒一命。我聽到身後一聲粗啞的怒吼，不用轉身也曉得那是阿圖拉斯。

我即時轉過去，見到佛切克衝向門口。他在通道中途停下，看向在場的俄羅斯佬穿上他們的工作服，從箱子裡拿出步槍。阿圖拉斯忙著處理我在箱子裡看過的那個大型遙控設備，將它打開，按了幾個控制鈕，然後把遙控器丟在地上。佛切克沒有要等的意思，他贏得了他的勝利，轉身逃走。等阿圖拉斯起身要找佛切克，兄弟幫的老大已然不見蹤影。

67

「有槍！」我大喊，躲到辯方席下。我往外探出一點，剛好能看見葛雷果和維克多正換上工作服，並盯著步槍的空彈匣看。那些彈藥全在年輕律師丟在會議室的公事包裡，躺在一疊文件底下。佛切克和我在重新打包行李箱時，卸下了每盒彈匣裡的每顆子彈。

「丟下武器，趴在地上。」甘迺迪見俄羅斯佬試圖備戰時吼道。考森探員加入他，將克拉克瞄準葛雷果和維克多。四周沒有群眾的哭喊聲，最後一批人早已衝出大門。

原先護送班尼的警衛舉槍往俄羅斯人靠近。

我打給吉米，他沒有接，心臟在我胸口劇烈跳動。我抬起頭，卻已來不及出聲提醒。

「不准動。」列文說。

列文站在甘迺迪和考森後面，槍口對準兩人。甘迺迪和年紀較輕的警衛僵住了，他搖搖頭，閉上眼睛低頭咒罵。

「把槍放下，否則我殺了他們。」列文用蓋過警報的聲音朝警衛大吼，後者因爲幾分鐘前開槍首次殺人而驚恐又亢奮，氣喘得太過用力，幾乎連槍都握不穩。

「列文，別這樣。」甘迺迪放低他的手槍說。

「我希望我可以不用開槍，比爾。我剛剛啓動了地下室的兩顆炸彈，十二分鐘後這棟樓就會變成一堆瓦礫。要是搜救小組眞找到你的屍體，我不希望上頭有彈孔。把槍放下吧，叫警衛也照做。」

聯邦探員慢慢將武器放到地上。葛雷果扔開沒有子彈的步槍，直接搶走警衛手中的貝瑞塔手槍。

腳步聲朝我靠近，我聽見他腰間背帶傳來的金屬碰撞聲——阿圖拉斯。

他扯著我的領口，把我拉出來，扔到法官席前面。

「雙膝跪地，手放在背後。」列文說，甘迺迪和考森雙雙照做。

「你現在信我了吧，王八蛋！」我怒吼。甘迺迪沒對上我的視線，而是盯著自己的武器，它就躺在半公尺外的大理石地面上。

阿圖拉斯離開我，從左口袋拿出引爆器。

「你個混帳，你跟奧雷克談了條件。別擔心，我們會找到他。律師，今天就是你的死期了，這就是你的報應。」

他退得更遠，遠離爆炸範圍。

那幾秒間，一切彷彿都變成慢速進行。我的身體感到亢奮、高度警覺，動作卻很緩慢。我的頭隨著警報的節奏砰砰跳動。

葛雷果將年輕警衛的槍塞進腰間，用他巨大的雙手輕輕鬆鬆折斷那孩子的脖子。

收賄探員列文拿槍托敲考森的頭，用某種興致勃勃的表情看著夥伴倒下。

維克多撿起考森的武器，緩緩地朝大門走，確保室內無人。

阿圖拉斯看著我爬離他越來越遠，唇間不經意露出一抹哀傷的笑容。

他啓動我穿了一天半的炸彈引爆器，然而什麼事也沒發生。

那一秒的猶豫打斷了他的笑容，他再按了一次引爆器——哈利昨晚拿來的那個引爆器。什麼事都沒發生。

「把他們全殺了。」他說。

列文沒有把貝瑞塔對準甘迺迪的頭顱，反而移開武器，朝他老大開了兩槍，然後瞄準我的胸口。

我閉上眼睛，見到我女兒躺在展望公園的草地上，夏日的陽光一片溫暖。

砰！

我沒感覺到痛苦，沒有溫熱，亦無冰冷，什麼都沒有。

我睜開眼，發現列文站著，槍自手中滑落，紅色血霧從他頭部側邊噴出。他往前一倒，頸部中槍，而我看到蜥蜴在他旁邊。

俄羅斯人立刻各自找掩護。

蜥蜴在法庭後方，用我丟在地下室垃圾桶的貝瑞塔瞄準維克多。金髮巨人反應不夠快，發狂似地開火，但蜥蜴的槍法神準無比。

我一旁的窗戶炸開來，紅木碎片從檢察官席彈出，落在離我約莫一公尺遠的位置，我意識到葛雷果在我這邊，他正卸下那支警衛手槍的彈匣。我踉蹌起身扭頭就跑，又一槍射在檢察官席，激起的塵土和碎屑噴了我一臉。

沒有掩護了。

我無處可去。

我聽見背後又有一聲槍響，但不敢停下腳步。

我的外套被子彈射開，扯破了內襯。窗戶近在咫尺，我衝過眼前的一點五公尺，來到破碎的十四樓窗戶邊，跳過殘存的幾片玻璃，紐約市冰冷的空氣吞沒了我。

下方一整片城市朝我襲來，我只能祈禱自己夠他媽的聰明。

68

我放聲尖叫。

部分還殘留在窗框上的碎玻璃裂開，並隨著槍擊噴散，被廣大無邊的天空給吞噬。

我掉了下去。

有那麼一刻，我眼前只有建築物頂端和上頭的清澈藍天，臀部朝四百公尺下的路面急速下墜。這一墜感覺過了一輩子，實際上只有兩、三秒，我就摔到鷹架上，頭部撞擊金屬層板，左肩劇痛欲裂，撞得我眼冒金星。

接住我的鷹架是特別為了翻修法院外牆而搭建的，長度在本市數一數二，十二公尺長、一百八十公分寬。支撐鷹架連接屋頂的鋼索跟我的手腕一樣粗，一路延伸至地面。昨天進法院前，有看到工人在這上面，今天早上也有。我還記得新秀麗行李箱裡附安全配備和遠距遙控器的工作服。

這就是俄羅斯佬的逃生路線，在紐約警局對法院及西邊出口街道設置封鎖線的同時，俄羅斯佬打算扮成工人，從建築物東面的鷹架悄悄溜下去。警察和聯邦探員會認定他們在爆炸中身亡，埋在建築物底下，而這些俄羅斯佬便順理成章地躲去暗處，接管佛切克的犯罪事業，沒有人會再去追查他們。

法院裡的槍響停下。

我試著起身。這一摔使得鷹架左右晃動，開始微幅搖晃。我抓著兩側的安全扶手站起來，搭架的控制器被鎖住，必須有鑰匙才能讓系統運行，現在動不了。我猜阿圖拉斯在法庭裡短暫使用過的無線控制器，能遠距遙控這座搭架。

我聽見身後傳來一聲巨響，從法院創始第一天就存在的四面拱型窗其中一面爆開。我走過層板，往破窗去，一道身影出現在窗台上。

他氣喘吁吁地把用來擊破窗戶的椅子扔到一邊，潔白的長袍上沾有石灰，咳嗽時差點跌下去。

是哈利。他回來找我了。

69

「小心。」我說。

哈利搖搖晃晃地移動，在要跌倒時抓住石雕。我踩在搭架的扶手上，把自己推上窗台。法庭裡的槍聲重新響起。

阿圖拉斯跳到搭架另一端，使金屬層板劇烈晃動。他跟我從同一扇窗戶跳出來，將救生繩卡在層板的安全扶手上，繩子穿過腰間，栓在工作服加厚皮製三條式背帶上。他跪下來，把搭架的遙控器放在地上，假鞋跟往後一滑，抽出刀子。

「抓住我的手，艾迪。」哈利說。

「律師。」阿圖拉斯咆哮。

他的笑容就跟我們昨天在泰德小館的廁所裡初次見面時一樣，那道突起的疤彷彿碰到他上揚的嘴角，在冷空氣中變成粉紅色調。他看起來不一樣了，不再是個冷血殺手，眼中帶著痛苦且渴望復仇。我的頭因爲剛剛那一摔還在劇痛，血液從頭上的傷口流到頸部，我猜我肩膀和背上的瘀青要一個月才會好了。

「結束了，律師。」阿圖拉斯說。

我盡可能迅速後退，哈利伸出來的手就在觸手可及的範圍，阿圖拉斯則站在六公尺外。

「我猜那些工作服眞的很重。」

阿圖拉斯不理我，開始往前移動。

「我猜那些衣服眞的很重，重到多個幾百克你也不會發現。」

他停住，緩緩低下頭。

他的手摸過胸口、背部，在摸到右腿上的大口袋時停住。佛切克跟我都猜大號的工作服是給阿圖拉斯的，我一跟佛切克談好條件，立即把炸彈藏進工作服裡。

我從褲子口袋拿出眞的引爆器，高舉給他看，然後說：「笑給它看吧，混帳。」我抓住哈利的手，躍上窗台，並按下引爆器。

這位退伍上校在搭架塌落的同時把我拉起來。阿圖拉斯被炸成兩半，控制器毀得面目全非，搭架飛衝上天。就在我膝蓋跪到窗台、把自己拉到安全位置時，我聽見金屬搭架朝下方空蕩的人行道加速跌落的哀鳴。感謝老天，紐約警局淨空了這一區。地面傳來的撞擊聲彷彿震盪進我的齒間，搭架彈開斷裂，形成一陣駭人的狠扭猛摔。

「幫個忙吧？」我聽到考森的聲音，從窗戶轉過身。他將甘迺迪半失去知覺的身體扛在肩上。甘迺迪的呼吸很微弱，防彈背心上似乎挨了不止一槍。蜥蜴把貝瑞塔手槍塞進褲子朝我們跑來，並從考森手上接過流著血的甘迺迪。年輕探員似乎站不太穩。

「俄羅斯大個子死了，他是最後一個。」蜥蜴說。

「我們走吧。」哈利說。

一切都進行得飛快，即使如此，我們大概也只剩六分鐘，也許七分鐘的時間，趕在廂型車爆炸前清空大樓。

70

電梯直接通往一樓，我們沒有時間走樓梯。

警報聲每秒都在提醒著路人，且愈來愈顯緊迫。

蜥蜴扛著甘迺迪，調整腳步站穩，確保傷者的體重平攤在他肩上。我的呼吸難以控制，混雜著恐慌和純然的疲憊。考森還在撐著自己的頭，只有哈利一副冷靜的樣子，但我看得出他真的害怕死了，他的眼神未曾自控制板頂端的樓層顯示上移開。

哈利安靜地用唇語數著電梯經過的每一層樓。

警報聲持續大響。

時間一分一秒過去。

「吉米有找到她嗎？」我說。

「我不知道。」蜥蜴說。

我試著再打給他一次，但沒有訊號。

拜託告訴我你找到她了。拜託……

電梯停在大廳，我們衝出去。入口大門敞開著，兩百公尺外，最後幾位疏散者正飛衝向警用封鎖線。考森抓著哈利的手臂大喊，「跑。」

蜥蜴狂奔過哈利，我們也跟上。

在我們抵達法院外大階梯時，擴音器傳來一震巨響。一名警察站在我們前方約四百公尺的地方，在防爆牆後探頭探腦。我們奔跑、打滑、下樓梯。命危探員的血浸濕了蜥蜴的背部和褲子，還弄濕他的鞋子，使他腳步開始有些不穩。

哈利和考森在我的前面，我放緩腳步好繼續打給吉米，接著一邊等接通，一邊往防爆牆衝過去。

我的肺在灼燒，就算離開了建築物，我依舊能在腦中聽見警鳴，敲響著時光流逝。我奔跑時，鞋跟敲擊地面的聲音和那不間斷的噪音結合，我的雙腿彷彿在時間變快的同時緩了下來。

我幾乎要垮了，呼吸困難、失去氣力、頭痛欲裂。我使盡全力讓雙腿繼續移動，雙臂繼續揮舞，大張的嘴卻吸不進足夠的空氣。

我們很接近封鎖線了——再四十五公尺。防爆牆打開，以便醫護人員前來協助我們。我得在夾縫間找出他們。我在群眾裡瘋狂尋找那幾張臉，但沒看見艾米或吉米。

蜥蜴把甘迺迪丟到一張推來等著的擔架上。

我重新撥號。

就快到了。

考森、哈利和蜥蜴抵達防爆牆，並躲到後面。

就在我快到的時候，電話接通，我聽見吉米的聲音。「艾迪，我——」

然後世界就此崩塌。

爆破聲將我震聾。我好像突然陷入濃稠的液體中，有種飛在空中的快感，儘管我沒印象雙腳有離開街道。我的頭猛力撞擊地面，卻沒有疼痛的感覺，只有血肉與骨頭撞擊地磚時體內空洞的回音。感覺好像有一陣惡臭、泥土和磚塊堵在我的喉頭，然後埋在齒間。

我躺在地上，看見曾經的法院如今成爲一片駭人的漆黑塵埃。建築物倒下，可怕的咆哮震盪了整座城市，雖然我什麼也聽不到，只感覺到無數磁磚坍落的驚人撞擊。我被一陣濃重的金屬燃燒及舊木材氣味給嗆到，好像聽見哈利在尖叫聲中呼喊我，伴隨著上百萬片玻璃在空中翻攪的雜音。

然後我就什麼都不記得了。

71

我感覺嘴上有某種潮濕而溫熱的東西。我的嘴唇很乾，這個親吻很有紓緩作用。

我用力睜開一隻眼睛，看見克莉絲汀的臉，就離我幾公分遠。

過了幾秒我才意識到，我躺在醫院病床上。

我的妻子從我身邊挪開，她雙眼泛紅，哭花了臉，手指顫抖著摀住嘴，留下更多眼淚。她哭著猛揍我，打在我的胸口和手臂上。我輕輕舉起手，她停下來崩潰地啜泣，同時搖著頭離開我身邊。

克莉絲汀離開時，我看見她身後小小的身影，有人睡在我病房裡的訪客椅上。陽光灑落在我女兒的頭髮上，我從沒見過像這天一樣美麗的午後陽光。我看著她好一會兒，分不清那道光是從太陽，還是我女兒身上散發出來的。她穿著那件別針和徽章比布料還多的小夾克，底下是布魯斯．史普林斯汀[1]的T恤、綠色牛仔褲，以及她過大的靴子。

她看起來好平靜。

1 布魯斯．史普林斯汀（Bruce Springsteen, 1949—），暱稱The Boss，美國搖滾歌手、詞曲創作人與吉他手。1999年入選搖滾名人堂，2009年獲得甘迺迪中心榮譽獎，2016年獲頒總統自由勳章。

「你這該死的混帳。」克莉絲汀輕聲罵道，不希望吵醒我們的女兒。「她有夠幸運。她有可能會被殺死。你讓她生命受到威脅——你和那間事務所。」

「我絕對不會讓她面臨危險，她是我最重要……」

「但你確實這麼做了。我一想到他們本來會怎麼對她……」

「克莉絲，我愛你，我愛艾米。」

「這不夠，艾迪。你的人生、你的當事人都太危險了，我不要冒這個險。這對艾米一點也不公平。」

她靜靜地站著，搖搖頭。

「他們不是我的當事人……」

「我不在乎。他們綁走了我們的小女兒，我永遠不會原諒你。」

我無話可說。

「我得去跟他們說你醒了。」

她看向我們睡在椅子上的女兒。

「她累壞了。我們都很累，艾迪。你不如就叫醒她吧，她一直在等你。我去叫護士。」

克莉絲汀用衛生紙擦乾眼淚，轉身離開。我感覺她好像不只離開了房間，也離開了我們的婚姻，永永遠遠。

「艾米。」我尖叫。

她醒來奔向我。我抱著她，好像我從沒抱過一樣。我親吻她的頭髮，兩人哭在一起。我背上、肩膀的疼痛阻止不了我起身檢查艾米，確保她一切安好——沒有瘀青，沒有劃傷或刮痕。

她沒讓我檢查太久，小手臂攬住我的脖子，盡可能地抱緊我，將我包圍在她的美好氣息中——混和了髮膠、鉛筆、丹寧布和泡泡糖。

「我來了，我來了……」我重複說。

最終，她放開我，坐到床邊握住我的手。

「爸，這聽起來可能有點怪，但我想給你一枝新的筆。」她說。

我再次抱住她，告訴她筆不重要，我不在乎她在筆上刻什麼——我有時候是個混蛋，但我毫無保留地愛著她，且不想讓她離開，永永遠遠。

我告訴她，她不再需要擔心了。

我會確保她平安。

那一晚，我入睡時沒再像往常一樣夢見漢娜．塔布羅斯基被綁在柏克萊的床上，這是打從我找到她後，第一次沒在睡夢中遇見她。

不出一週，我便恢復到足以和甘迺迪好好談話的程度。他住我隔壁病房，身受重傷且動作遲緩了好長一段時間，但治得好，也還活著。考量到發生了這種事，我的恢復狀況算很不錯了。我經歷嚴重腦震盪、斷了四根肋骨，還有些劃傷和瘀青。我和甘迺迪說了我的遭遇，但有所保留，哈利替我擔保，就像他一直以來的那樣。甘迺迪道歉了好幾次，甚至在他辦公室的探員問我話時，幫我說了幾句。吉米透過他的律師交出被標記過的一百萬，留下兩百萬給自己，一百萬給我。

哈利來探病，還不停偷灌我酒，我想也沒想就喝下去，晚上跟他一起玩牌。但最重要的是，我擁有全世界最棒的東西。

我有我的孩子。

幾天後，哈利來紐約市區接我，帶我回我的公寓。他把鎖換了，也替我打掃過。他替我拎行李，我則小心翼翼地沿著人行道走向他老舊的敞篷車。就在哈利解鎖車子的同時，我聽到喇叭聲，對街有輛白色轎車，奧雷克·佛切克站在車後門外，示意我過去。

「艾迪，不要去。」哈利阻止我。

我穿過車流往對街走去，肋骨讓我的身體炙熱發疼。

「你想幹嘛？」我說。

佛切克舉起雙手說：「只是想知道你跟聯邦探員說了什麼。」

「別擔心。我跟他們說，一切都是阿圖拉斯策劃的，你跟我一樣是個受害者。你沒事，就算我恨不得送你去坐牢，但我可不笨。要是我向聯邦探員坦白一切，你肯定會告訴他們我派人去塞文大樓殺人的事。」

他笑了——就笑了那麼一秒。

「很好，很高興我們彼此達成共識。我們算是扯平了，再也別想耍我。我建議我們就維持這樣吧。記住，我知道你女兒住在哪。」

另一位身穿黑色牛仔褲及黑色皮外套的男子從駕駛座走出來，應該是俄羅斯人，他繞過轎車為佛切克打開車門。這位司機體型龐大、相貌難看，有著拳擊手的鼻子，以及黑色的小眼睛。他看著我的樣子，好像一條杜賓犬盯著小偷的屁股。這傢伙負責的顯然遠不只是開車而已，佛切克在重建兄弟幫，要這傢伙替他開門，全是爲了展現他新生的武力，讓我知道他依舊大權在握。

我走開一步後停下來，轉身對他喊道：「嘿，還有一件事……」

佛切克一腳跨進車內，聞言轉過來看我，他的司機還爲他扶著門。

我無視每次呼吸所引起的疼痛，穩住身子，用盡全力往司機的腿脛踹下去，讓他單膝跪地。我收回腳調整姿勢，夾緊臀部，揮出一記右鉤拳。這一拳貫穿車窗直接揍向佛切克的臉。我抓住敞開的車門，當著司機癡呆的臉甩上。

昔日兄弟幫老大癱倒在瀝柏油路上，身上滿是碎玻璃，舉起雙手自衛。

「這是替艾米、傑克和他妹妹打的。你不用擔心聯邦調查局，你要擔心的是帽子吉米。他還想爲外甥報仇。我要是你，就會帶上自己和這隻大猴子去搭飛機。再跟你說一聲——我們完全沒扯平。我女兒的保安現在比市長還嚴，吉米跟我都看著，隨時有人在顧她，所以你嚇不了我，混蛋。要是再讓我見到你，或你哪個手下接近我和我家人，我會看著你被慢慢折磨死。」

我大剌剌地穿過馬路回到哈利這邊，途中讓車子和計程車打滑停下。這位法官抓了抓頭，鄙視地看向我，開口時語氣輕柔但滿是失望。

「那樣很蠢。」哈利說。

他說的話大部分都是對的，他現在說的也沒錯。

72

我出院一個月了。艾米開始重新適應，她還是會害怕，不願意自己出門，但已經慢慢在調適，希望她很快就能回去上學。吉米的人依舊守著她和克莉絲汀。在威廉街上將佛切克揍倒在地之後，再也沒人聽過他的消息。艾米和我每晚八點通電話，但克莉絲汀拒絕和我交談，我不怪她。她同樣拒絕讓艾米離開她視線，因而減少了我探視的機會——隔週一次，每次兩小時，在我以前的家裡。

我將我那輛二手野馬跑車停在轉角下車，拿出副駕駛座上的皮革行李袋。

我面前的是一間破敗的兩層樓獨棟房屋，位於布朗克斯區的貧民區。窗沿腐敗不堪，即使是在外頭，我都能聞到內部潮濕的氣味。我開車經過這棟屋子許多次，每次都缺乏勇氣停車。

今天則不然。

早上七點五分，街道一片寧靜。

我把行李袋放在正門台階上，按下門鈴。

走廊有腳步聲。

當我打開我的野馬車門時，身後傳來門鎖和門鍊的喀啦聲。我在漢娜．塔布羅斯基打開她家大門前將車子開走。她撿起行李袋，以及我放在上頭的信。

我不想要獲得原諒。我不想要她跟我說，那不是我的錯。

我知道我做了什麼，我也知道自己不會重蹈覆徹。這世界上就是有人爲惡，而只要我在法律的賽局裡，扮演好我的角色，那些人就不會再有機會傷害別人。

我從後照鏡看見漢娜·塔布羅斯基丟下信，打開袋子，她的九十萬美金掉了一些在人行道上。我開過街角，她抬頭看向我的車。

我將野馬打到三檔，踩下油門。

致謝

若是沒有我的經紀人——AM Heath公司的Euan Thorneycroft——貢獻熱情、知識與專業技能，這本書就不會存在。他是我的編輯、導師、朋友。我想感謝AM Heath公司的每個人如此孜孜不倦地幫助我成爲有著作出版的作家。我要特別對Jennifer、Helene、Pippa和Vickie傳達謝意。

我要感謝我在Orion出版社的編輯、才華高到近乎犯罪的Jemima Forrester，非常謝謝她的辛勤努力、敏銳洞見和滿滿的熱忱。與Orion出版社合作十分愉快，我也要對Graeme Williams、Angela McMahon和Orion的全體團隊致上感激與讚美。特別感謝Jon Wood，他本身也算是個詐騙高手，至少在球桌上是。

我很幸運能由如此棒的一群人代理、出版我的作品。

我的家人、朋友、作者同儕、試閱讀者，特別是Simon Thompson、Ace、McKee和John “the debacle” Mackell，謝謝你們的鼓勵——這對我而言意義重大。

我最深的感謝要獻給我充滿驚奇的太太Tracy，謝謝她對我的忍耐與信任，以及她每一天爲我和孩子做的每一件小事。

THE PLEA

艾迪・弗林

EDDIE FLYNN BOOK 2

【史上最囂張的騙子律師——艾迪・弗林系列2】

無罪的客戶 v.s. 陷入洗錢風暴的妻子
金牌律師該如何抉擇？

這最後一場騙局將奪走我的性命。
如同其他許多事一樣，這起案件的開端很微不足道，
一切都從四十八小時前，一根牙籤和一枚硬幣開始……

——2020年夏・敬請期待！

【Mystery World】MY0012

不能贏的辯護【艾迪．弗林系列1】
The Defence

作　　者❖史蒂夫．卡瓦納（Steve Cavanagh）
譯　　者❖葉旻臻
美術設計❖Ancy Pi
內頁排版❖HAMI
總 編 輯❖郭寶秀
責任編輯❖遲懷廷
協力編輯❖楊培希
行　　銷❖許芷瑀

發 行 人❖凃玉雲
出　　版❖馬可孛羅文化
10483臺北市中山區民生東路二段141號5樓
電話：(886)2-25007696
發　　行❖英屬蓋曼群島商家庭傳媒股份有限公司城邦分公司
10483臺北市中山區民生東路二段141號11樓
客服服務專線：(886)2-25007718；25007719
24小時傳眞專線：(886)2-25001990；25001991
服務時間：週一至週五9:00～12:00；13:00～17:00
劃撥帳號：19863813　戶名：書虫股份有限公司
讀者服務信箱：service@readingclub.com.tw
香港發行所❖城邦（香港）出版集團有限公司
香港灣仔駱克道193號東超商業中心1樓
電話：(852)25086231　傳眞：(852)25789337
E-mail：hkcite@biznetvigator.com
馬新發行所❖城邦（馬新）出版集團
Cite (M) Sdn. Bhd.(458372U)
41, Jalan Radin Anum, Bandar Baru Seri Petaling,
57000 Kuala Lumpur, Malaysia
電話：(603)90578822　傳眞：(603)90576622
E-mail：services@cite.com.my
輸出印刷❖前進彩藝有限公司
初版一刷❖2020年3月
初版十一刷❖2023年12月
定　　價❖380元

國家圖書館出版品預行編目(CIP)資料

不能贏的辯護 / 史蒂夫.卡瓦納（Steve Cavanagh）著；葉旻臻譯. -- 初版. -- 臺北市：馬可孛羅文化出版：家庭傳媒城邦分公司發行, 2020.3
面；　公分. --（Mystery World；MY0012）
譯自：The Defence
ISBN 978-986-5509-12-5（平裝）
873.57　　109001762

The Defence
Copyright © 2015 Steve Cavanagh
This edition arranged with A.M. Heath & Co. Ltd.
through Andrew Nurnberg Associates International Limited
Complex Chinese translation copyright © 2020 by Marco Polo Press, a division of Cité Publishing Ltd.
All rights reserved.

ISBN：978-986-5509-12-5（平裝）

城邦讀書花園
www.cite.com.tw

版權所有　翻印必究（如有缺頁或破損請寄回更換）